孤旅幽思

谭曙方 著

山西出版传媒集团
山西人民出版社

图书在版编目（CIP）数据

孤旅幽思 / 谭曙方著. — 太原：山西人民出版社，2018.9

ISBN 978-7-203-10497-1

Ⅰ．①孤… Ⅱ．①谭… Ⅲ．①随笔－作品集－中国－当代 Ⅳ．①I267.1

中国版本图书馆CIP数据核字(2018)第184116号

孤旅幽思

著　　　者：	谭曙方
责任编辑：	吕绘元
复　　审：	刘小玲
终　　审：	姚　军
装帧设计：	张永文
出　版　者：	山西出版传媒集团·山西人民出版社
地　　　址：	太原市建设南路21号
邮　　编：	030012
发行营销：	0351—4922220　4955996　4956039　4922127（传真）
天猫官网：	http://sxrmcbs.tmall.com　电话：0351—4922159
E—mail：	sxskcb@163.com　发行部
	sxskcb@126.com　总编室
网　　　址：	www.sxskcb.com
经　销　者：	山西出版传媒集团·山西人民出版社
承　印　厂：	山西省教育学院印刷厂
开　　本：	890mm×1240mm　1/32
印　　张：	12.5
字　　数：	238千字
印　　数：	1—1000册
版　　次：	2018年9月　第1版
印　　次：	2018年9月　第1次印刷
书　　号：	ISBN 978-7-203-10497-1
定　　价：	38.00元

如有印装质量问题请与本社联系调换

散文的境界

乔忠延

这是一本感人的书。

这是一本拿起就不愿意放下的书。

这是一本读完了回味无穷的好书。

老实说，谭曙方先生发来书稿《孤旅幽思》嘱我作序时，我并没有打算全部阅读，准备每个章节选读几篇，抓住特点，继而驰思敲击。一来是谭曙方先生这样嘱托，二来是去年以来我撰写长篇，不愿过多割断时间。可是，一拿起书稿我就难以放下，整整三天从头到尾读了个一篇不落，读了个痛快淋漓。读后，不由得反复思考一个问题，什么是散文的境界？

《孤旅幽思》启迪我放开眼光，去瞭望和比对当今的散文写作。毫不夸张地说，如今是一个泛散文时代，报纸的繁多、网络的兴起、微信的流行，使散文这只"旧时王谢堂前燕，飞入寻常百姓家"，而且大有铺天盖地之势。这种盛景，本该令人欣慰，本该惹人陶醉，然而，恰恰相反，反而使人不无忧虑。忧虑散文难道就这么平庸，忧虑散文难道就这么低俗？固然，文学界早就有散文门槛低、易写难工的说法。不过，低俗到这种程度，不是对散文的亵渎，也是对散文的不恭。

为何这样看待当今的散文呢？原因在于曾一度流行的文化散文日渐沉寂后，曾一度红盛的新锐散文百般招数再难出新后，散文大多进入情感世界的开掘。开掘情感毫无非议，从审美的层面解读观鉴，中国自古就是将情怀纳入美学范畴的国度，养情、涵情、炼情、抒情，正是传统散文的特征。而且，情感散文的兴起，是对假大空散文的有力抨击，是让散文还原人间烟火气的良好回归。问题出在，不知缘何太多的情感抒发都是一己私欲的宣泄，不是花鸟鱼虫，就是家长里短，要么就是对过去艰苦生活的回放。一言以蔽之，完全是自我、小我的忧乐咏叹，一己、利己的喜怒宣泄。如果这只是个案，那么无伤散文的大雅，那还是散文园地的一朵奇葩，遗憾的是这种宣泄私欲的散文，居然会成为漫卷天地的风沙，这就不能不引起警惕了，否则散文何谈境界，只能沦落为精神排泄的溺器。

我之所以要拉拉杂杂说些与谭曙方先生散文集无关的话，其实是他的散文正好击中了当下泛散文的流弊，正好可以匡正散文写作的低俗状态。我以为《孤旅幽思》，是在散文的高原孤旅，是在散文的峰峦幽思，堪称散文的高境界。

高境界与低处境的区别何在？在于作者是从自我情感出发，还是从利他目的出发。谭曙方先生的文章吸引人，就在于将个人的情绪完全置于对人心、对人性的洞察,置于对道德、对良知的呼唤,而这种呼唤绝不是喊出来的口号,完全是文学艺术化的生活展现。当然,展现的方式就是那些从容不迫、娓娓道来的文字。且打住空洞的说教,让我们走进他的文章。

在《孤独的母亲》中,他写了一位丈夫早逝、含辛茹苦供养儿子读书的老大娘。儿子上学读书要花钱,她每天背着30斤苹果到20多里外的城里去卖。儿子考上了大学,在省城参加了工作,娶妻生子,过上城里人的日子。她却捡柴烧火,住在一座孤零零的小土院。她去过那里,却待不住。媳妇是太原人,看不惯她这农村人的做派。写到此,谭曙方先生实录了老大娘的一句话:"两张皮,贴不在一起啊!"这话看似平淡,却如晴天霹雳震惊着我。儿子是娘的希望,为这希望她甘愿吃苦受累,未承想希望换来的却是孤独。而孤独的老大娘还得替儿子担骂名,村里人见了她,有的骂她媳妇,有的骂她儿子。她却说:"唉!那是我儿呵,只要娃他们过好了就行!"混沌的人生,复杂的情愫,折射出的是对母爱的赞颂,对不孝的鞭笞!

读了另一篇《歌手》,我心灵的震撼比读《孤独的母亲》还要厉害。谭曙方先生扶贫下乡,乡镇领导招待吃饭,让一位五十来岁的农民唱歌助兴。歌唱得原汁原味,"只几句词乘了悠扬的调子,就把你引入黄河边的山野里了"。唱罢,领导非要歌手敬酒不可,歌手有心脏病,医生不让喝酒,可领导执意要他与谭曙方先生碰杯,身居屋檐下的歌手不得不从。一年后,他再去此地，这位歌手见不到了。有天晚上喝过酒回家，心脏病突然发作，"老婆用自行车将他驮至医院时，已经死了"。读到此，我耳边响起"会挽雕弓如满月，西北望，射天狼"，这散文是利箭，是梭镖，是劈向腐败的一把巨斧！

　　当然，谭曙方先生的墨色里更多的是人间温情，他和测绘队员在乡村不止一次受到素不相识的农家妇女的热情招待。有一年他病倒了，高烧不退，无法去公社食堂吃饭，房东大嫂天天给做鸡蛋挂面，这是那个年代村里最好的饭啊！还有一次更离奇，他们在饥饿中刚进村，正不知去何处落脚。突然听到那头顶上有一位大娘在吆喝："喂——你们是从哪里来的？"得知是从遥远的省城来的，就喊"大中午的，快到屋里喝口水来！"既给水喝，又给做饭，不一会儿，就把蒸土豆、窝窝头、咸菜端上来。虽不是山珍海味，但他们吃起来竟比山珍海味还要香。多么厚道的乡亲，多么淳朴的乡情，这不正是当今疗治城市冷漠症的一剂良药嘛！

　　一桩桩、一件件，感人至深。为什么这么温馨的事情会不断地出现在谭曙方先生的笔下呢？是上苍独独钟爱他，赐予他？我不这样认为，世间并不黑白分明，而是善恶杂糅，生活在其中有温馨就难免遭遇冷漠。他能用温馨化育出自己的文章，可以借用"仁者见仁，智者见智"一语来解释，显然他是一位仁者。确实，他具备仁者的风范，走到哪里就把春风带到哪里。在黄河东岸的一个小村庄，谭曙方先生遇到一个挑水的男孩，正是上学的年龄,为何不去学校?一问,才知道是交不起学费。他居然跑去找校长免除了学费,把孩子送进校门。还是在偏远的黄河边上,他遇到了一位临时代课教师,一个人教语文、数学、美术、体育等全部课程,每月仅70元的工资还不能按时发放。他立即奔走呼吁,为她张罗转正的事宜。可是,一年过去了,事情仍未有着落,再次见到,"我实在想不出用什么词来安慰她,只得像匆匆赶路似的,与她告别"。一种没有说出来的歉意,缭绕在文字里,缭绕在思绪里,这绝不是一个缺乏良知的人会有的情感。

谭曙方先生的仁心良知从何而来?我不否定他后天的修炼,但是却从他的作品里窥视到了祖传的基因。在《人生如戏》中,他讲述了发生在太姥爷身上的一段往事。家庭富有的太姥爷收留了一个逃难的做长工,长工却偷偷地倒卖他的棉花。别人将这事告诉太姥爷,太姥爷故意装作不知,回到家却说"还用他们告我,我早就看到了"。看到了而不制止,是因为怜悯长工,想让他的日子过好些。没想到人心不足蛇吞象,长工偷他的棉花不说,居然还去偷别人家的东西,被人发现后吊在大树上拷打,太姥爷及时赶到救下了长工。如果用非黑即白的两分法看待这件事,长工是个劣根性十足的坏人,太姥爷的行善有些不分青红皂白。可是,混沌的世事往往颠覆被誉为颠扑不破的成论。后来形势巨变,村里吊打地主、富农,太姥爷也在其中,就在皮鞭将要落在他身上时,居然化险为夷,而让他躲过这一劫的就是那个长工。我由此想到，教化人、改变人，行善感召往往比说教有效；我由此想到，百年育人，原来是先化育自己，再把自我的美德因子遗传给后辈。

读谭曙方先生的散文，其乐无穷，收获无穷，我最大的收获不是散文的写作技巧，而是散文的境界如何涵养。的的确确，散文的境界不是在文章里攀高结贵就能跳到一定高度，而是先天基因加后天修炼的水到渠成。所谓，"功夫在诗外"，是也；所谓，"文如其人"，是也。愿更多热衷散文写作的朋友，读读此书，或许对提升散文的质量，或许对提高人生的质量，会有所启迪，会有所颖悟。

2018年3月23日于尘泥村

（作者系中国作家协会会员，山西省散文学会副会长）

目录
Contents

第一辑
旺火

02　旺火
06　黄河灯会
11　平章百姓
14　灶神高寿多少
17　寻根问祖
20　一个神话的碑记
33　《诗经》情歌踪迹
37　中国文字博物馆联想
43　寻找六福客栈

第二辑
祝福

52　母亲的祝福
55　辍学之痛
59　人生如戏
63　继母
67　救爹
70　蓝龙与桃子
73　列车上的相遇
77　钱老师

80　点名

83　毕业典礼

93　葬礼

107　老房子

第三辑
测绘生涯

114　我与地图

120　睁开眼睛看世界

128　野外测量旧事

141　版图危机

146　耕地数字

150　村长

154　活在云里雾里的人

157　经纬网格中的一枚黑子

162　我的房东

169　不该折断的翅膀

第四辑
乡村笔记

180　孤独的母亲

185　歌手

188　渴望

194　任老师

200　天空

205　耕地

208　李老汉与他的水泵房

214　特殊的警告

218　玉泉山

第五辑
都市的脸

224　都市的脸

229　换一个高度乘车

233　观赏鸽

236　艰难的绽放

239　广告与懒人

243　暴雨之后

247　绿皮车

250　被车站折腾的旅客

255　今天他们是上帝

258　平安夜奇遇

262　轻松的春节

264　无奈的关系

268　见与不见

270　医者

274　为我们未来的"乔布斯"换上

279　我找到了你的孩子

286　迟到的后记

第六辑

孤旅幽思

- 294 溱洧河边的情人节
- 301 广州一瞥
- 305 深圳深圳
- 318 悬瓮山上的小柏树
- 323 洛夫的缘和情
- 329 国宝公刘
- 340 看世博后悔不后悔
- 348 万荣采风记
- 351 摔碗酒里的魂魄
- 354 神山博格达
- 361 普林斯顿与爱因斯坦
- 366 重访德国
- 374 鬼城逸山
- 378 醉月与秧马

- 383 **后记**

第一辑　旺火

旺　火

　　冬天来了，一昼夜间，温度居然能下降十几度。在这个季节里，与人须臾不能离的火，似乎在燃烧中能凸现出别样的意义来，它不仅给了我温暖的感觉，也给了我美好的幻想。

　　有一年冬天，在农历正月十五前夕，我没有待在省城，而是接受了朋友的建议，选择了去山西左权县看烧旺火。汽车翻过了毫无绿色生机的山脉，又沿着清漳河水库向左权行进，水库里的水结着厚厚的冰，那冰不是平平的镜面模样，而是波浪的形状，仿佛是水面在风吹的流动中突然被魔法所凝固。在太行山的下边，寒冷的气温肆虐在所有的空间，荒凉的原野上，除了零星的车辆外，几乎看不到人的身影。真是寒冷封锁的世界啊。

　　在接近县城的时候，我的车贴着村庄边而过，土色的房子和院落转着腰身给我看，最亮眼的装饰是家家户户门口贴着的火红春联和一个个塔形的黑亮煤堆。朋友告诉我，那黑亮的煤堆就是晚上将点燃的旺火。不时地有穿着厚厚棉袄棉裤的农民从院门里走将出来,他们的身影在那火红的春联和塔形的黑煤堆间晃动时,我倏然间感受到了火的温暖,尽管我还没有看到跳跃的火。

县城的主要街道上,各家门前都准备有旺火煤堆。煤堆有大有小,大的有三米多高,小的也就一米左右,有的垒成了底小腹大顶部尖的形状,有的垒成底大顶小的塔形,煤塔里面都是空的,且放置了引火的木材。那煤炭都是上好的质地,亮晶晶的,并且被敲打得大致齐整。在县政府、政府招待所和一些大商场的门口,那高高的旺火堆还披挂上了耀眼的红布,上面写着"旺气冲天"四个大字。山西是煤炭大省,左权也有煤矿,烧旺火的习俗是以丰富的煤炭资源为基础的。

晚饭后,天已完全黑了。当我匆忙走到街道上时,方才空荡荡的街上已是人流熙攘了。红色的、蓝色的、黄色的火焰,在一个个塔形煤堆上故意留出的孔洞间飘舞出来,夜空和灯光被这火的世界排斥在外,自惭形秽般地暗淡并远遁,寒冷的气流仿佛知趣地悄悄退出这座小城。

人流越来越拥挤,我也没有了目标,只好随着人流流动了。随着越来越近的声响,就像是变魔术一般,从与主街道连接的小巷中涌出了一队一队的身着火红或金黄色服装的锣鼓队和秧歌队,他们敲着锣鼓,舞着狮子,舞着长龙,扭着秧歌,每到一家临街单位或者商铺的门口,就在铿锵热烈的锣鼓声中,舞动起来。围观的人流之旋涡紧紧密密，尾随着表演的队伍旋转着，流动着，哪怕只有一个小小的空隙，就立即扑上去淹没，且不留一丝一毫的痕迹。那临街的屋里是留了人的，他们就势放起了鞭炮和二踢脚，且把早已备好的糖果、花生、瓜子、水果、香烟等倒进了表演队张开的口袋里。遇到大户商场或单位，他们的这些礼物是用麻袋装好的。当地人有个说法，这表演的队伍在谁家门口舞动的时间长，谁家在来年的日子就红火发财，所以就用丰厚的礼物适时地款待这些火神派来的火龙，尽量地让他们在自家门口多舞动一会儿。而那些舞龙或者舞狮的小伙子、小姑娘们就像是旺火堆里不安分的火苗，头上冒着热气，从一家家门口一摆尾巴，就跳跃走了。

旺火是越烧越旺，一个个的煤堆被烧成了通红透明的火塔、火树，那火焰往上蹿着，发出噼啪噼啪的响声，无数细碎的金黄色的火星像长了翅翼一般向着夜空飞去。正月里的寒冷早不知溜到哪里去了。再看看那些舞着跳着扭着的人吧，在无数棵火树之间，他们的队形也成了一条条流动的旺火。那些忘记了寒冷的游人呢，被火光映照得通红闪光的面孔，不也是一团团憧憬红火明天的旺火吗！来年的情况是不知道的，也许会比现在更好更旺，或许是个未知数，但他们用这一堆堆旺气冲天的旺火，寄予了自己的希望，驱走了自己的胆怯，烧旺了自己的信心。旺火是他们来年的梦想。

左权人在寒冷的冬夜里点燃的一堆堆旺火，简直就是一个

第一辑　旺火

美丽的寓言，一个冬天里的童话，一个象征。

我忘记了时间，忘记了寒冷，在这火的世界里，也被燃烧成了一堆旺火。既然如此，寒冷还能奈我何！在那个旺火冲天的夜晚，我莫名地想到了未来的许多设想，无疑，那些设想都被旺火烧得跳跃起来，且具有了野性的姿态。

没有想到，我们的艺术家苦苦追求的象征艺术的表现手法，在太行山下的民间，原来竟是如此简单而又美丽。

黄河灯会

近几年,山西河曲县一度沉寂的放河灯又红火了起来。放河灯将当地古老的传统与民间文化、集市贸易融合,吸引了不少外地游客。

仅有两万余人的小县城河曲,坐落在山西省西北角黄河的转弯处。1995年的农历七月十五,我专程从太原赶到河曲看放河灯。县城的宾馆已经爆满,若不是县里的干部为我预订了房间,住宿都困难了。

天刚黑时,我便早早地站在了黄河边上的禹王庙前,河岸边的土坡上也早已黑压压地挤满了准备观赏放河灯的人群。然而,天公不作美,乌云开始低垂。星月全无,别说河对岸内蒙古准噶尔旗的灯火被夜幕遮盖,就是在河中心放河灯的大木船也依稀难辨了。风刮得很猛,卷起的尘沙吹打在人们的脸上。从乌云缝隙处透出的灰光泛洒在河面上,借着微弱的光线,距脚下十余米处,隐隐可见黄河翻滚向前的波涛,涛声浑厚而低沉。

"噢!"随着河岸上人们的惊叹,河面上有一盏微小的灯从那依稀可辨的船的黑影处顺流而下。接着又是两盏,三盏……但漂不了十余米,便在人们一片"哎哟"的惋惜声中被波涛吞没了。风愈发猛烈起来,且有零星的雨点打在脸上,而那船上又陆续艰难放出的几盏河灯也熄灭了。人们大都失去了耐心,纷纷散去。片刻之间,河岸上仅剩下零星的看客。

其实,阴历七月十五也称鬼节。传说,从每年的七月十五到七月二十三,所有无祀鬼魂从阴间跑出来到人间找东西吃。放河灯的本意是超度溺死于黄河中的亡灵,以照其食供的。

但凡遇到这种天公不作美的时候,我都会坚持到最后,期盼着偶然的转机。不一会儿,风小了,雨点也没了。那船上又试着放出几盏河灯。孤零零的几点烛光漂浮在黄河上,摇摇晃晃地向西南而去……人们欢呼起来。接着就是一盏盏灯排着队被放了下去,有红的、绿的,且渐渐地在河面上漂成了一条灯光星点组成的光链,仿佛是一串珠宝项链在这夜色中熠熠生辉。天黑沉沉的,两岸亦是漆黑一片,尽管有一条弯弯曲曲的河灯彩练,但仍然看不清黄河的面目。天上地下,唯有那一溜河灯于漆黑的大背景中放出光来,既微弱,又飘忽不定。原先淡忘了民间风俗想一饱眼福欣赏灿烂河灯壮观场面的人们,想必一定大失所望。河灯放了365盏,据说有保佑人们一年平安之意。放河灯是人与黄河的对话,只不过这种祈祷词在无垠之天空和流淌不息的黄河之间，显得那么低弱。在黑暗的自然之神面前，顽强闪烁的是人的愿望。这真是上帝安排的一幅黄河灯会的夜景，图画的内容仍然是千百年来人与自然永恒的主题：必然与自由。就像这灯火于黑暗之中一样，人类在获取自由的空间之外，仍然有无穷无尽的必然之谜。

人类永远应该是大自然和谐之声中的一个音符。天人合一应该是人类追求的最高境界。人类改造自然，还得依赖自然，与自然和谐相处，否则自然就会以灾难回报我们。但是，某些人被疯狂的欲望焚烧得失去了理智，在掠夺自然的竞争中绞尽脑汁，"蒙上了一层惨白的思虑的病容"。

河曲县水土流失十分严重。在光秃秃的沟壑和丘陵之上，基岩裸露，有些地方寸草不生。按地质构造规律，地壳若生成土壤得有几百年甚至千余年的历史，但若要毁掉它，仅仅二三十年即可。据史书记载，黄河沿岸在远古时代曾经是郁郁葱葱的森林，那些象征生命的树木哪里去了呢？是毁于天灾，还是毁于人类的野蛮之手？可以毫不夸张地说，每时每刻都有宝贵的泥土流进黄河。黄河缓慢地流淌着，像一个蹒跚的老人，向天空张着浑浊的眼睛。在黄河岸边的土地上，我常常看到许多直径约半米的钻天杨的根部被火烧得黑炭一般，有的树还被齐根剥去了近一米高的树皮。抬头望去，那些树枝叶枯萎，似乎在向苍天发出痛苦的疑问。

一个黄昏，我坐在黄河岸边的农田里与一个正在翻地的农民兄弟攀谈起来。

"老乡,你这地边的树是怎么回事呢?为什么要剥掉树皮,还要烧这树的根部呢?"

"唉!那村里有办法的都分了好地,咱分的就这赖地。地里的肥水都让这树吸跑了,庄稼被吸得长不好呵……"

我明白了:他首先得考虑生活。他想砍树,但又不敢砍,于是就烧、就剥。在黄河岸边的乡村土路上,我还常常看到裸露着白茬茬的树根。老乡们说,村里没钱了,村干部就砍树卖。黄土地上残留的那些可怜的树林啊,都被称作珍贵的自然保护区了。这里的人们不会想到,黄河洪水的惩罚也许就要被他们自己引来了。

就在赴河曲看放河灯的路上,我亲眼所见许多村庄刚刚被洪水冲淹的惨状。田地里的玉米、向日葵齐刷刷地朝一个方向扑倒在泥水里。沟边、村庄边那些稀少的树木歪倒着,在树干或枝杈上裹满了洪水冲过时挂住的杂草。洪沟里的水位已经下降了,可有的地方还有十余米深。洪水肆虐的那个夜晚,河水竟溢出了壕沟,爬上了村庄的门窗,仿佛是野兽的蹄子一般,惊醒了人们的睡梦。被冲刷过的村庄,敞着门窗的黑洞,僵尸一般无一丝声息。河水冲上了堤岸,将河曲县与五寨县之间唯一的一条公路啃咬了一个大缺口,河水就在公路的下面旋转着,吼叫着。

随着时间的推移,古老的风俗画面日渐褪色。黄河民俗的风情已不完全是旧时人们对自然万物的图腾崇拜，它已成为形象地反映黄河历史文化风貌的一种活动。今天黄河灯会的内涵已是对古人放河灯内涵的异化。可怕的是，永远闪烁着神秘的黄河，因失去了绿色的柔发，而变得喜怒无常，一会儿干枯断流，一会儿波涛汹涌。黄河沿岸的警报频频传来。

　　黄河灯会还会在人们砍伐树木的喧嚣声中轻松地文化、贸易下去吗?!当我们无奈于黄河的震怒和惩罚时，黄河灯会的内涵也许还会回归旧日的主题呢。

平章百姓

　　早知道尧陵位于山西临汾大阳镇，但一直没有机会去拜谒。2010年清明节，我在洪洞县参加完祭祖节后，就随了当地文友直奔尧陵。尧陵距临汾市尧都区城东约有35公里，车子先公路、后土路转得我犯困的时候才到达目的地。山门前的广场上空荡荡的，没几辆车子，这有些出乎我的意料，正当清明之日，不说祭祖拜谒，就是游客也没几个。帝尧是历史上与日月同辉的国君啊，遗忘或冷落此地，岂不等于数典忘祖。

　　进入古建山门，青石阶上兀自立着一高大的木质牌坊，朝外的一面刻着"协和万邦"，而朝里的一面，即面向供奉着帝尧塑像大殿的那一面，镌刻着"平章百姓"。这一里一外的八个字，自有寓意，意为帝尧执政时，在宫内主张"平章百姓"，而在宫廷之外，其理想目标是"协和万邦"。帝尧以节俭、朴素、顾念人民及担当天下责任的美名著称于世，想他当年的宫殿大概也就是几间茅草房而已。帝尧所处的时代，距今已有4000余年，他既活在古典神话之中，又被记载于史书之内。我国著名古典神话学者袁珂说，中国神话最突出的特征，就是神话这条线和历史这条线相互平行，而又往往纠缠在一起。

上古神话中的帝尧，宛若一轮明月，吸引贤臣如众星环绕。他的法官皋陶牵一只独角神羊，在争端不休的堂前，掀了恶人的伪装；他的乐官神夔，一只脚跳来跳去，用天然石片，敲打出千山的起伏、万水的喧响，《大章》乐曲随风飘舞，山川溪谷之声漂浮起纷繁拥挤的想象，士兵放下格斗的武器，飞禽走兽聚拢而来，全都合了乐曲节拍，尽情跳舞，放声欢唱。

《尚书》的开篇之作《尧典》记载："曰若稽古，帝尧曰放勋，钦、明、文、思、安安，允恭克让，光被四表，格于上下。克明俊德，以亲九族。九族既睦，平章百姓。百姓昭明，协和万邦。黎民于变时雍。"意思是说，帝尧的名字叫放勋，他处事庄敬严肃，明察是非，才能杰出，智虑深远，待人温和，诚信恭谨，能够举能让贤。光辉普耀四海，泽及天地。他用美好德行以身作则，使各族人民亲和凝聚。氏族和睦，便明察表彰，激励百官。百官协调理顺了，又使各个邦国和好统一起来。

看来，历史上是实有帝尧这个原始部落的著名领袖的。而后由于人们的敬仰，口口相传并演化为神话，也是可能或可以理解想象的。"平章百姓"与"协和万邦"就是帝尧一生为之奋斗的理想。细细琢磨这八个字，内心的崇敬之情不禁油然而生。明察并公平表彰宫廷百官是"协和万邦"的基础。想想看，若对内做不到"按劳分配",对外如何谈得上"协和万邦"。多么简单朴素的一对机制,却又闪烁着帝尧思想的光芒。这八个字就是放在当今,仍然具有思想的力量。贪污腐败、办事效率低下之风,究其根源,难道与"平章百姓"无关吗?先人帝尧真乃天神也!

帝尧不仅是有理想,而且为了这理想,他任人唯贤,身体力行,以身作则。他在宫殿门口的广场树立了诽谤木,期望人们在上面写下对国政的意见,遗憾的是被后来专制的君主异化为象征权力的华表。他放逐自己骄横暴虐的儿子丹朱到南方去。为了考察出身低微的舜,帝尧将两个女儿嫁给他,进而又让他走进山林接受特殊的考试;帝尧将天子之位禅让给了舜,堪称开创了世界上最古老的民主制度。帝尧对我中华民族千秋万代产生的遗传基因般的魔力,想必不会轻易消失。

仰望那高大牌坊,已漆色全无,八个大字却清晰闪亮。帝尧的智慧与谦卑,羞愧了日后的无数愚妄。

传说,尧陵石碑后如小山一般硕大的陵墓,是当时敬仰帝尧的臣民提着一包包黄土堆积而成的。想之感慨万千,写就这篇拜谒帝尧之文,权当一包用衣襟包着的黄河边上的沙土,挥手撒在尧陵之上吧!

灶神高寿多少

腊月二十三那天下午，我在回家的路上想买几包麻糖，还真是不费力，就在满街边堆积如墙的水果箱的间隙处，商贩们为这一天准备了不少种类的麻糖，有南瓜状、沾了芝麻的条状，也有糖块状的。麻糖装在一个个小塑料袋内，五元钱一包。路过的人大都买几包。我还是喜欢南瓜状的，因为南瓜似乎在带有幻想色彩的童话、神话故事里出现的频率较高。

受母亲的影响，我成年之后几乎年年腊月二十三都要用麻糖在家里祭一祭灶神，有时候还要放一挂鞭炮，名曰送灶王爷上天。几天前，忽然有一位年轻的朋友向我详细询问如何在家里祭灶，细到了在家里什么地方祭、灶神的像哪里有请、为何用麻糖祭等。这让我有些意外，因为我原本以为这些个传统习俗是年轻人不感兴趣的，没想到如今的年轻人在都市有了新房子之后，也对中国传统文化很是敬畏。

传说中央天帝——黄帝有个曾孙叫颛顼，是北方上天出现的一个大神，他的样子有几分像他的父亲韩流，长得丑陋而奇怪。颛顼登上天帝宝座之后，首先做的第一件大事就是派了大神将天和地原本相通的路阻断。天上的神与地下的民之间本来是有道路可以往来的，如果地下的凡人有了苦难，可以到天上去向神反映，神也可以高兴时到地下来游玩。人与神虽说是天上地下，但并没有不可逾越的界限。但后来天神蚩尤喜好到大地来鼓动人民造反，结果是蚩尤被诛，天帝恐慌。于是阻断天地之路，让天地越来越远，神与人有了天壤之别。颛顼可谓有撑天地之力也。这个可悲的天地秩序就此绵延——神高高在上享受着大地的叩拜与献祭，却往往对人民的苦难视而不见，听而不闻。由此看来，最初讲说或曰创作这个神话的人很有批判的天才。

　　身为天帝的颛顼当然有很多子女，但大都不肖，名字也不好听，长相也古怪丑陋，秉性还凶狠，这些个"龟儿子"声名狼藉，祸害人间。不过，其中倒是有个例外，颛顼有个儿子叫作穷蝉的，即是大地千家万户里供奉的灶神，他与大地百姓的关系可谓亲如一家了。司马迁《史记·五帝本纪》曰："颛顼生子曰穷蝉。"灶神每年腊月二十三或二十四就要飞上天去奏人间的事，人们怕他向天帝说自家的坏话，便在他上天之前祭灶，除了供奉美食之外，还要供奉粘牙糖，以便让他上天奏报时说不清楚。大地民间好像也没有他上天喜好说人坏话的名声，于是每年除夕之夜，人们还要放鞭炮欢迎灶王爷回来。演变至今，人们祭灶就成了请他上天言好事的一个愿望。

如今,无论是颛顼呀,还有他的那些个"龟儿子"们都早已被人们忘记了,其实也就是早已都死翘翘了,但灶神——也就是百姓家灶房里常见的蝉状的红壳虫——不仅仍然鲜活在人间,而且还被我们敬畏祭拜。

《山海经》保存的古代神话故事最多,其中较早的故事记载大约是战国初年。神话传说无疑远远早于文字的发明。由此推测,灶神穷蝉少说也有 5000 岁以上的高寿了。

寻根问祖

"问我祖先在何处,山西洪洞大槐树。"600多年前,中国历史上一场空前的大移民,使如今无数海内外古槐后裔,将洪洞广济寺门前的汉代大槐树视为心中的"根",深深地嵌入记忆,魂牵梦绕……

有一年清明节,我受朋友之邀去参加了"第二十届中国·洪洞大槐树寻根祭祖节"。

当我从祭祖园门口,顺着数百米干干净净的红地毯走向祭祖堂的时候;当礼炮齐鸣,来自海内外的游子披挂金黄色丝巾踏上祭祖堂阶梯之前,于水盆前郑重洗手的时候;当数百人的学生表演队组成一个巨大"根"字的时候;当洪洞县县长拉着长音抑扬顿挫地朗读祭文的时候;当写有881个移民姓氏的数万个彩色气球飞上天空,象征移民先祖不畏艰险之精神远播四海的时候;当西装革履的来宾、衣冠整洁的官员,与当地身着布衣、面色黝黑且粗糙的百姓混合在一起,摩肩接踵地走向大槐树的时候……我的确被震撼了！

中国众多民族，各有各的习俗，但对祖先与生俱来的敬仰心理是共同的。蒙古族人说，谁要是对祖先不敬，就让他61岁出生，61岁就死。中国人的祖先，早就有续家谱的传统，那在家族中是一件非常重要的事情，要交给可靠的人去收集整理书写，并要由家族中具有崇高声望的重要人物审核并妥善保管。在山西，明清著名的万里茶商常家，在其庄园的祠堂里供奉着先人最初以放羊为生的放羊铲及创业走西口时背的粗布褡裢，这其中就蕴含着教育。不管你是高官还是百姓，富人或穷人，抑或科学家、艺术家，其血液里都流淌着先祖的基因。

我还是想到了"然而"这个词语，令人遗憾的是，我们的家族史教育不能不说是一个天大的空白。你也许学了世界史、国家史、党派史，却忽视了家族史，起码是没有系统的家族史。如今，还有多少人关心、研究、思考自己的家族史呢？国家国家，没有家哪来的国呢?！我不相信一个连爷爷的历史都不清楚的人，能够真正关心国家。

每个人概莫能外，所受的教育不外乎家庭、学校与社会。一个人的秉性也许在年幼时就已经在家族环境里形成了。

其实，太阳底下所有国家的人在这一点上都一样，都视自己的先祖为神灵一般。西方人向后代送家谱，在父辈是一种责任，在子女则视为非常重要的礼物。在欧洲，有的国家的人对朋友讲述家族史时，如数家珍，激动异常；还有些人，喜欢在衣服上别上一枚漂亮的家族徽章。在德国中世纪的古老建筑上，好多人会将家族先人的历史，用图文雕刻在外部屋檐下，以显荣耀或纪念，所以他们当中有好多"世袭"的科学家、艺术家、企业家、政治家等。

在到达洪洞的时候，朋友告诉我，县里每一届祭祖节都要花一笔巨款。这一点，我从仪式的规模、气势上已看出来了。不管当地政府最初创办此活动的本意如何，也别管一办就是20年的目的何在，我认为这一活动所产生的效果与投入相比，值了！越来越多的人，会通过祭祖仪式，而悟到生活中存在的缺失。这一活动吸引了我的眼球，使我跳出了狭隘的祭祀仪式，下意识地联想到了家族、民族、祖先给予我们的丰厚遗产。

在人流熙攘的祭祖堂，我在上千个姓氏牌位中找到了本姓列祖列宗之神位，恭敬地上了香，而后与先人们默默地做了心灵的对话。

一个神话的碑记

打开历时十余年编制的《山西省历史地图集》，其中一幅许多专家、学者根据史料和实地考察史迹绘制的《清代晋商商路图》，在我长久的注视中仿佛幻化成了一个复原的微缩标本，这幅淡黄底色的三千万分之一的中国版图上网状般地布满了清代晋商的经营路线，票号、商号可谓星罗棋布；马车、商船、驼队溅起的尘烟、浪花，弥漫视野，模糊了小小的版图……

明代官府在中国北部沿长城一线设有九个边防军事重镇，这是一条横贯东西的巨大的消费市场。1370年，官府首先在这条线路中间地带的大同和太原实行"开中"，即开放市场。晋商就是借助"开中法"实施的机遇，利用山西近便的有利地理位置捷足先登，迅速获得发迹，积累了巨额资本。他们经营的项目非常广泛，路线一直延伸至欧洲腹地，时间上持续称雄国内外商界500余年，这在世界商业史上是罕见的。图文中特别着重说明了清代的万里茶路。众所周知中国兴于西汉的万里丝绸之路，但知道清代通向欧洲万里茶路的恐怕只是历史专家学者了。一条淹没在历史尘埃中的国际著名茶路，在百年之后的一幅地图上以醒目的橘黄色和湖蓝色清晰地凸现出来。存在的必然逝去，然而，有些逝去的却注定了必然复活和永恒。能够注解这条万里茶路的遗迹已是微乎其微了，地图上那条奇迹般的路线，激起了我要去浏览当时一个大茶商私家庄园遗迹的欲望。

早晨，汽车从城市的中心出发，车窗外的高层建筑物密植般地排列着，仿佛要向天空竞争空间似的。就在那些高楼的空当里，穿着脚手架盔甲的新来者吼叫着，似乎是要打出一片生存的天地来。色彩艳丽的巨型广告牌，这些商业性的标记，向着城郊一路地俗了出去。所有的车辆、人流都行色匆匆，服从于内心的欲望，咬紧了时间的节拍，冥冥之中好像有一只无形的大手导引着这一切的走向。欲望的世界是斑斓的，但有两种最基本的色调——黑和白，黑的是物质，白的是精神，二者都是无止境的空洞世界。有的追求失败，有的追求成功，这其中一定有深藏奥秘于万物的核心。真正的核心，人们似乎是看不到的，我们看到的仅仅是一块又一块的"璞玉"。只有对雕琢"璞玉"乐此不疲，才能逐渐地于我们的想象和推理中趋近核心。

距太原南仅 40 公里的晋中市榆次区东阳镇车辋村常家庄园，集南北园林之精粹，占地 60 万平方米，是明清两代晋商巨贾、享誉海内外的名流儒商常氏家族历时近 200 年修建的。庄园的东堡门坐西向东，那是所有的希望升起之所在。在空旷的田野上，它的高度是唯一的，庄严里透着神秘。在门边的简介中，我得知常氏儒商在庄园里要蕴含的意境是"八可"——可燕居、可耕读、可修身、可遐想、可观赏、可浏览、可悦心、可咏叹。所以，也有人把它称为"八可"庄园。好一个深邃的"八可"空间，就是今天的现代大商人也未必有如此美妙的一方仙境。进得堡门，一条望不到头的弧形石头路将街北的一座座深宅大院之门连成一体。走进一座宅院，就是走进了一座迷宫，就是走进一座艺术的、民俗的、历史的博物馆。北方民居中最大的祠堂，变化无穷的门式，冰纹、云纹、动物、花草、人物等组成无数图案的窗饰，遍布于庄园各处的精美木雕、石雕、砖雕，令人目不暇接，简直就是步入了一座弥漫着历史、艺术氛围的宝库。从一座"迷宫"到另一座"迷宫"，我感叹着，但我不可能全面地悟到这些凝固杰作的底蕴和深邃的内涵。我敢说，也没有哪一个门类的专家能够穷尽这座博物馆式的庄园。导游和南腔北调的游人们边走边进行着不连贯的对话：

"这么多的院子，常家有多少人啊？"

"不知道。这座庄园体现家族地位的院门就有 143 个，房屋达 4000 余间。常家兴旺时有 90 多户、800 多口人。"

"这么大的院落得占多少地啊？"

"占了车辋这个大村面积的一半。"

"这儿既像博物馆,又像旧时代的学校。"

"常氏家族在这座庄园里办的私塾有 17 所,而且每一座院落里都套着小书院。从常氏在车辋的 8 世起,考取进士、秀才的有 170 多人。"

"哎呀!常氏的财富一定是个天文数字。"

"道光年间,晋商每年输出俄国茶叶的收入平均就近千万卢布,当时茶叶是中俄边境贸易最大的买卖。常氏是当时中国茶商的老大。"

"常氏经营茶叶的路线究竟有多远呢?"

"有 13000 多里吧。"

"他们最远走到哪里?"

"比莫斯科还要远的其他欧洲国家。"

"这些建筑物的精细,就是今天的建筑也比不上。"

"庄园建造时不求快,只要质量。每个瓦匠一天只准砌 200 块砖,每个木工一天只准开 10 个卯。"

……

对话是支离破碎的,但这些对话的碎片似乎已经大致地拼出了一个历史故事的模糊轮廓。

与一座座宅院的北面相连的是占地 8 万平方米的静园,在封闭视野的高墙深院之中,那虚掩的门外却是一方空灵的胜境。门两边清代书法名流杨二酉的一副诗意的楹联,可算是静园魅力的一个小小注脚:"鱼跃龙翔瀛海新波添夜雨,鸾栖凤哕南山乔木长春阴。"弯弯曲曲的小径导引着我在杏林、湖区、山区、遐园、狮园中徜徉。这座将诗意的构想经过人工精雕细凿与自然的野性融为一体的乐园，竟能穿越百余年岁月，在动荡不安的环境中保存下来，真是令人惊叹。在狮园的一巨型影壁前，一幅淡红色的砖雕吸引了众人。一只中国民间的舞狮威风凛凛地立在影壁正中，夸张的大耳朵似乎正在摇摆着，圆圆的双目和微微张开的大口透着一股寒气，而它背上、爪下和胸前三只顽皮的小狮子，又表现出生命的可爱。周遭的石山、树枝和头顶的舒云，疏密得当，与舞狮浑然一体，尽管有些地方已是残缺，但却留下了无限的想象空间。据导游说，冯骥才和余秋雨两位先生在此影壁前赞叹不已，有一新加坡商人愿出150万美金买走。买走是不可能了，这是东方的"维娜斯"，是唯有中国才有的艺术品，是中国的民间瑰宝。我的血液不知不觉地升温，浑身莫名地燥热起来。常氏200年的商业之路和文化艺术之间有什么必然的联系，这是一个值得思考的问题。我要找一高处，来俯视这座神秘的庄园，我想舒展我想象的羽翼。

　　静园北面的五层高楼——观稼阁，托气喘吁吁孤独的我于高处。庄园所有的细部都模糊了，它的全貌却清晰地呈现在我的眼底：檐角相互衔接的宅第宛若一片灰蓝的水墨写意，碧绿的树丛与蓝色的湖泊彼此辉映，细白的小径蜿蜒交织，网获着这方宁静。我不仅看到了它本身的斑斓、雅致，还看到了它与高墙外面环境的联系：那些大片大片灰色的民居就匍匐在附近，成了一种异常明显的反衬；黄色的土地裸露着，条纹状的图案已经展览了数千年了，一代又一代的农民在一块块的土地上弯腰劳作着，但土地对他们的回报却过于吝啬。地租、赋税、借贷在他们身上层层剥皮，祖祖辈辈在同一块耕地上重复绕着简单生产的怪圈。正如当时的史志所载："民虽终岁勤俭，户鲜盖藏。"数百年前，常氏庄园的这片占地也是或匍匐的低矮民居，或裸露的黄土，然而，自1770年左右常家大规模兴建庄园始，就连绵不断地历时近200年精雕细凿，底气一年旺似一年。首先在土地上立起的是庄园的骨架，而后一日一日地丰满鲜活起来。在那个无数边关将士为了皇宫里的那个人的江山跋涉千里万里、狼烟四起、尸横遍野的时代，常氏敢为自己经商、为自己赚钱、为自己建筑一个"八可"庄园，而不屑于皇家那些诱人的功名。常氏不是没有可做官的人才，他们必定是于历史的碑记中悟到了什么。想必常氏一世又一世的豪杰们也一定登高望远，就常氏事业方向的抉择进行过慎重而又缜密的思索。这眼下的一片翠绿不仅仅是一座美丽、庞大的庄园，而且是一个动人的应当永远流传的神话。就让我来大致地描绘一下这个神话的影子吧。

大约在1500年，一个农民背着行囊只身离开了山西太谷县山脚下的家乡小村，徒步近40公里，到了榆次的车辋村谋生。这近40公里的路对于一个村里的农民来讲，无疑是一个了不起的壮举。一家姓刘的大户人家雇用了他放羊，从此，一把放羊铲成了他谋生的工具，在旷野里，他就成了一个拿着放羊铲和牧羊鞭的形象。他就是车辆村的常氏始祖常仲林（当我在车辆村边随便问一位老人关于常氏庄园的事时，他们就说，常家原来是放羊的）。在土地上人畜耕作的自然经济，其发展速度是异常缓慢的，它的变化在百余年间几乎看不到什么痕迹。到常仲林的孙子辈，才有了自己可怜的一点土地和栖身的房子。从常仲林到第 8 世常威期间的 200 余年，这个家族过着与其他农民一样的普通日子，既不可能暴富，也没有在灾荒之年断了香火。然而，常威与他的始祖相比已有了质的区别，他识字，这一点就使他与其他大量不识字的农民区别开来，他头脑弯弯里相对丰富的信息使他变得聪明，使他变得不安分守己。万幸，他的勤劳又节俭的祖辈给他还留有一些微薄的积蓄，这又为他的野心火上浇了油。像他的始祖一样，他也只身北上，但不是去打工，而是行商。真是"天将降大任于斯人也，必先苦其心志，劳其筋骨，饿其体肤"，他以沿街卖布开始，从山西走到了内蒙古，10 余年旅途的劳顿和在千家万户的交涉推销，他硬是挺了过来。后来，他居然在张家口最热闹的地段挂起了常家的牌匾。他还一直北上到库伦（今蒙古国乌兰巴托）考察市场。他走了 2000 多公里，是他始祖离家出走距离的 50 倍以上。常威是常氏兴旺发达的转折。1727 年，《中俄恰克图条约》的签订，使双方在边境上的那片荒凉地段迅速地膨胀起了两座商业城镇，并且孤独而又醒目地标上了中俄的版图。俄方的叫恰克图，中方的叫买卖城。这对于云集大漠边塞的晋商来说，是提供了一个得天独厚的商机。此时的常威已是年迈，但他生命的延续——三子常万达——正值风华正茂。常万达生于1718年，自幼就生活在塞北商业重镇——张家口，家庭勤劳诚信的传统、学校扎实正规的教育、商界名流的机敏和韬晦，给天资聪颖好学的他营造了绝妙的陶冶氛围。还不到而立之年，他已是当地的商界名流了。是商机就与风险并存，最初10余年的恰克图边贸是冷清的，每年仅有1万卢布左右的交易额。常万达已有父辈2000多公里冒险的经历垫底，他研究了边贸的状况和俄国的需求，竟然将父辈创立的经营布匹和杂货的大德玉商号改为了茶庄。以茶庄为根基，毅然北上。当他令手下的人在买卖城荒凉空白的地方敲下木桩占地之时，他的头脑里也许正孕育着一个不大清晰的由中国延伸至俄国的经营茶叶的路线。

　　常威早年行商时，常年徒步往返于张家口和家乡车辋之间，背一个占卜的褡裢，用算卦来解决路途的食宿。这种勤俭吃苦和坚韧的毅力，完全地秉承在常万达的血液里。据常氏家族现在活着的老人讲，常万达将父亲占卜的褡裢和祖辈常仲林的放羊铲长期供在常家祠堂里，用这些具有特殊意义的物品，警视自己，教育子孙。常氏在茫茫商海之中是以儒商著称的，这从庄园至今仍散发着的浓郁的文化气息里可以感觉到。常万达和他的后辈们，是将中国古典文化里的精髓运用在经商的实践当中的，他们的经商思想就类似于我们今天的企业集团里奉行的理念。常万达毕生视"诚信"二字为天不变、道亦不变的核心经商信条。他的后辈们也一直认为这是他成功大厦的基石。就是在今天，世界上所有成功的大商人，又有哪一个不是将诚信看作商业的生命一般重要呢？历史有时候真是惊人的相似。在常家流传着这样一个故事，有一年，常万达带着驼队与大批驼帮一起被罕见的沙尘暴阻隔在张家口至库伦路途的一个小村庄。十余天后，风停了，但大漠换了一副陌生的面孔，所有的路被埋没了，沙海无边，遥远的库伦没有了方向。本该是驼队喧腾的开始，却出现了死一般的沉静。没有哪一支驼队敢去冒沙海覆舟的危险。然而，常万达带领的驼队的铃铛依次响起。就在这支队伍渐渐消失在沙漠的尽头之时，也没有任何一个驼商敢于效仿、尾随。常万达与所有的其他驼帮一样，也不可能看到和辨别沙尘覆盖之下的道路，但他必须冒险，这时是诚信的理念在支配着他的行动，他不能失信。如果常万达能从地图的沙漠上走出来站在今天，一定会有许多的人问他为什么要冒大商队消失于沙漠的风险，我想常万达也一定会这样回答：为了库伦那边蓝眼睛客户的如期等待。漫漫路途中的沙尘暴、缺水、迷路，都一一在这支诚信的队伍周围退却了，绝处逢生，仿佛有神助一样。这个流传至今的常家逸事传说，已远远地超出了故事本身的传奇意义，它是一个永远鲜活的经商案例，它是一个辐射奇迹的神话。为了"诚信"二字，去冒生命的危险，对许多经商的人来说，是匪夷所思，但这是大手笔，是大智若愚，唯如此才能取信于天下。常万达有如此壮举，还有什么人会不相信他呢？他的声名比故事飞得更快。1755年，清政府限制俄商进京贸易，恰克图成了中俄贸易的统归之处，成了中国对外贸易的陆地码头。常万达和他的子孙们审时度势，力争把经营环境的优势发挥到极致，也竭力将茶叶的生意做到最好。他们设法化解了清政府于经商不利的种种制约，在福建武夷山选购茶山，亲自组织茶叶生产；在福建茶乡精选、收购好茶，然后加工包装。据《山西省历史地图集》记载，大约从1765年起，常家的茶叶用马车从福建崇安县始出，过分水关，运至江西铅山县，换水路顺信江下鄱阳湖，穿湖而出九江口入长江，溯江抵武昌，转汉水至襄樊，再转驮运贯河南过黄河，入晋城，在山西又换马车经太原、大同到张家口，改驼队贯穿蒙古草原、沙漠到库伦和恰克图。经历了如此漫长的艰难困苦之后，仿佛仅仅是一个准备，恰克图又是一个新的开始。常氏的诚信和精心制作的优质茶叶，使他家族的商路在俄国境内继续延伸，渐渐地，在莫斯科、多木斯克、赤塔、新西伯利亚等地域，甚至其他一些欧洲国家都有了常氏的茶庄分号。这就是一条由中国版图上蜿蜒曲折地延伸至欧洲腹地的闪光的万里茶路，一条中国外贸史上神秘的黄金通道，一个真实的神话。

　　常万达与他的后辈们，在经营茶叶发迹之后，一直注重培养人才，而且长期以来实行的是"学而优则贾"的教育与经商相结合的战略。乾隆年间之后，常氏办私塾17所，近百个家庭几乎都有书院或书房。这其实保证了为常家的经商管理队伍不断地培养输送卓越的人才。在国外也是如此，经商不是人人都敢随意涉足的领域，由于这个行当有可能带来倾家荡产的巨大风险，所以只有那些自信的人物才敢到商海一搏。"学而优则贾"实际上也就为商业战场的自家部队派出了一批又一批最优秀的指挥员。到了常万达的孙辈和重孙辈在恰克图做茶叶生意时，1841年，中俄恰克图贸易额已由1728年的1万余卢布发展到了1240万卢布。据史书记载，茶叶是当时恰克图最大的买卖，占对俄贸易额的94%。常氏是万里茶路商队的中坚和代表，有史书和常家庄园为证。常家庄园是常家不经意间留下的富可敌国的佐证。

　　鸦片战争前，由于中国自然经济这个巨大又坚硬的壁垒，在当时的中外贸易中，中国长期处于优势。1781年至1793年，英国输入中国的全部工业品的经营总额还不到中国输出英国茶叶总额的六分之一。这种贸易状况是资本主义国家所不能忍受的。19世纪起，洋鬼子们开始向中国倾销鸦片，受其毒害的人遍及全国。常氏也没有幸免鸦片的侵袭，上瘾的自然是卖房子卖地直至倾家荡产。从第一次鸦片战争期间签订的《南京条约》到20世纪初八国联军侵华签订的《辛丑条约》，常氏用脚掌、车轮、船帆、马蹄、驼蹄磨出来的闪着神话之光的万里茶路，就是在这样灰黑色的背景之下一点一点地熄灭的。常氏的悲剧无法避免，就如同处在强烈地震中心的一座大厦。1905年，俄国西伯利亚铁路全线通车,俄商在长江以南收购茶叶,开设茶厂,由长江水运入海,北抵海参崴即可转铁路辐射俄国腹地。一边是俄国机器轰鸣的工厂、空中交织的电报和飞驰的轮船、汽车、火车,一边是常氏的茶叶手工作坊,缓慢的马车、驼队,但就是这样一支装备简陋的商业部队硬是与俄国商人抗衡了10余年。清政府这个载体的最终覆灭,使得常家如同一夜之间无数没顶的商号一样,外债内债都成了死账。这条在商海上平稳行驶了200余年的巨轮携带着疑惑和对那个软弱政府的愤慨缓缓地沉没海底了。

《精卫填海》《羿射九日》《夸父逐日》,中国的古典神话似乎都有一个悲壮的结尾。然而,它们又都永远地鲜活着。常氏的神话也很美,它留下了一个永不会沉没的碑记在陆地,那就是常家庄园。20世纪50年代初,荣军医院占据了它,这是它的万幸;"文化大革命"期间,当地百姓因爱慕它的美丽,用泥糊住了精美的石刻、木雕和砖雕,有的外表还被写上了语录。常家庄园宏大的整体和一些精美的细部被保留了下来。这个立体的碑记沉默着,却也娓娓道来曾经的辉煌,万里茶路的神话又开始复活在无数游人的眼睛里和头脑中。经商的或不经商的,都会在碑记的字里行间读出惊叹和滋养来。游人会把这个神话带出榆次车辋这个小小地域的空间,也会把这个神话带出21世纪的时间隧道,因为这个碑记是中国万里茶路一个空洞的句号。无数的思考和想象将会穿越这个句号而出并飞翔起来。

夸父没有追到太阳,他渴死在了路上,可他的手杖变成了芬芳的桃林。桃林开花结果,一直甘美我们到今天。

《诗经》情歌踪迹

古溱洧河边的情人节是什么时候夭折的,不得而知。从唐代诗人的诗歌里看,《诗经·国风·郑风》里描述的情人节就再难寻觅了。也难怪,如果三月三是个祈求生育、生殖崇拜、男女自由谈情说爱的日子,那么在漫长的封建社会里中途夭折也是必然的事。

如果说在黄河流域古溱洧河边的人们,不仅遗失了古情人节,而且也淡忘了《诗经·国风·郑风》中收集的那些优美、纯朴的情歌,那就唯恐有失公允。

我在溱洧河边寻觅着,希望能发现一些《诗经·国风·郑风》诗篇的遗韵,因为那些诗歌的确是太美了,它们的命运不应该在其发源地——郑国的土地上短命。在溱洧河边的新郑市,具有2000多年历史的郑国古城墙仍安卧于市中,只不过周遭已布满了新的建筑,它是国宝级的文物保护单位了。穿越古城墙往东不远的人民路边的一小巷里,有一座郑风苑,尽管这座公园位于城市中心，但它依河而建。

新郑市真不愧是炎黄故里，这里的人们果然晓得自己先人所创作的《诗经·国风·郑风》诗篇的珍贵艺术价值。就在这郑风苑内，他们将《诗经·国风·郑风》的21首诗歌，雕刻在不同造型的巨石之上，并将白话译文一并镌刻在古诗旁边。

且看《诗经·国风·郑风》里的《女曰鸡鸣》这一首：

> 女曰鸡鸣，士曰昧旦。子兴视夜，明星有烂。将翱将翔，弋凫与雁。
>
> 弋言加之，与子宜之。宜言饮酒，与子偕老。琴瑟在御，莫不静好。
>
> 知子之来之，杂佩以赠之。知子之顺之，杂佩以问之。知子之好之，杂佩以报之。

刻此诗歌的巨石一高一矮，古诗与译诗分别刻在两石之上，宛若那诗中男女在温情对话。程俊英的译文如下：

> 女说："雄鸡叫得欢。"男说："黎明天还暗。"
> "你快起来看夜色，启明星儿光闪闪。"
> "我要出去走一转，射点野鸭和飞雁。"
> "射中野雁野味香，为你做菜给你尝。就菜下酒相对应，白头到老百年长。你弹琴来我鼓瑟，美满和好

第一辑　旺火

心欢畅！"

"你的体贴我知道,送你杂佩志不忘！你的温顺我知道,送你杂佩慰情长！你的爱恋我知道,送你杂佩表衷肠！"

你看这两人的爱情世界是多么的单纯、浪漫、和谐、美好！2500多年以前的古人,莫非就真是探究出了真爱的谜底?!

老子说:"曲则全……洼则盈。"这既是哲学,也是艺术。就爱情而言,若男女双方都有了曲的艺术,就保全了爱情;需求越少,就越容易满足。如果随了欲望走,那就没有了边际,也就掉在烦恼之中而不能自拔了。老子还说:"知其雄,守其雌。"倘若男女双方都知其阳刚的显要,而彼此都坚守其阴雌的柔静心态,那不就是和谐美满的爱情世界吗！

我们换一个视角,倘若屋里的那女子说:"鸡都叫三遍了,你还不快起床！"

男子说:"你这婆娘好无礼,天还黑着呢,就逼我去打猎。"

女子说:"别家的男人这会儿说不定都打着野鸭了,跟了你这懒鬼真倒霉！"

男子说:"与其在家与你吵架,还不如到外面去清净！"

女子说:"有本事你就别回来,回来也不给你做饭！"

如果家家的小两口在黎明时都这副德行,何有美满幸福可言,当然也就不会有《女曰鸡鸣》这样美丽的诗篇了。

今天,那些手拉着手或漫步或静坐在溱洧河边的年轻人,那些溱洧河边孤独的男人或女人,那些深夜在溱洧河边哭泣的女人,那些偶然从跨了溱洧河的大桥上因为失恋而跳河自杀的人,如果能到这郑风苑内慢慢地、净心地品味品味《诗经·国风·郑风》里2500多年前先人的那些真挚、纯真、热烈的爱情心迹,或许就会在欣赏中体会到人类亘古不变的爱情真谛。

在物欲横流的物化世界里,人们积累了太多太厚的功利现实思维,在男女情爱这个最讲圣洁的领域亦是如此。我们遗失的的确不仅仅是黄河流域的古情人节,还有《诗经·国风·郑风》诗篇里那些闪光的、不带功利之念,唯独为情而彼此相许的浪漫真情。

我从千里之外而来,做《诗经》古典情歌觅踪之旅,那古情诗其中的奥妙竟令我心旌摇荡于古今之间,浮想联翩。溱洧河乃不过黄河南边的两条小河,郑风苑也不过巴掌大小,徒步穿过也仅需十几分钟而已,但《诗经·国风·郑风》诗篇里美妙的意境却穿越了时空,飞出了小小的郑国疆域,飘在东方,飘在世界,飘在今天无数人的心里。

中国文字博物馆联想

也说不清有多少次乘车在京广线上与安阳擦肩而过。一个初冬的夜晚,我在河南省最北边的安阳市落脚。尽管早年在学校的课本上就知道甲骨文的发现地——殷墟遗址,也从中国古典神话里看过仓颉造字的故事,但说起来惭愧,汉语是我的母语,我还是一个喜欢玩笔杆子或者说玩电脑键盘写作的人,可最早让我知晓此地有一座汉字博物馆的,居然是一位美籍教师,她开心地对我说,在学生陪同下参观了这座博物馆——那已是两年前的事情了。

博物馆是免费的,但需要提前一天电话预约,可当我预约时,被告知次日的票已经订完,不过可在早上9点凭身份证在博物馆取票。我有些惊讶,一座位于非省会城市的博物馆,在非黄金假日期间居然如此游客众多?第二天9点整,我就站在了博物馆的领票处,但并非想象的那样需要在"蛇阵"里排队,因为我是领票口唯一的游客。

该博物馆是我国第一座以文字为主题的专题博物馆。规模与气势没得说，正门口一座硕大的字坊雕塑建筑取甲骨文"字"之形状兀自伫立于蓝天与阳光之下，其镂空处穿越着无形却衔接于远古且弥散于时空的风，它给我的感觉是既悠远又短暂，它悠远于人类的历史，抑或说几乎与人类的文明史同步而行，而它又短暂于无始无终的天地时空，具有数千年历史的文字也不过是其中倏忽一瞬。两只金色的玄鸟立在两边，其姿态像是刚刚落地，又仿佛展翅欲起，它们在空中的飞翔想必是远古仓颉造字的灵感源泉。顺着广场往里走，两边28座硕大的铜质甲骨碑在阳光下熠熠生辉，其间的汉字雏形清晰可辨，它们早先仿佛凝固于兽骨，而后就如同艰难而漫长的发明它们的历程一样缓慢而又艰辛地从兽骨里爬出。而我们回头看时，它们数千年的步子竟如同跳跃一般，从甲骨跳到陶器，跳到青铜，跳到竹简，跳到纸张，直至跳到今天的电脑屏幕之上。想我中华5000年文明凭借汉字载体绵延至今，而无数先贤为之油枯灯灭，无声无息地淹没其中，岂能不"念天地之悠悠，独怆然而涕下"。

远处的金顶博物馆宛如一巨大宫殿，此时殿前的石砖广场上有几位保洁员正用湿湿的拖把清洁，她们并没有一条挨着一条走，而是有些随意地选些灰土之处拖动，在这早晨的阳光下，拖布的印迹不会很快消失。看着那些弯弯曲曲的印迹，我对那些保洁员笑着说："咦——你们'写出'的居然都像这博物馆里的甲骨文了。"她们也笑了起来，但我知道这样的幽默并不会引发她们太多的联想。

馆内一楼专题展厅为《一片甲骨惊天下》，而后在二三楼有中国文字发展史的第一展厅到第五展厅。令我惊喜的是：从门票到资料介绍，到展厅文字说明，一律配有英文；有人机互动，参观者可以通过电子屏幕，以游戏方式查阅具体汉字的发展演变；有4D影院，戴上立体眼镜，即可欣赏将听、视、嗅及动感融为一体的立体电影，当影片中有暴雨场景之时，你的脸上居然能够感觉到滴落的水珠。之所以惊喜，是因为我联想到了它与发达国家博物馆距离的迅速靠近，进而让我联想到了中国大大小小博物馆之演变，其演变之快，就仿佛从20世纪50年代的绿皮火车转眼就幻化为如今飞驰在大地上的流线型高铁的速度。

"文化大革命"期间，我居住在山西太原，那时的山西博物院（始建于1919年）位于太原五一广场西北起凤街边的纯阳宫内，不仅占地面积小，房屋也狭小低矮。那个年代，博物馆是个冷清场所，几乎没有什么人光顾，而且馆内好多珍品也不对外展出。我们单位的几位书法绘画爱好者，为了对馆内的书法珍品进行拍摄，当时是拿了盖有军队与地方政府红印的介绍信才被开绿灯的。"文化大革命"结束不久，有一次，我被抽调至省检查组赴太原某博物馆调查"文化大革命"期间馆内文物的流失情况。该馆工作人员拿出一份档案给我们看，从这份档案中我得知,"文化大革命"时博物馆曾数次将部分文物以极低价格处理给某些权势人物,还有一些文物被长期"借走"不还。谁能想到博物馆这个历史文化荟萃之地还几乎被文化革了命。

如今的现代化新馆——山西博物院位于太原汾河西岸,2005年建成开放,建筑面积5.1万平方米,珍贵藏品约40万件,可谓今非昔比,鸟枪换炮。

记得大约是在1990年,我到郑州出差,朋友问我想看什么,我说去看看河南省博物馆吧。于是我们乘车前往,可到了馆内一看,除了新时期时势图片展之外,没有其他展出内容,真是令我大失所望。

20世纪90年代初,我在德国进修时算是在星罗棋布的博物馆中开了眼。在柏林,有闻名于世的博物馆岛,有国家航空博物馆、交通博物馆,令人难忘的是在交通博物馆内居然有人类早期的火车与车站。即使是到了最偏僻的乡村,也有精美绝伦的村博物馆,有的地方索性就将中世纪的整个村庄变成村博物馆。在德国许许多多的小城市里,那些由政府与房主共同投资保存完好的中世纪建筑,简直就是一座座相对完整的小博物馆,有些桁架结构的房子外表刻有建筑年代,绘有彩色图画,甚至房主的家族史也会在房子外表用雕刻或浮雕表现出来。胸前佩戴着家族徽章给游客讲解的房主,脸上洋溢着自豪与快乐。在这个文化氛围如此浓厚的国度里,我感受到了"国"与"家"两个字的分量。

大约在 20 世纪末，我所供职的单位已使用了 20 余年的一批大型室内航空立体测绘地图仪器要被数字测图仪器所取代，那些设备当初是花了大量外汇从瑞士或德国购进的，可单位竟然做出了令我匪夷所思的决定：限时将这些被淘汰仪器以废旧物品处理，也就是说将其视为废铜烂铁来出售。我着急万分，因为此举让我想到了德国的科技博物馆，在那些馆内科技仪器是按发明使用的时间顺序陈列的，比如计算机，由最初的需要几个房间方能容纳的庞然大物一直到如今的微型计算机，一应俱全，学生们在一代又一代计算机上的操作玩耍中体验到了它的演变史，那么他们在此基础上有所创新或发展是再自然不过的事了。我奔走于市内的几所大学，与有关院系协商，请他们尽快"抢救"这些珍贵的科技仪器。他们理解，但从请示汇报到研究批复需要时间。最终，那些仪器还是被大卸八块，当废铜烂铁处理掉了。10 年之后，我在全国一些省份得知，这样的遭遇绝不是个别现象。近年来，浙江省正紧锣密鼓地筹备一座大型测绘与地理信息科技博物馆，但馆内仪器展品成了难题，筹备组在全国有关行业呼吁收集，没想到将旧有测绘科技仪器保存较为完整的居然是学校与较少得到国家投资的一些行业单位。

从中国文字博物馆出来，已经过了午饭时间，由于馆内馆外光线悬殊，以至于当我走在馆外广场上时，觉得阳光格外耀眼。博物馆每个展厅内的光线都有些昏暗，当然我知道那绝不是为了节省能源，而是为了营造一种中国文字穿越历史的氛围，就仿佛是让你穿越一条漫长的历史隧道。其实文字是人类昏暗历史隧道里的灯火，它是人类智慧之光的象征，馆内过于昏暗的光线未免有些让人感觉沉闷。

招一招手，我打了一辆出租车回旅店。我对司机说，总算了了一个心愿，看了你们安阳的文字博物馆。我还感叹说，真是不错，值得一看啊。见他没反应，我又说，不过这博物馆参观的人也太少了，你是当地人，你进去过吗？

他说，俺看不懂，别看不要钱，免费，我也从来没有进去过。我问，为啥不看看呢？他的回答把我逗乐了，他说："不就是些格头（当地人将'骨头'念成'格头'）片子么，没啥意思，老百姓看不懂。"

看来，"格头片子"还没有成为当地人的骄傲。我沉默片刻之后，说："是啊，博物馆太专业了，就是文化人也看不懂多少。"

中国的博物馆也将有星罗棋布之势了，而其何时能够真正成为国民的珍爱，就像是珍爱我们家中祖传的一件瑰宝一样，恐仍需我们仔细端详中国汉字一路走来的艰难又美丽的足印……

寻找六福客栈

1930年10月18日，英国姑娘葛拉蒂丝·艾伟德提着皮箱只身从伦敦出发，那箱子外不时叮当作响的煮水用具，说明她不是富有的人，而且是要出远门了。她像是一个冒险者，要孤身去遥远的中国，中国对她来讲，只是地图上的距离、符号和书本上一些空洞的描述。她乘火车和船，穿越西伯利亚，取道日本，来到中国，而后一路汽车、马车，最终骑着小毛驴，走进了山西长治西南方向的偏远小县——阳城。

那一年，她才27岁。原本立志要到中国来传教，却因资格问题被伦敦教会谢绝。倔强的她没有放弃，历经艰难曲折，踏上了中国的土地。这个勇敢的开始，也许就预示了她日后闻名世界的传奇。

2004年的一个周末，郑州大学西亚斯国际学院的美国教师莱瑞，请我看了他从美国带来的电影《六福客栈》，其英文名字是 The Inn of the Sixth Happiness，电影就是根据艾伟德在中国的亲身经历改编的。影片中的艾伟德由世界著名影星英格丽·褒曼扮演，这位被称为即使不穿华贵的衣饰也同样熠熠生辉的"好莱坞第一夫人"，曾三次摘得奥斯卡金像奖。这部电影1958年起在美国和欧洲上映，是褒曼的后期代表作，以"最能促进国际间的了解"而获第十六届美国电影金球奖。

  阳城是一座山区小县，当年的贫穷程度可想而知。艾伟德协助早已在阳城的罗森夫人开始了艰苦的工作。她们办起了八福客栈（在电影中被改名为六福客栈），给过往旅客讲《圣经》故事，收养孤儿，行善乐施。1936年，艾伟德申请加入中国国籍。如果仅仅如此，她也只不过是在自己的经历里有这样一段历史而已。

  1938年的一天，日军飞机轰响在阳城上空，炮火将阳城炸成一片废墟。危险日益迫近，艾伟德在晋东南区域目睹了日军非人性的肆虐行径。这个曾经被英国教会认为不具有资格到中国来的姑娘，于1940年3月初，毅然带着约百名孤儿从县城大逃离。他们走进了西南方向的大山，准备一直往西，穿过黄河到当时稳定的西安去。

  这是怎样的一支队伍啊，没有充足的干粮，最大的孩子也就十几岁，最小的还得抱在怀里或者背在背上。艾伟德就是这支队伍的总指挥，他们跋山涉水，穿越森林，翻过一座又一座高山。孩子们的衣服在途中被疾风和石头吹磨成了条缕状，鞋子磨出了洞，他们在异常艰险的征途中历时一个多月，行程千余里。到达西安时,孩子们的脚上已经不是鞋子,而是包裹的破布了,但一个孩子也没有少。在焦急等待和欢迎他们的人流中,虚弱的艾伟德昏倒了……

"我的孩子们在哪里?我有100个孩子!"当她在医院的病床上苏醒过来时,说出了这句微弱的让医生误以为是呓语的话。

战争期间,尤其是日军投降之后,许多记者、作家采访了她,将她平凡又神奇,简直可以写进《圣经》的故事传播到欧美等许多国家。她对中国孩子的真爱感动并震撼了世界。

西亚斯国际学院的美国教师听我说阳城离郑州不远,也就200多公里,而且我又是山西人后,一致提议去阳城。我自然就成了向导。在一个周末的早晨,我们出发,同车的有美国教师10余人。莱瑞先生带着由艾伦·伯格斯为艾伟德撰写的英文版传记《小妇人》一书,还特意复印了扉页上占据两个页码的艾伟德从伦敦到阳城的路线图,发给了车上的每一个人。在车上我问莱瑞,这部电影在美国有名吗?他说,不仅在美国很有名,而且在欧洲也非常有名,像他们这个年龄的人都知道。说到有名,他连用了两个"非常",而且放慢了语速。

当天下午,阳城县政府、政协为我们一行举行了一个欢迎会。这些慕名而来的美国友人与好客的主人寒暄一番并合影留念,还赠送了一套英文版《六福客栈》的电影光碟。当地官员热情友好,欢迎词也很得体,可当美国友人说明来意,提出想参观六福客栈,想约见当年的孤儿幸存者的时候,会场立刻安静了下来。

有人说，我们还是第一次招待这么多外国友人，也是第一次听说这个故事和电影。60多年过去了，当时的人都找不到了，县志上也就写了一句话。

有人说，原来那个六福客栈的旧址就在城内，可能已经破坏了。美国教师们一下子沉默起来，很失望的样子。

美国教师中有一位特意从山东大学赶来的查尔斯博士，在中国抗日战争期间曾经当过美军飞行员，他缓缓地说："为了来阳城，我准备了几个月。现在心愿了却了。电影《六福客栈》影响了我们几代人，至今还影响着美国的现代人。在第二次世界大战期间，有些美国青年就是受艾伟德的影响而勇敢地奔赴抗日前线的。可以说，世界上有好多国家的人知道中国的阳城，但遗憾的是，你们很多人不知道这里。"

不一会儿，当地政协的人找来了四个人，一个是阳城基督教会的牛天平先生，另一个是艾伟德当年居住小院的现居住者卫大嫂，还有两个是当年随艾伟德去陕西的孤儿后代——成白锁和高安虎，他俩分别是成张虎与高晓川之子。两位孤儿的后代看上去已有50多岁，一副农民的样子。当介绍这几个特殊的人物时，所有老外的目光为之一亮。

牛先生显然知情，也没等主持人请他就说开了，而且是滔滔不绝。美国教师们很是激动，纷纷与卫大嫂、成白锁、高安虎合起影来。

一位美国女教师问成白锁："你父亲什么时候回来过？他现在哪里？"

成说："他死了。五几年回来，当时种地。"

另一位美国先生插话说："你父亲谈过他翻山去西安的事情吗？"

成说："听家里人说当时他八九岁，事情记得很清楚。后来当了兵，过了十多年后才回来……"

随后，在牛先生和卫大嫂的带领下，摄像、照相设备武装齐全的美国人一起步行去寻找当年的六福客栈。小小的县城还真是保留了一些电影里的旧貌：淹没在散乱新建筑群中的古城墙段、狭窄的小巷、古朴的小桥、敞门的四合小院，还有立在街头好奇的居民，甚至于还有站在街上晒太阳的八十来岁的小脚老太太。

在一面矮矮的残留土墙和庄稼秆围着的空地边，牛先生手指着里面说："这就是当年的六福客栈。"那院落中一眼枯井口上的辘轳还在，周围长满了齐腰高的蒿草。就像抢购什么稀有商品一般，在一片咔嚓声中，这个六福客栈的遗址被照相机和摄像机的镜头贪婪地一一取走。

绕过客栈，再往里面走，就是一条不到两米宽的小巷。在一个有着五六级台阶的木门边，牛先生指着墙上还未褪尽颜色的毛笔字说："这里就是艾伟德当年居住的小院。"墙上的字清晰可辨——"旧耶稣堂院，行后巷6号。"进了院子，一座保存基本完整的四合小院呈现在眼前。房子是二层小楼，楼梯和楼上的栏杆是木质的。当这些身材高大的美国人踏着吱吱作响的木梯走上楼时，才感觉到二层的房子很矮。美国教师们又忙碌了起来，楼上楼下地拍照，找房主合影，还不时地提出许多问题。遗憾的是，这座院子里年龄最大的人也不过六十来岁，他们对六福客栈一无所知。而就是他们今天居住的这座小院，美国人在拍摄《六福客栈》电影时，是根据艾伟德自传里的描述与照片花巨资在欧洲搭建的。当仿制的中国阳城景观与六福客栈被欧美的无数双眼睛观赏时，这座小院子里的人浑然不知，阳城的人浑然不知，一晃就是近50年。

战后，艾伟德写了《我的心在中国》一书。她应邀到世界各地演讲。她想回到中国大陆，但当时无法入境，于是前往了台湾。1970年1月3日，艾伟德病逝于台湾，按她的遗嘱，头颅朝着中国大陆的方向，以示永远怀念。

第二天上午，我们参观了离县城不远的皇城相府——一个城堡式的村庄。从1501年至1760年间的260年中，这个村庄共出了41位贡生、19位举人。清代初叶著名的政治家、文学家、理学家、诗人陈廷敬也是这里的人，他是康熙的老师、《康熙字典》的总阅官、辅佐康熙的一代名相。1998年起，村干部和民营企业家投巨资将整个皇城村保护起来，将其修复成一座古代建筑博物馆。

真是不敢相信，这个在全国颇负盛名的皇城相府居然是一个村庄里的人搞起来的。他们的胆略和文化眼光真是非同一般，竟能在一个已经破败的村庄上看出它的历史文化价值来。更让我惊讶的是，全村人无一例外地搬出祖辈居住的村落，而迁居陌生的新村。这哪里是农民的眼光，就是文化学者有这样的见识，也未必有如此的胆量。

中国或许有许许多多的六福客栈，但与艾伟德的名字联系在一起的，只有一处，那就是山西阳城的六福客栈。它应该是世界上最有名的客栈之一，可阳城不知道，山西不知道，中国也不知道。

我们无论如何不应该忘记这位"中国孤儿的母亲"——艾伟德！

就在我们离开阳城不久，大约一年后，有朋友告诉我，那个宝贵无比的六福客栈原址被一幢四四方方的新居民楼覆盖掉了。得知此讯，我欲哭无泪。如果它还在，或者被我们纪念，一定会有无数的人朝圣一般地从四面八方奔阳城而来。

艾伟德的故事发生在中国，但绝不应该淹没在中国。

我相信，六福客栈新的故事在阳城已经开始了……

第二辑　祝福

母亲的祝福

记得过去的大年初一,人们都是黎明放炮,现在的人们则是一到除夕之夜的12点,就急着放炮。等震耳欲聋的鞭炮浪潮退下去,也就深夜两三点了。一觉睡去,就奔早上9点之后了。

不管晚上鞭炮如何地响,大年初一早上,母亲总是全家第一个起来。过年,我刚起来,还没顾得上给老母亲拜年,牙也没刷呢,耄耋之年的她就一边将剥开了纸的水果糖塞进我嘴里,一边说:"大年初一吃块糖,一辈子寿命长。"

这句来自母亲大年初一的祝福,我太熟悉了,自打记事起,母亲每年过年都是如此,从来没有换过词。小时候过年,我在被窝里刚睁开眼,母亲就将一块糖放进我嘴巴里了,而后将她的祝福话语说一遍,有时候还要在后面补充一句:"小时候,我姥姥就这么说的。"

虽然她祝福的语气里蕴含了太深的爱,脸上也洋溢着美美的微笑,但我下意识里感到这个祝福是带有命令意思的。其实,小时候过年，早上起来后第一件事并不想吃糖，而是想着去放炮，所以有时候也会将糖块从嘴巴里拿出来放回糖纸里包好，又放在枕头边。母亲看见了就不让，非逼得你将糖块再次放进嘴巴里，她才离开。

以往过年，我对母亲的这句祝福话语并没有太在意，甚至于都没有往心里去，似乎觉得这不过是母亲从老家带来的习俗，正如她为自己的祝福所做的注脚，她姥姥过年就是对她这么说的。有时候，还觉着她的这句祝福话语怎么那么老套、那么土气，而且很是空洞，让你找不到感觉。至于细细体味一下这句祝福话语背后的分量就更谈不上了，所以在接受母亲过年祝福的时候，我还有不耐烦的表现，或者干脆不吃。

母亲也真是亲妈，平时里也常常对我发脾气的，但在过年这一天，即使是我执意违背了她的意愿，不吃糖，她也不发脾气，看看劝说无效，就无奈地走开了，但不一会儿，她还会回来再劝你吃糖。

我都过了知天命之年了，按说对亲情应该有了到位的理解，但遗憾的是，居然直到这年的大年初一才开了窍。当母亲伸出她那皱褶密布的手，脸上绽开了微笑，将一块糖放进我这个老儿子嘴巴里的时候，我的心瞬间战栗了。看着母亲，我品尝着糖块，两腮顿时溢满了从来没有感觉过的香甜。我竟然高声地第一次重复了母亲的祝福话语："大年初一吃块糖，一辈子寿命长。"我是为了让她老人家高兴，而故意这么说的。

没想到这句祝福的话语一出我的口，居然具有了闪电般的魔力，以往的50多个大年初一的早上，母亲同样的祝福话语串联起来响在耳际，母亲同样美美的微笑闪现在眼前。

可如今，站在我面前的母亲，表示她微笑的除了那双美丽的眼睛之外，就是密集的皱纹了。我仔细地回想着，但怎么也想不起她以往送我春节祝福话语时的模样来。岁月不饶人啊！

母亲看似平淡的再一次祝福，让我自省了好久。我在这几十年中，每当过年时又给了母亲什么样的祝福呢？这一回想，把自己吓了一跳，因为我的祝福话语更简单、更单一、更土气，我说的只有三个字："过年好！"不仅如此，扪心自问，当我在少年甚至青年时期，初一早上对着母亲说这三个字的时候，往往还是履行程序一般，甚至于心不在焉。相比之下，真是自惭形秽，并且深深地感受到了母亲那发自肺腑的祝福话语的沉重分量。

我必须珍惜自己的生命，力争一辈子寿命长，才能对得起母亲无法用语言形容的大爱。

春节期间，我接受了太多的手机短信拜年祝福，说实话，亲友的祝福是真诚的、美好的，让我开心并感动；有些祝福话语编得非常漂亮精彩，而且还很长，也耐人寻味，然而，在此，我只能请发手机短信给我祝福的各位亲友们海涵了。

我要说的是：母亲的祝福是最美的！

辍学之痛

母亲虽已耄耋之年,但身体还算硬朗,自己做饭洗衣服,还能独自走楼梯上下三楼。毕竟年龄不饶人,她的听力日渐下降,记忆力也大不如从前,偶尔也会忘记了关水龙头,但令我非常佩服的是,她至今仍然能够一字不落地背诵《三字经》《百家姓》《千字文》等传统经典,能够利落地打算盘。有时候说起这一点,她自己都难以置信:"真是奇怪了,后来的多少事都记不清了,可那个时候在女子学校学下的东西永远忘不了。"

眼看着她同辈的熟人一个个相继离去,她会感慨地说:"我的身体不错,真得感谢我的小学老师,那时除了上课,就是教我们跑步、唱歌、跳绳、单绳、双绳、盘花、大绳,给身体打下了好基础。"

"功课背完太阳西,手提书包回家去,见了父母先行礼,父母对我笑嘻嘻。"这是20世纪30年代母亲下学回家路上唱的儿歌。多么开心啊!多么无忧无虑!或许连未来的五彩憧憬都还不忍来惊扰她呢。母亲的故乡是河北省武安县,她家是书理人家。她的大爷是考取过秀才的,后来做了教师;我的姥爷是从家乡考到郑州读大学的。有时候母亲看着我现在家里的书架会说:"我爹家里那时的书比这还要多。"那时候,母亲家乡的女孩子一般是不上学的,可家里非要她去读书。母亲七岁那年进了乡里的女子学校,她的女老师姓李,高挑身材,衣着时髦。母亲说,她们那一带没有见过比李老师更漂亮的。李老师带着学生们去看戏的时候,要求都穿上整洁漂亮的衣服,那在村里或镇上就是一道亮丽风景了,看戏的人们会时不时地扭了头去看李老师。

为了让学生们感知"谁知盘中餐,粒粒皆辛苦",李老师带了学生们到农田里干农活,到老师家动手做千人糕,然后再细细品尝。当学生背不出课文时,老师是要罚的,就是拿一板子打手心。有一年我姥姥病逝,母亲悲痛不已,无法专心读书,背不出课文,老师便责打,手心都红肿起来,但不敢哭,只是小手在课桌上不停地摩挲。老师问为何背不出课文,母亲说,亲妈走了,怕有个后妈。李老师便不再罚她,母亲也渐渐地迈过了这道坎,成了一位专心致志的学生。

我姥爷后来远离故乡去闯关东,有时会寄一些东西给老家的亲人。有一天,母亲去学校上课,老师便问:"你哪来的日本衣服呢?"母亲如实回答是父亲从东北寄来的。那一天,李老师将中国东北三省沦陷的事一五一十地讲给学生们听,母亲第一次知道了"亡国奴"这个词的含义。下学之后,母亲跑回家里,脱了日本衣服,将日本书包里的课本也倒出来,高声地对家里人说:"我再也不用日本的东西!"

我姥姥是从魏粟山乡嫁到几里地之外的周庄的。有一天母亲从她姥姥家回到周庄,可到了晚上,就见窗户上晃动着人影,第二天一早就哭闹着要回姥姥家去,我姥姥只得带着她又回到了魏粟山乡。可巧就在那天晚上,日本鬼子包围了周庄,满村的鸡飞狗叫,皮靴踹开了一个个家门,闪着寒光的刺刀抵在了村民的胸前。母亲与姥姥躲过了一劫,事后,当地人都说母亲是个神孩子。

再后来,女子学校关门了,因为漂亮的李老师死了,有人说是被日本鬼子吓死的,也有人说是被日本鬼子给祸害死了。母亲在家大哭。李老师的公公去世那年,学生们还着素衣随了老师在灵堂上恭恭敬敬地鞠了躬,可母亲与她的同学们竟然没能去向心爱的李老师告别。母亲说:"日本鬼子戴着两耳扑拉的帽子,端着明晃晃的刺刀,对着行人鸣里哇啦地比画着,刺刀在人胸前戳来戳去。自那之后,我便再也没有了在正规学校读书的机会。"

多年之后,母亲在她姥姥家村外的墓地里找到了李老师的坟头。

70多年前,在河北省武安县魏粟山乡女子学校,每当早晨的铃铛摇响之后,李老师就会在教室里点名。今天的母亲,有时候还会按照当年李老师点名的顺序抑扬顿挫地念出学生的名字:"谭唯书、赵荷卿、魏秉清、魏桂清、魏国英、陈金珍……"

那排名第二的便是我的母亲。

人生如戏

我母亲小时候常去她姥姥家,成天围着姥姥姥爷转,对他们格外亲。

母亲已经 80 多岁了,仍然常常提起自己的姥爷,也就是我的太姥爷。她说:"我姥爷念佛,有五个孩子,三男两女,但从不打骂他们,可是孩子们,包括家里的媳妇们,都非常敬畏他。为什么呢?因为姥爷特别会说话,肚子里有学问。"

母亲说起我太姥爷的故事时,只说一些精彩片段——

有一年,村里来了一家逃难的,七八口子,太姥爷就收留了他们,腾出一座单独旧院,让这家人住下。日后,这家男人就为太姥爷种地、喂牲口、挑水,干些杂活,算是打了长工。有一年,太姥爷家棉花丰收,自家院子里放不下,就将那人院中的几间闲房也用来放棉花。

一天早上,突然村里有人来悄悄地告诉太姥爷,说那长工在天蒙蒙亮时,驾了牛车,拉了一车棉花去武安城了,就是说那人偷了太姥爷家的棉花去县城卖钱了。太姥爷在好心的告状人面前没动声色。

回到自己家里,太姥爷却对家人说:"还用他们告我,我早就看到了。"

原来太姥爷家房子高大,站在屋顶就能够看到出村的路口及土路,而且顺着弯曲的土路就能一直看到十余里外的武安城。太姥爷有早起的习惯,有时候会上屋顶看看自家的农田。

太姥爷并没有去责难那人,也没有挑破此事,并且还不让家里人去说破。家人们自然不敢去说,但免不了发发牢骚:这一车车地偷下去怎么办呢?

太姥爷说话了:"我不是不管,其实管了也没有用,棉花就在他院子里,你能时时守着?再说,他能偷我们的棉花,也是自有难处,也就偷偷卖个几车,不会多了!"

然而,没过多久,那人又去偷村里别人家的东西时,被抓住了。村里的最高长官保长——即村长亲自坐镇,将那人剥了上衣,吊在树上抽打。保长是闯关东回来的,长得也排场,还说一口东北腔,自然在村里人眼里是个见过世面的人。太姥爷闻讯赶到现场,拨开看热闹的人群,厉声制止,并从抽打人的手中夺了麻绳。

太姥爷对保长说:"他出了事,你们可以找我说话,为什么吊打人家?"

保长说:"他偷你家的东西,你行善不管;偷别人家的东西，我做保长的不能眼看着不管！"

"你把人给我放下来！"太姥爷指着被吊在树上的人说。

"人犯王法身无主！我还没有罚他呢。"保长毫不相让地说。

"国有国法，家有家规。打就不罚，罚则不打！你这又打又罚，叫人家还活不活了！又打又罚还有王法吗？你这是私设公堂。村里说不清，我们到武安城说理去！"太姥爷据理力争。

太姥爷是村里屈指可数的文化人，家里有书房，平日里保长也是敬畏三分的。既然说不过太姥爷，保长也就挥挥手，让打手把那人放了下来，叫太姥爷领回家去了。

自打这次事件之后，那人再没有犯过偷东西的毛病，成了姥爷一家非常信任的本分人。

最近，让我惊讶的是，母亲因家中琐事有些心烦，就又唠叨起她姥爷的故事。她好像将姥爷当成了一面镜子，抑或说当成了她排除烦恼、自我反省的一段《圣经》经典。

这一次，母亲说了一段我从没听过却与上面那段故事密切相关的事——

后来村里人也开始"革命"了。他们将村里有些财产的人吊起来，动用酷刑，用烧红的铁锨在赤裸的身子上烫，逼他们拿出财宝，交代罪恶。村里有些人被打死了。这一次被吊起来的有太姥爷，惨遭毒打。谁也没有想到，太姥爷救过的那个长工风风火火地赶来了，他用身体护着太姥爷，不让人们打，还扳着手指头，声泪俱下地一一列举了太姥爷对他的好。

太姥爷被这个曾经的长工竭力担保，从悬吊的房梁上放了下来，免了酷刑，保住了一条性命。

之后，那人开始给太姥爷送饭，一日三餐。这回是太姥爷被感动得痛哭流涕了。

母亲小时候是读过私塾的，她念叨这个事，当然不仅仅是觉得有趣，而是饱含了对姥爷的敬佩与深情。她既是在告诫自己，也是在说给我听：人与人之间的相互包容、宽恕与友爱是多么珍贵。

继　母

　　母亲九岁时，其生母病逝，我姥爷之后续弦。继母大母亲十岁，倒更像一位大姐。姥爷在关东做他的买卖，留了女儿与新妻子在老家生活。日军侵入河北之后，百姓很是恐慌。姥爷从东北写信给妻子，让她将家里的田地给村里人种了，带上我母亲去东北生活，这样也可以让我母亲继续读书。可母亲的继母没有选择这个建议，她更愿意留在家乡父母的身边。

　　母亲说，继母对她倒也不赖，平日里做饭做家务、纳鞋底做鞋，逢年过节还为她缝制新衣。每逢母亲的姥爷姥姥过生日，继母都要带着备好的食物去家里做饭，可谓礼数周全。

　　有段时间，母亲与自己的一位小朋友即闺蜜常常住在一个屋里。她继母在同村里有两个亲外甥女，有时候也到家里玩，晚上不走了就与母亲住一个屋。有一天早上，天刚亮，母亲已经醒来，但闭着眼躺在床上没动，此时听得继母蹑手蹑脚进屋来，对两个亲外甥女悄声说："快起来吃油饼去！"家门口街边早上有卖油饼的，类似于我们今天的油条之类。等继母带着外甥女出门去了，母亲的闺蜜一挺身坐了起来说："你听到了没有？你后妈怎这样偏心眼子呢?!"母亲自然内心不快，自那以后，便常常跑到姥姥家去住。

姥爷常从东北寄一些稀罕之物给女儿，有衣服、鞋帽、首饰之类。有一天，母亲在自己箱子里不见了父亲寄来的衣物，便急着问继母。继母说："我锁起来了，你也穿不了那么多，留给将来的弟弟穿吧。"那时母亲家里有些质地不错的大木箱子，外面带大铜锁。自小没了生母的母亲，从那些东北寄来的物件上更多地感受到的是父爱与温暖。母亲的火气顿时蹿了上来，也不说什么，去找了斧子、火柱来，也不知哪来的那么大气力，连砍带撬，将家中几个锁着的箱子全撬开来，找出了属于自己的那些衣物。继母傻了眼，没想到这平日里温温和和的小姑娘居然有这样的火暴脾气。母亲的过激反应或许令继母意识到这件事儿自己做得理亏，于是沉默下来。但是，等姥爷从东北回到老家时，继母便狠狠地告了一状，说母亲撬坏了家里贵重的大箱子，而姥爷历来对这个脾气倔强的女儿是既疼爱又没有办法的，于是也就表面上说了几句便不了了之。

母亲与继母之间的间隙，就这样一点一点地在彼此都敏感的事情上产生并扩大。

日军投降那年，母亲15岁。后来村里开始土改，给每家定成分，所有农户均被划分成剥削阶级或被剥削阶级，并定性归类。姥爷家里是有些田产的，有骡马，还雇着人种地，雇着保姆做家务。终于有一天，早就被惊恐折磨得紧张兮兮的继母被土改队带走了。继母如何挨打、如何交代出家里资产的场面，我母亲倒是没有见着，但几天后继母瘸着腿回到家中时，一把抱住我母亲就哭泣起来，而后她一边脱了上衣一边向我母亲哭诉着："小荷卿啊，我可是受了死罪了，他们将我吊起来打啊，你看看他们是怎么打我的！"

此时，继母背上密集的黑紫色交杂着红色的鞭痕印展现在我母亲眼前，母亲说这是她平生第一次见到人被打成这般惨状。母亲平日里虽说与继母有些过节，但毕竟是一家人。她对我讲述这段情节时，流着泪说："我随即也抱紧了继母大哭起来。我继母以往为我纳鞋底、做饭、洗衣服、做棉衣，给我父亲穿外衣，给我姥爷姥姥过生日时的忙碌身影，在我的脑子里像过电影般一幕幕闪过……我哭着叫了声娘，说，你当初要是听了我爹的话，说不定就躲过这一难了。"

自此之后，母亲与继母不计前嫌，关系和好起来。继母还常常对街坊邻居说，我母亲心地好，对她亲，见了她被打的伤痕哭得泪人一个，就像自己的亲闺女一样。

再后来，继母生了两个姑娘，姥爷也从东北回到了老家。我母亲成婚之后，随了我父亲到了山西太原。姥爷在村里为人不错，常做善事，也没遭大罪，后被当地政府看中了有文化特长，从村里选拔到邯郸市做了一名国家干部。继母的生活算是暂时平静了下来。大约是 1957 年，姥爷意外去世，使继母的天塌了下来，家里的生活断了依靠与经济来源。继母的两个姑娘都还不到十岁，她也没有干过农活，如何迈过这道对她来说又深又宽的坎儿呢？

她抑郁成疾，终于扛不住重病来袭，撒手人寰那一年，方才 38 岁。真不知道，那时的她眼看着身边两个孤苦无依且年幼的女儿是如何闭上双眼的。

母亲说，最终是继母的姐姐与姐夫领走了两个孩子……

救 爹

这是母亲给我断断续续地讲述的她自己救爹的往事——

我的爷爷赵老续,是河北省武安县魏粟山乡西周庄人。他家那时有两座院子,一大一小,大院子给了大儿子住,但大儿媳嫌院子大害怕。我爷爷就说,十有八九是家里人少压不住。于是将大院子用来做了布匹生意,还养了一些骡马。大院子慢慢热闹起来,赵家赚了些钱。他也真有些魄力,带了钱去苏州开了个门面,做起了绸缎生意,又赚一笔。他便回到家乡,购买了百十亩土地,开了绸缎店,用了三个雇工,还聘了一个管家。有一年,他将多年经营所得的一笔钱委托管家带了去苏州进货,结果没了消息,管家从此消失人间。当时有的人说,是钱被劫了,人被害了,还有人说管家隐姓埋名跑了。我爷爷在老家的绸缎店从此难以维持,他将两个儿子供到郑州去读书,自己抑郁成疾,直至病逝。

我父亲赵养荣是爷爷的二儿子,是考到郑州读书的。爷爷去世后,两个儿子分家产时,大儿子得的多,我父亲年龄小分得少,分得二十来亩土地。我父亲从郑州学校毕业后,去了东北开药店,算是闯关东吧。

1946年,我父亲回到了家乡。后来村里开始土改,有房子、有地、有牲口、有雇工的被抓了去,还吊起来毒打,逼你交出财产。我父亲自然也被抓了去。那一年我才18岁,在家里如坐针毡,心急火燎。那天不断地有人来家里说村上被抓走的人如何如何挨打。我再也坐不住了,天傍晚时,将两个金耳环摘了下来,攥在手里,去了村里关押父亲的地方。我父亲被吊在一间屋子里,我对着屋里那些人说:"各位叔叔大爷,我爹他不是地主!这村里人人知道,他常年不在家里,在东北也就做个小买卖,家里的地是给外人种了。他不种地,不收租子,怎么能算是地主?我自己就有两个金耳环,都给你们带来了,求求你们放了我爹。"

说完,我就将手中紧紧攥着的金耳环放在了桌子上。那些人兴许是听我说得在理,或许是自运动以来还真没有见过哪家的人敢于找上门来说理,一合计还真的就放了我爹。这一下子,我救爹的事儿就在周边的村里传开了。

我父亲算是躲过一劫。因为他在郑州读过大学,又被层层选拔到邯郸市的新政府做了干部。可好景不长,大约是1957年,机关将一些干部下放回原籍劳动,我父亲又回到了老家。回家做什么呢?他没有种过地,在农田里锄草把庄稼苗都锄了,村干部倒也开明,就让他挑水浇地。那时我随了你父亲在太原生活。想他思念女儿心切,挑水浇地又不出活儿,整日闷闷不乐。听家里亲戚讲,有一天,当心事重重的他用辘轳把在深井打水时,手一滑,被辘轳把一下子打翻在井里……

  母亲曾经救过她的爹,但这一回,远在千里之外的她却无力回天了。

蓝龙与桃子

这是母亲讲述的与自己婚姻有关的梦境故事——

那一年我大约是 19 岁，你爷爷托了几位在当地很有些脸面的人，到你姥爷家里提亲。我内心里说不上是愿意或不愿意，在周围长辈人说法不一的议论当中有些心神不定，可当时的我是到了谈婚论嫁的年龄了。

不久，我做了一个梦，在梦中看到从家中南房上面飞过来一条不大不小的蓝龙，那龙慢慢地飞舞着，奇怪的是龙前面的双爪还抓着一个大桃子。

我不明白这个梦的意思，就去问姥姥。姥姥说："好梦啊，这是说周庄谭家的连河是个清清白白的人，而且还是条龙，将来是个人物。他手里抱着一个大桃子，就是你，意思说你将来与这条蓝龙在一起，就长寿，有福气。"我还害羞呢，红了脸，扭头走了。

蓝色接近于青，姥姥套用了"青"的谐音，说谭连河是个清清白白的人，而且巧妙地将我梦中的蓝龙解释为你父亲。桃子在农村里是给老人祝寿用的主要果品，就是百姓说的寿桃。姥姥在给我解梦时，又将龙爪中的桃子巧喻为我。这样一来，一条龙与爪中的桃子这个奇怪的梦，就变成了姥姥对我未来婚姻的美好祝愿。看来，姥姥当年对这位未来的外孙女婿是比较满意的。

后来，我又做了一个梦，梦到自己去了外村一个叫长春河子的人家，双手托着一件东西，那东西我心里不大喜欢，但是忽然间，手中的东西就变了，变成了一匹不错的布料……这个梦又让我迷惑不解，便又去问姥姥："姥姥姥姥，我从来没有去过长春河子家，怎么在梦里就到了人家家里呢？手里还托着一件不大喜欢的东西，结果眨眼就变了一匹好看的布料。"

姥姥说："哎呀，我外孙女子可真会梦啊，你能够在梦里走进人家长春河子家可不容易，这真是个好梦。你想想看，谭连河的名字里有'河'，你的名字里也有个'荷'（与'河'谐音）字，长春河子还有个'河'字。你走到长春河子家，就是说你通过这个媒介，将来要与谭连河走到一起，就要有长久幸福啊，河水长流么。再说你手里先是托着一件不大喜欢的东西，那是你对这件东西不了解啊，结果眨眼变成了你也觉得不错的布料，那就是随着你对人家连河的了解，就会觉得人家不错了。布料布料，意思是说人家连河是块料啊，是个人才啊，日后定会成气候的。"

姥姥没念过多少书，信仰佛教。她很会给别人解梦。看来，姥姥是在佛那里得到了智慧……

母亲那年那月所做的这两个梦，究竟寓意着什么，自然应该是一个无解之谜了，但是当年我太姥姥的解梦是很有些意思的，不能说完全是无稽之谈。一个人的梦境无论如何夸张变形，但总也摆脱不了其生存的环境及当地的风俗文化，当然还有其做梦期间的一些诱因，而我太姥姥的解梦也有自圆其说的逻辑。最为可贵的是，她能设身处地从母亲当时的处境考虑问题，从积极乐观的意义上去引导，且确实卸掉了母亲婚前内心的一些困惑和顾虑。

列车上的相遇

那年冬天，正在郑州工作的我接到家里打来的电话，说父亲因重感冒诱发哮喘。我当即毫不犹豫地请假赶回太原，在医院陪侍父亲，无奈父亲哮喘日渐加重，不久就作为危重病号给装上了呼吸机。医院特意请北京专家来会诊，调整了治疗方案，父亲病情有平稳迹象。之前我们已接到过父亲的病危通知书，经历了十多个日日夜夜的紧张恐惧之后，我那天早上稍稍放松下来，抑制不住地泪流满面，默默地祈祷感恩上苍。然而，医生终归回天乏术，父亲还是在2005年1月8日的黎明走了……

父亲走后数月内，我一直心存愧疚，细细过滤着在医院的那些个日子，翻来覆去地想自己是否在哪些环节上犯有"错误"：为什么当时不果断将父亲送北京治疗？（实际上当父亲被装上呼吸机后，在大雪纷飞的那些日子已经无法通过汽车转到北京）为什么当时没有与北京来的医生协商让他多待几天？而冷静细想，那些令我愧疚甚至有负罪感的"错误"实际上是极度悲痛状态下的一种臆想。再往后,就想到了当初本就不该离开太原去郑州,我甚至想到如果我就在太原,父亲或许就不会因抢救不及时而离去。记得当初我鼓足勇气跟父母讲要到外地去做事时,父亲虽说没表示反对,却是一脸的阴沉。可以说我是深陷于懊悔之中不能自拔。

就在父亲去世近两年之际,我做了一个梦:我在一列去远方的火车上,去哪里不大清楚。在途中,我前面的一个人突然转过身来,惊讶的是他居然是我父亲,面孔非常清晰。他见着我竟几乎没有一丝微笑,也没有对这样的父子奇遇而感到惊奇。他只是好像问了我一句话:"你这是又到哪里去呢?"不一会儿,让我惊奇又难堪的一幕出现了,他就在离我不远的地方侧着身开始对着一个容器小便。我想着这可是公共场所,于是不好意思地浑身发热,但我内心立即就反应过来,父亲是位重病号,情有可原,也实属无奈,想到此便也安然了……

父亲生前几乎没有与我乘列车去过什么远方,但在此梦中父子俩却奇迹般地在火车上相遇——这一幕恰好极为精微、形象地将我在父亲去世后的复杂心情呈现出来。我内心焦虑且矛盾重重,总想着父亲的去世与自己的"过错"是否有关。我自责,作为儿子没能保护好父亲,尤其后悔在他晚年时居然鬼使神差般地去了外地做事。我常常难以抑制这样的念头冒出来:假如我当年不去外地做事或许父亲就不会离开人世。焦虑或内心的自我谴责甚至使我在失眠中辗转反侧,喃喃自语。父亲的在天之灵会责怪于我吗？我也会在不能自拔的冥想状态里自我解脱：毕竟在父亲病危之时迅速赶回太原，在医院里竭尽全力了；或许父亲确实病重难医，面对那个要命的哮喘，医生也乏术无奈啊，医疗界不是有"内不治喘，外不治癣"一说吗？当我在网络上看到年轻的歌星邓丽君，还有骑摩托飞越黄河的"中国第一飞人"柯受良，都是因突发哮喘无法医治而身亡后，内心的负罪感略有减轻。

　　于梦中远行的列车上出现的父亲，那句"你这是又到哪里去呢"，显然隐含着一种阻止与埋怨的意思。阻止与埋怨在现实中并没有发生，但我知道父亲内心是十二分的不情愿，只是没有说出来，梦中父亲的"阻止与埋怨"其实是我潜意识深处的感觉，或曰推测，正是这种感觉让我觉得愧疚，故而列车上的父亲是我内心愧疚于他的形象。这种愧疚、懊悔太强烈了，以至于久久地、紧紧地缠绕着我。毕竟父亲是患了一种疑难病症，也在医院进行了全力救治，这些又是我被压抑的潜意识中试图想着挣扎愧疚、懊悔缠绕的一种念头，它要释放，要冲淡我的愧疚，唯有如此，我才不至于被痛苦所淹没。于是，梦中就出现了父亲在车厢里对着容器小便的画面，刹那间我非常奇怪并难堪，但很快就释然了，因为想到父亲是一位特殊的病人。这是无奈的，别人也是可以原谅理解的，至此，梦隐藏的意义也就浮出水面，即父亲是因为病重而离开我的，实属无奈，并不是由于我的直接失误而造成的悲剧，因此我也就不应该也没必要太过于自责。没想到父亲在另一个世界里仍然惦记着我，并飘入梦中来稀释我的痛苦。我又怎能抑制住悲伤怀念的泪水……

　　这一因父亲去世而造成的纠结徘徊内心近两年之久，我以为它已经消失了，可它仍然深埋于我内心深处，造成纠结或冲突的两种意识在梦中穿越潜意识，进入意识层面释放而出，它似乎是要在你的理智推理、判断之中方能达到平衡。我知道倘若我面对梦境的画面语言仍然无法解读，那这一纠结就仍会在日后的梦境里出现。

　　当我于现实中想不清理还乱的时候，当我搜索有限感知信息仍无法摆脱困惑之时，潜意识是冷静且清醒的，它会在梦中向我透露真实端倪……

　　若读不懂这梦境语言，岂不遗憾万分！

钱老师

钱老师应该是我在幼儿园期间的第一位正式老师，因为印象当中其他的幼儿园阿姨或老师极少给我们正式上课。50多年前，太原一家国有工厂幼儿园是我生活成长的主要场所。记得有一天，我们班数十个孩子每人坐一个小板凳，在一间空荡荡的教室里围成了一个半圆，中间的空地上站着新来的让我们眼前为之一亮的钱老师，她年轻、漂亮，个子高大，皮肤白皙，穿一条长长的几乎要拖曳在地的花裙子。她的发式也与其他阿姨不一样。钱老师说普通话，声音响亮但不失柔和。她的眼睛大而明亮，还不时地发出爽朗的笑声。

就在我们第一次与钱老师相识的这堂课上，她热情洋溢地一一叫着我们的名字，遇到不好意思回应的孩子，她就快步走到这个孩子面前逗几句。在那块并不算大的空地上，她走来走去，突然，就在她快速来回走动的时候，一只漂亮的棕色皮鞋飞离了她的脚面，斜躺在不太平整的青砖地面上。我们的笑声顿时喧响起来，钱老师也笑了，微红了脸，踮了一只脚，跳至那只鞋子前，穿上了鞋，继续给我们讲课。当时讲了什么，我早已忘记，但这个丢鞋子的场面至今记忆犹新。

钱老师每周在固定的时间给我们在黑板前讲课，弹着脚踏风琴教我们唱歌，带着我们在院子里做丢手绢的游戏，她的身姿、浑厚的声音、童话故事，成了我们每周的期待，我喜欢上了她。她在那些穿工作服、说地方话的阿姨团队里，是个非常特别的人，尤其是每当我们在院子里的阳光下将她围在中间，开心地做游戏的时候，她简直就是我们环绕的太阳，她的笑声仿佛与温暖的阳光融合在一起，洒满了小小的院落。

钱老师的可爱之处在于，她经常会与每一个孩子对话，有时候也会抱起我问这问那的。当我从幼儿园"毕业"之后，在读小学期间还是常常要去那个幼儿园所在的工厂，因为我的母亲在那里上班。有时候在工厂院子里远远地看到了钱老师，我还有些腼腆，不会主动问老师好，而钱老师却每次见我都远远地喊我的名字，或者招一招手，或者就径直走过来弯下腰与我说话。当时说话的内容早已淡出记忆，但她的这些个动作、姿态仍然清晰在我记忆深处。

钱老师后来就成了那个幼儿园的园长。很多年之后，我才知道了钱老师是主管那个幼儿园工厂厂长的妻子。大约是小学毕业之后，我就很少见到钱老师了，而钱老师后来的人生重大转折与变故，都是别人告诉我的。

"文化大革命"中她丈夫是走资派,被批斗得不成人样,批斗时还被剃成阴阳头。"文化大革命"后,丈夫又成了厂里领导,有职有权。真所谓"祸兮福所倚,福兮祸所伏"。钱老师有四个儿子,可四个嘎小子的人生发展轨迹却让她大伤脑筋。还不到 70 岁,她就患上了老年痴呆症。我可爱乐观的钱老师,终于在接二连三的压力折磨之下,于失忆与麻木中自我解脱了。丈夫对她精心守候照顾,可没想到丈夫走在了她的前面,可怜我的钱老师披着零乱白发,着一身脏兮兮的衣服,常常游荡在都市的大街小巷。据熟人说,有时候在大雪天见钱老师也是光着脚,趿拉着一双脏鞋走在街上……

几年前的一个冬天,钱老师失踪了,晚上没有回家,就像她常常找不到回家的路一样,并没有引起左邻右舍太大的反应,之后也没有人回应那个被寒风吹卷的《寻人启事》。不久,人们在市郊公路边的一个水沟里发现了她的尸体……

点　名

　　太原市原旧城墙东北角内的小东门小学是我的母校。今天看来，那是个非常狭窄的校园，或者说简直就谈不上是什么校园。校门朝西，校门内不太大的一片正正方方的空地周围是教室与教工办公室；在正对着大门的那排教室后面，有一个狭长的体育活动场，一直向南延伸，在最里面角落还有一排教室。如果要从航空照片上俯视辨认，那我们的学校就一定像一个泥瓦工用的瓦刀形状。

　　应该是1962年的秋天，我入学了。入学之前，在那个我所居住的排房大院子里，读了约几个月的学前班。印象中那个学前班是在一间与我家住房一般大小的房间里。至今，我一丁点也想不起学前班老师的模样，只记得上课时嘈杂声一片，下课后同学们在小板凳排出的行列间打闹、乱窜。我私自从家里将父亲的一支钢笔也带到了班上，但没几天就丢失了，为此，母亲还好尅了我一顿。

小学尽管简陋,但比起学前班的环境确有天壤之别。我们在老师的安排下忘我地打扫教室卫生,天黑了才回家。到了晚上,学校教室里灯光明亮;老师、学生家长与孩子们在院内走来走去,煞是热闹。就是那教室的灯光对我产生了一种磁铁般的吸引力,那些在光晕里熙熙攘攘的人们给了我一种新鲜、异样的感觉。当然,校园内由平房围绕的大四合院与我之前所在幼儿园的院落环境极为相似,那是一种给人以亲切、安全感觉的场所。

记得是在入学后的第二天,我们的女班主任集中全班学生规规整整地坐好,并开始一一点名,当念到谁的名字时,该学生要站起来让老师与同学们认识一下。也就是在这个过程中,我听到了老师点名时还要念出每位学生的家庭成分。而在这之前,我对自己的家庭出身或成分几乎没有任何概念。很快,我就被点到了名,老师看了一眼起立的我,接着非常清楚地念出了我的家庭成分:"富农。"也就是在"富农"这个字眼的声音还没有完全消失时,同学们唧唧私语起来,有的还发出了笑声,尽管声音并不大,但与之前安静的气氛形成了一个反差。我之前在幼儿园与学前班是上过课的,大概知道地主、富农、资本家都是一些坏人,就像大灰狼一样。我下意识地感觉到同学们是在笑话我的家庭成分。接下来,老师点其他学生名的情况、点名之后布置了什么,我脑子里一片空白,什么也没有记住。

自此之后,我开始慢慢地了解了我的家庭出身及成分情况,我开始发怵在学校里被点名的场合，但是这个点名在小学里始终没有中断，几乎在每年升级或者换了班主任的时候都要来一次。不知为什么，记忆当中，我并没有缠着父母去询问这个家庭成分与出身的问题，而是自带了这个无所不在的影子默默地往前走下去……

当1975年我在武汉上大学的时候，那个在小学里被点名并当众宣布我家庭成分的一幕又重演了几次，唯一与小学不同的是，当念到我的家庭成分时，班里的同学们都很平静，抑或说是一片沉默……

毕业典礼

儿子在电话中颇有些激动地要我们去参加他的毕业典礼，说学生父母也是学校邀请的嘉宾。放下电话，"毕业典礼"这四个字居然就如同时光列车，载我将儿子以往学历生涯回忆了一番。他在太原读了小学、中学，在北京一所名牌大学读了本科，可他的"毕业典礼"却没有站台效应，一闪而过，模糊一片。只是记得他上小学、中学时，我参加过不少次班主任召集的家长会。这倒令我下意识地萌生出了对儿子的愧疚感，也就是这愧疚心理让我当即做出了去香港的决定。

2015年11月19日一早，在香港科技大学毕业生接待处，儿子报出了名字、学号，一位先生微笑并客气地重复了一遍儿子的名字，而后说欢迎，请稍等。先生拿来一个密封箱子，上面标有院、系、班级与儿子的名字。先生仍然微笑着一边递给儿子一个大信封，一边详细地说，里面有当天的程序册、指南地图，还有中晚各三张餐券。箱子里是毕业礼服，号码是提前预订的，包装规整，还得一层层拆分。礼服整洁，专人专用。这让我惊叹，仅就毕业礼服一项，校方为当届众多毕业生做了多么精心辛苦的准备。看了典礼程序册才知道，此次全校第23届学位颁授典礼举行两天，全是满满的议程。当年应届毕业生来自学校6个学院，有学士、硕士、博士，共4482名。学生家长果然是被邀嘉宾，不仅赠送礼物与精美纪念册，还有中晚餐券，典礼会场虚位以待。儿子参加的是当日下午的典礼仪式。上午我们就陪儿子在工商管理学院活动。接待厅布置得活泼简单，正对着门的背景墙右上角是校徽，墙上用英文写着："香港科技大学MBA毕业接待处。"周边悬着彩色气球，一巨大长桌上面摆满了香槟、红葡萄酒、水果、饮料以及各类糕点。儿子身着硕士礼服，端着香槟，开心地与同学、老师交谈合影。硕士服是黑色长袍，暗蓝色披肩在胸前镶着呈倒三角状的黄色宽边，黑色的四方帽子上垂吊着一缕金黄流苏。之后系主任、院长也来了，与学生们合影留念。院长来自印度，系主任来自美国。在世界范围选取教师与学生是国际化大学的重要标志之一。院长身着玫瑰红与黑色相间的礼服，其色泽在毕业生雷同的礼服中间格外独特醒目；系主任身着导师服。学生们发自内心的快乐洋溢在他们的脸上，闪烁在他们的眼睛里，个个端着香槟，笑成了异彩纷呈的鲜花。

  香港科技大学位于清水湾半岛北部大埔仔的前高希马军营旧址，濒临湛蓝海湾。那海湾中的墨绿小岛或兀自浮于平静水面,或彼此相互衔接延伸于远处缥缈的白云之下,习习海风拂面,湿润与洁净空气的混合,令我畅享自由呼吸如同方才品尝过的一杯醉人的香槟。香港科技大学是连续三年获 QS(QS 为 Quacquarelli Symonds 的缩写,为英国一家独立教育评价机构)亚洲大学排名第一的大学(2013)。该大学位于远离都市喧嚣的僻静海湾,可谓珠联璧合,人杰地灵。

下午两点,儿子随了毕业生队伍在典礼会场连接教学大楼的一侧入内,而我们在会场正门外的广场上尾随队伍缓缓进入。我们的座位靠后,而且还有柱子遮挡视线。机会难得,我特意携带了沉重的相机,于是索性将相机挂在胸前向靠近主席台的地方走去。还好,尽管工作人员很多,但也没有干预我这个业余摄影者。

主席台上的座位还空着,学生们排队缓缓而入需要一个过程。主席台右侧是学校的管乐队,指挥挥舞着指挥棒,奏着一支又一支欢快优美的曲子。金黄色的圆号、大号、长号、小号闪闪发光,旋律仿佛就飘舞在毕业生密集排列的黑色礼帽上方。3 点 15 分,典礼正式开始,台上的校长、院长、主任、大牌教授,台下的莘莘学子与他们的亲人,全部肃然起立,乐队奏响庄严的国歌。

校长陈繁昌教授身着暗蓝色礼服,宽大的袖子蓝白相间,橘红色的披肩拖在后面;他的蓝色帽子样式独特唯一,在圆形的帽檐上是一立体的八角形状,一缕金黄色的流苏垂在耳边。

陈先生为美籍华人，曾任美国加州大学洛杉矶分校自然科学学院院长，他的致辞音色浑厚，发音清晰。他期望每一位毕业生把学校的核心价值铭记在心。香港科技大学的核心价值有："追求卓越、坚守诚信、维护学术自由。放眼全球发展，贡献地方社会。凡事皆可为。和谐共融、汇聚多元、彼此尊重。同一科大。"他特别强调说："最后一项核心价值最为独特，我们称之为同一科大。汇聚大学成员的见解与努力，同心同德，和衷共济，朝着同一目标迈进，发挥更大力量。同学、教职员工及校友在这同一大家庭担当不同角色，不同学院各具专长，透过跨学科合作，结合教研力量。"他把香港科技大学视为一个大家庭，把学生当作大家庭中的成员，而无论是学生还是教职员工及毕业校友都是平等的家庭成员，只是担当不同的角色而已。

接下来由工商管理学院院长提请颁授学位予毕业生。学生们排成单列随着主席台上一个一个的点名而走上台前。校长偕院长、主任、大牌教授，神色庄重，与台上走过的学生一一握手，逐一祝贺。乐队的音乐很轻，我似乎能够隐约听到台上学生的低语。时间一分一秒地在流逝，可主席台上每时每刻都在重复着同样的事情，学生们兴奋不已，匆匆而上，匆匆而下，校长、大牌教授们或正襟端坐，或直立于台上。一个多小时过去了，这样的程序还在有条不紊地进行着……

我站在乐队一侧，看到学生们上台前将学位帽摘下来夹在左腋下，上台后仪式短暂，而后再一个接一个地从另一端下去。

这个由众多学生连接起来的单调而持续的画面一直吸引着我的视线,有那么一会儿,他们上下连贯的身影在我的想象里飞翔起来,晃动的披肩就仿佛是一只只大鸟的羽翼,从这校园哗啦啦地起飞,在天空飞得很高很远,而后潇洒地落脚在世界各地……陈繁昌校长致辞中的一句话又跳了出来让我回味:"无论各位毕业同学身处世界何地,实践这些价值(学校的核心价值)将令你们在工作上表现卓越,担当出色的领袖,并会推己及人,成为有承担的世界公民。"

整整两天,校长与大牌教授们,要在台上为全校4482名毕业生逐一祝贺,颁发证书,甚至代表性地将一些学生的学位帽方向移动一下,并捋捋流苏。两天时间对一所研究型大学的扛鼎者来讲是多么珍贵,但他们以一丝不苟的热情行为在向所有毕业生说:为你们的起飞送行才是当下最重要的事!这需要对学生怀有多么深厚的爱、多么殷切的期望,才能做到如此境界!想象忽然间被胸腔涌起的一股莫名的微颤所中断,继而有悲喜交集的泪水溢在眼眶。毕业典礼无疑就是一面镜子,从中可以看到并想象出儿子在这校园里曾经充实且快乐的岁月。我的儿子与这里的学生是多么幸运,他们不仅仅在这里享有优质的教育资源,也享有温暖人心的爱。他们毕业之后,怎么可能忘记这个大家庭。陈繁昌校长说得好:"我希望借此机会向各位科大毕业同学赠言,在科大的日子,你们的得著要比一纸学历更丰富。"

悲从中来，是眼前的一切勾起了我的回忆，那是我教育经历的零星片段。1966年，我才小学四年级，尽管就读的太原小东门小学校舍简陋，面积不大，但对我来讲却是一个非常温馨与快活的乐园。校园里有一个不够标准的篮球场，在冬天的傍晚，教室会亮起很亮的灯光。有时甚至天黑之后，我还在校园里贪玩忘返。这一年"文化大革命"爆发了。不久学校关门，让我们回家等待消息。太原的大型兵工厂很多，我家居住的大院位于山西机器厂附近，北边两三公里之外是二四七兵工厂。派性武斗激烈时，每到深夜，夜空就会响起时而断断续续、时而密集如雨点的枪声，估计是工厂与工厂对立派在交火。最恐怖的是比雷声还响亮的炮声，那炮声每轰响一声之后，随之而来的就是一阵如巨大铁珠滚过大地的哗啦啦巨响。我家的木质窗户在炮声中不停地颤抖。我还不大懂得害怕，猫着腰想要偷偷溜出门去看个究竟，父亲一把拎住我的胳膊硬是将我推到桌下，他则躲在门边，蹲在那里听着动静。整夜的枪炮声使院子里的人家着实紧张起来，不少人家在白天用砖头将自家窗户堵起来，还用木板或木条将门上的玻璃挡住。父亲当时在省轻工业厅工作，眼看着武斗愈演愈烈，他就将我们全家搬至位于新民东街的厅里幼儿园暂住。幼儿园当然也因武斗早已关门，空荡荡的一民国时期的大四合院里倒是安静。可当父母上班之后，我非常想念原居住的大院，那里有一帮小伙伴。有一次，我偷偷地溜了出来，在五一路小学北面的五一路上惊讶地看到街道两边的人行道上落满了被枪弹打落的树叶,大街上也几乎没有什么车辆和行人。

谁也不知道武斗什么时候结束,学校何时开学。我与小伙伴们凑钱买了一个橡皮篮球,常常泡在球场上玩。有时从东站乘火车去南站站前广场换毛泽东纪念像章,那或许是那个时期唯一的自由市场,像章可以买,也可彼此交换,不同种类的像章大致都有交换的标准或价码。那些大我几岁的大哥们则不厌其烦地向我炫耀全国大串联的旅途见闻,他们从火车车窗上爬进去,车厢内水泄不通,能在厕所里立脚算是不错了。他们在拥挤不堪的车厢内、站台上一圈人围起来,一个一个地换着方便。有位九中的大哥告我说,有一次他们一伙围拢在一起,其中一位拿出一把手枪显摆,就在大家逐一传递着看这把枪时,枪走火了,一声枪响之后,枪主人立刻慌张地问大家快看看打住谁了,结果转看一圈后,他低头看到自己腹部有一摊鲜血慢慢渗出,于是脸色苍白,边瘫软倒地边软弱无力地说:"不好,打住伙计了。"

我本该1968年秋天小学毕业,可一直到1968年底小学的大门也没有开。1969年过年之后,中小学陆续复课,九中老师来我们小学熟悉各自所带班的学生。我们小学同班同学站在一办公室门口,黄海老师站在里面一个个点名叫学生进去,可她连念了好多人的名字,学生们就是你推我我推你不敢进去。等念到我时,我也稍微犹豫了一下,但还是走了进去。我是班里第一个走进办公室站在老师面前的学生，或许我在球场上打了两年半篮球，身上有些勇敢气息。进中学之后，黄海老师让我当了班长。在中学里我们被称为 68 届，可这个 68 届是什么意思我好长时间脑袋里一片混沌。我连小学都没有毕业，只上了不到四年。

九中校园当时相当不错，一进大门是一条由两边硕大槐树相拥的林荫道，右边是一标准田径运动场。可校园墙壁上贴满了大字报，老三届的初高中生也陆续返校，大字报是他们的作品。很快，学校就在新学生中选拔了一批红卫兵，他们臂上戴上了鲜红袖章，其中一部分人专门负责看管有政治问题的老师，那些老师是前期的批斗对象。这些老师不许回家，住在校园里，每人由两个红卫兵监管居住，到饭点时也由两个红卫兵左右相随押送去食堂。小小年纪的红卫兵学生自我感觉很好，押解着老师在校园里走很是风光，而那些老师则惨白着脸，低着头每日来回六次匆匆走过学生们异样注视的目光。学校图书馆在一排平房的西头，但窗户门上都钉了木板条。一天中午，我透过窗户缝隙看到里面一片狼藉，连地上都散乱地躺着各种姿势的书。讲课的老师很是认真，苦口婆心，诲人不倦，但学生们哪里听得进去，课堂上简直就是喧哗的自由市场。不久，好多老师都声带嘶哑了……

1975 年秋天，我被单位选送到武汉测绘学院航测系读书，那时叫工农兵学员。报到第二天全班在宿舍门口集合，管着几个班的书记开始点名,每点到一个还要同时高声念出该学生的家庭出身。我父亲出身于"黑五类"家庭,也就是我祖父是"黑五类",按照血统论逻辑,"黑五类"的子子孙孙都是"黑五类"。父亲1949年之前就离校投身革命,是党员干部,但我是"黑五类"的孙子,故我的家庭出身或者说家庭成分当然也就属于"黑五类"了。当点到我时,自然感觉浑身不自在,仿佛被一张无形的大网罩着,从北方追到南方,从小学追到大学。记得非常清楚,在我上小学的第一天,面对的第一件事就是班主任点名念家庭出身,幼小的心灵必须承受如此压抑刺激,被点名的一刹那,自觉比别人低了一头,浑身燥热,如芒在背。自此,感觉家庭出身就是我的影子,就是刺在我脸上的别的同学可以看到的刺字。这种将人按照家庭祖辈职业划为高低贵贱的荒唐做法,一直到"文化大革命"终止数年后才算寿终正寝。在武汉测绘学院毕业时,我们班在球场有一合影仪式,系里领导请来了一位校领导与我们合影。领导、老师们前排就座,学生们分层站立在后,系里的书记笑容可掬,弯着腰请校领导入座。我感觉校领导的到来仿佛是一种恩赐。

后来,我的工作由技术岗位变为管理岗位,又去别的大学读了管理专业,但最隆重的毕业仪式与武汉测绘学院一样,只是拍一张全班合影。儿子是80后,高中毕业仪式仅仅限于班级活动,大学本科毕业典礼仪式也只是系里范围的活动,毕业礼服是要穿的,那只是为了自己留念或班级合影。

"感谢各位教授以知识充实我们的人生旅程。犹记得上学天早上 9 时我们都在排队等小巴回校。时光飞逝,岁月留情,成就亦师亦友的情谊。"在香港科技大学毕业典礼仪式上,学生代表谢卓恩用"亦师亦友"来形容师生的和谐关系,这包含了师生平等的大学宗旨。香港科技大学珍惜尊重每一位学生的不同之处,毕业典礼散发着关爱学生的温度。凡付出真爱,就一定有回声。1987 年,香港科技大学接到香港赛马会捐助的 15 亿港币;2005 年,该校接到霍英东基金会捐助的 8 亿港币。有一次,哈佛商学院用大约两年时间募集了 6 亿美元,其中大部分捐助来自该校毕业生,这笔款项的五分之一用于在校生的奖学金。

这个毕业典礼让我确信,香港科技大学必定是这些莘莘学子心底一生的母校!

葬　礼

脆弱的生命

早上刚坐到办公桌前,就接到父亲的电话,说叔叔昨晚突然去世了。

父亲70岁了,叔叔比他小近10岁。父亲固执地非要回去为弟弟送行。他患有高血压,如何能去现场承受如此的沉重。经百般劝说,终于说服了父亲,由我代表全家乘夜车去河北为叔叔送行。

叔叔家在河北武安县城,已临近田野。灵堂就设在院子内,沿着围墙排了长长一溜花圈。一副大挽联甚是醒目:"世上没有救命药,哭煞灵前断肠人。"

叔叔躺在透明的恒温棺里,头戴蓝色旧式帽,身着蓝色呢子大衣,像是睡着了一样。乍一看,吓我一跳,他仰面的脸庞和高挺的鼻梁与父亲酷似极了。家族遗传基因竟然如此顽强地呈现在他们兄弟脸上。那一瞬间,让我心情灰暗,想到生命无常。死亡其实离我们并不遥远,因为躺在棺材里的叔叔从血缘关系上离我很近。

大堂妹带我去家里看婶婶。像大多数突然失去亲人的中老年妇女一样,她十分详细地对我叙述了叔叔去世前的情况:"你叔叔前两年就发现有脑血栓,还有高血压。有一次发作时,他正在银行里写单子,突然手就不听使唤了,头也痛,面部抽搐,右半边的身体麻木,在医院输液后就好了。为此,他还专程去了太原,看了你爸。估计,他也是知道自己有了病,专门去的。之后,孩子们每年给他输两次液。上星期五,你叔叔又发现自己头痛,面部麻,浑身不得劲,吃东西没味。孩子们就送他去医院,输了保护的药。晚上,他回来说好多了,浑身也轻松了,还吃了饼子和面条。星期六半夜里,他起来去了厕所,我听到咕嘟一声,就赶紧跑到厕所,连鞋都没穿。你叔叔歪着头,右臂抽搐着要倒下的样子。我赶紧架着他,把他搀到了床上。我用一只脚堵在床沿,怕他掉下来,同时就给大姑娘打电话。不到15分钟,救护车就来了,把他送到了医院。大夫说是脑出血,位置在脑后中间,不能做手术,于是就输液。到了星期天晚上8点他就不行了……"

我问大堂妹,叔叔临终时留下什么话没有。她摇摇头说,从CT的结果看,出血部位血管一半是硬化,一半已是薄软得没有韧性了。

叔叔在邯郸峰峰矿务局中学教书40年,是高级教师和邯郸地区的先进教师,可谓桃李满天下。他自己两年前就知道得了这个随时都危及生命的疾病,可为何要在家中将生命寄予靠不住的侥幸呢?医生的准确警告提醒在哪里?那看不见的死神可是一步步地在向他靠近啊!

叔叔的去世,使我想起身边不少英年早逝的同事和朋友……

我的一位女同事,去世时才三十几岁,还没有结婚。大约有一个月时间,她总觉得自己背困,还是在她父亲患病住院时,才顺便做了个B超。大夫怀疑肝上有东西,这一下非同小可,她当夜就去了北京。301医院确诊为肝癌,而且已不能做手术。后期,她躺在病床上,惨白着面孔,用棉花球塞着出血的鼻子。她死在一个星期日的早晨。从发现病到去世,前后不到三个月。白发人送黑发人。年迈的父母将她的卧室保持原样,并且打算一直保持不变到他们永远离开这个世界。

我们局里的总工程师,因患了胰腺癌转院到北京一家名医院。记得我去医院看他时,他鼻孔、身上插着管子,连说话的力气也没有。而医院的大夫在病房的走廊上与他的妻子和我——他所在单位的代表谈了让我简直不敢相信的一番话。大夫的眼睛透过眼镜片毫无表情地说:"你们单位必须在明天继续汇款来,否则我们将停药。"

"我们是一个省级机关单位,已经汇来5万,"我急着说,"现在不过就差几千元,我马上与单位联系,给你们汇款,但再快也得几天啊。你们不能眼看着他危在旦夕就停药啊！稍等几天，我们的钱一定会到。"

"不行。你们也知道，这医院就和皇家医院一样，来的相当级别的人太多了。医院有规定，我们没办法。希望你们理解，医院也难啊。"

总工程师去世了。我知道，以救死扶伤为天职的医生也不想这么做，也一定有许多摆得出的无奈的理由。

可人呢？这世界上难道还有比生命更宝贵的吗?！

干儿子

下午，我便入乡随俗，坐在灵堂左边席地而铺的席子上，开始为叔叔守灵。叔叔有一个儿子两个女儿，但奇怪的是在我旁边还跪着一位着孝服的小伙子。我好生奇怪，便轻声地问他怎么称呼，他说姓李。我就更懵了。

"我从小和小斌是结拜兄弟，"他用了比我更低的声音，且用两个大拇指对着说，"也就是说，我们两家的大人是好朋友。我从小就认他爹妈是我的干爹和干妈。"

于是明白，小李是我叔叔的干儿子。他跪在地上，少言寡语，仿佛怕惊了他干爹的觉似的。每当开饭时，小李吃前总是先夹一口饭菜放在叔叔灵前。大多数亲戚与帮忙的人在灵堂外面吃，而他总是在灵堂里面吃。隔一会儿，他就要点上一炷香，供在灵前。他还抽烟,同样也是先点了烟插在香炉里,而后自己再抽。每当有客人来吊唁,他就跪在地上,磕头答谢人家。而堂弟小斌由于过度悲伤,在所有的礼仪形式上,倒显得有些麻木和程序化。

出殡那天中午,灵车将启动时,小李手持哭丧棒,趿拉着鞋,扑倒在小斌的后面,哭得声嘶力竭。不知内情的人,无论如何是会把他误以为是叔叔亲儿子的。五天五夜啊,小李始终与小斌一样,履行了一个"儿子"的孝道。

小李还告诉我,他们家与我叔叔家来往很频繁,每逢过年过节更是常聚,还常在一起吃饭,就像近亲一样。小李的父亲是村里的一个普通农民。叔叔家原来是长期在村里的,搬到县城仅是近几年的事。当小李为他干爹守灵时,小李的父亲在村里已为叔叔选好了坟地,起好了墓……

等丧事办完后,我郑重地与小李告别,并一再地表示谢意时,他竟有些木讷地说:"其实这是我应该做的,我和小斌做的应该完全一样。"

五天五夜

按当地风俗,守灵可以是三天,也可以是五天或七天。守灵期间,儿女们不得离开灵堂去睡觉,只能在灵堂日夜守候。中国数千年遗留下来的传统习俗,在城市早已变样,抑或荡然无存，而在乡野却顽固地保留了一些本色。几天时间，与父母情深似海的养育之恩比起来，可谓微不足道，但这个风俗就是要约定出一个足够的时间，让儿女们将自己的悲伤与对父母的感恩责任，在守灵、悼念、入殓、出殡等仪式中表现出来。

长江小三峡中的悬棺是一个千古之谜。我亲眼看到过那些放在悬崖峭壁缝隙里的悬棺，它们高得令人目眩，仰起脖子、两眼发酸、仔细寻找，才能在崖缝中觅到那仿佛火柴盒般大小的悬棺。这些悬棺最早为先秦时代的濮族人所葬。当地县志记载，古人以悬棺弥高者为至孝。古人如何将沉重的棺木吊至数百米高的悬崖上，至今说法不一，仍是个谜。但有一点可以肯定，古人为了表示自己对已逝亲人的孝道，在生产工具极其落后的条件下，是费尽了心机和力气的。世界上任何一个民族都有自己的葬礼习俗，它们蕴含了人们内心美好而深远的愿望。

在守灵的那些个夜晚，叔叔的儿子小斌常常不由自主地在恒温棺的玻璃罩上泪眼模糊地看着父亲，有好几次，他跪在地上，突然就大声地痛哭起来，而他的大姐在这时就会说："小斌，克制点，咱们还有好多事要办呢。"堂妹有几次对我说："我看我爹头部上面还有哈气呢，我觉得爹是睡着了，我都能听到他的呼吸声，就像平时睡着时打鼾一样。"

在墓地，灵柩即将下葬时，叔叔还不懂事的小外孙说，姥爷的房子怎么那么小啊？她妈妈说："姥爷要出远门了，咱们为他送行呢。"

五天五夜，做儿女的实在困得支持不住了，就在地上侧身躺下打一个盹。他们为了父亲的灵魂——倘若真的有——和肉体在晚辈的服侍下，能够静静地安息，是为了使自己的心灵得到一点慰藉，是为了随时恭候和叩谢来吊唁的来宾。

　　第四天的上午，灵堂前来了一位中年妇女，她点了香，又往火盆里丢放了一把纸钱，然后用手摊平了灵前的干草，扑地就坐在那草上哭了起来。她哭的声调很长，声音还很高，手不停地举起又拍在地上，声泪俱下。要不是我的两个堂妹拉她起来，真有一直哭下去之势。我悄声问身边的小李，她是什么亲戚。小李说，不是亲戚，是邻居。

　　"邻居，为什么这样大哭？"我不解地问道。

　　"咱这地方就这风俗。交往近的，女的来了就是哭，男的来了就是鞠躬、磕头。"

　　在丧葬这种场合，就算是为风俗而表现给逝者亲人的哭声，其中带给逝者亲人的温暖、慰藉，是金钱也难买到的。

　　大堂妹单位来帮忙的同事有十几位，他们从设灵堂那天起，就在灵堂旁边放了一张桌子，桌子周围摆一圈藤椅，晚上也不回家，就一直与叔叔的儿女们一样，在一盏大灯下守灵，不同的是他们没有穿白色孝服。五天的日子不是那么好熬的，尤其是漫长的夜晚。他们在灯下打打扑克、喝喝酒、聊聊天，时间就过去了。后半夜，实在困了，有的就在车上睡一会儿，有的就在那藤椅上将就着打个盹，就像要打仗一样。第四天夜里，那位总管用嘶哑的嗓音喊着:"今晚咱谁也不能睡觉啊!咱们来了,就要帮好这个忙。谁家老死人呢,还不八辈子就这么一次吗?"

第五天上午,开了一个小型追悼会,有一位年事稍长的朋友帮忙写了悼文,并声情并茂地念了一遍。当他念到叔叔在学校是个好教师,在家是个好丈夫、好父亲的时候,可以听得出那些词语是经过一番认真推敲的。他念道:"他是孩子们的好父亲。他的学校离家30多里地,但每到星期六,总是骑着破旧的自行车回到家中,并且还要用拮据的钱为孩子们买一些好吃的东西。他从没打骂过孩子,而是分别施教,将儿女们一一培养成人。退休后,他又将爱心完全地给了孙子辈,给他们讲知识、讲故事,辅导学业……"

堂妹堂弟们听着听着便失声痛哭起来,有些在场的人也在抹眼泪。

阴阳先生

凌晨快4点时,帮忙的人将车堵在了路的两头,防止过往车辆在入殓时通过,以免惊扰到亡灵。其实这个时候几乎就没有车辆。按讲究,入殓时外人是不能看的,因为这时也许亲人们要在棺材里放一些值钱的陪葬品。

4点钟入殓。差10分钟时,阴阳先生来了。他黑黑的脸上胡须浓密，不算小的一对铜铃眼下吊着明显的眼袋，中等身材，由于腰围有些肥大，整个人走起来就好像是一个不倒翁。他的助手将一只放了引魂儿白公鸡的筐子放在了灵堂前的地上，他则将一只立式小筐随手放在了灵堂边的路上，那筐中斜躺着一把锤子、一把铁勺和一个类似小铁熨斗式的东西。整4点时，天仍然是黑乎乎的。阴阳先生亲自动手并指挥着人们将灵堂前的供桌、供品一并撤去，然后由十几个人喊着一二三的号子，将足有20厘米厚板材的棺材抬到原供桌的位置上。

"哎！"他咳嗽了一声说，"各位领导，各位宾客，老先生的亲人、朋友们，大家请往这靠拢过来……"他居然用了这么周到庄重的字眼来招呼大家。更让我吃惊的是，他虽然没有稿子，却如数家珍般地概述了叔叔的一生，从叔叔的出生年月、工作经历，到家中、邻里、朋友关系，最后到去世的时辰，大约有10多分钟吧，他那悼词中有许多的时间说明。他说得不紧不慢，抑扬顿挫，轻重有别。这么多的内容，他是如何记住的，这对我来说是个疑问，因为他是经人介绍请来的。

悼词临了，他抬高了声音说："天有不测风云，人死不能复生。俗话说，宁隔千里河山，不隔一道木板。我们大家利用这最后的机会，向德高望重的老先生遗体告别吧。"

众人在狭小的灵堂内绕着恒温棺走了一圈之后，在阴阳先生的招呼下，十几双手拽着叔叔身下的褥子开始入殓，人们你一声我一声地喊着口令，但奇怪的是叔叔竟然没能被抬起来。

这时只听得阴阳先生用压过所有人的声音喝道:"一、二、三!"真是神了,眨眼间,叔叔的躯体似乎不是被那许多手抬起来的,而是被阴阳先生的口令轻巧地喝起又移入棺木中的。接下来,他示意大家不要说话,不要叫人的名字,于是人们在手势的交流中忙乱起来。只见他轻轻地将叔叔牙齿间含的硬币取出,又装在叔叔的口袋里,还为叔叔细致地整理了衣帽,并将系在双脚上的线绳松了松。

他用手指将一碗五谷杂粮均匀地撒在了棺内四周,同时口中念叨着:"五谷生根,五谷丰登。愿老先生的子子孙孙无穷无尽。"

在盖棺前,他的助手左手拿着一把黑色的铁勺,勺里放着醋,右手提着那个尖端烧得通红的熨铁样的东西,猫着腰走来。他则接过了这些东西,将通红的铁头哧的一声放在醋里,然后也猫着腰,一边绕着棺材走,一边将醋洒出一条线来,且不停地喊着:"阴阳两界,互不相扰,红铁盐醋,大吉大利。"

沉重的棺盖严严地盖上了,亲人们放声大哭起来。他很干脆地说:"哭吧! 再高声一点。"可当他的助手将足有20多厘米长的黑铁钉一一插在钉眼里,并举起了方形铁锤时,阴阳先生站在灵堂的中间,像一个指挥一样举起了手说:"停止哭!"第一锤砸下去时,他又让叔叔的孩子们喊"躲钉"。铁锤叮当叮当地一锤锤落下,堂妹堂弟们则在锤声的间歇中喊着:"爹——躲钉!""爹——躲钉!"人声和锤声交错进行,错落有致,在夜空中震荡。他还是不停地提醒着:"声音再高点!"于是喊"躲钉"的声音在哭喊累了弱下来时,便又高了起来,且压过了响亮的锤声,但在那高声之中传出的却是很温情、很悲凉的腔调。

人们在为自己的亲人送行时,想得多么周到细致啊,无论在实际的办事和虚幻的想象中,都在为远去天国的人排除着一切障碍。

在这些程序履行完之后,我不能不对这位其貌不扬的阴阳先生产生由衷的敬意,他真不像是请来的阴阳先生,倒更像是叔叔家的一个至亲。在他精细认真的指挥、安排下,叔叔的入殓,不仅仅是履行了一套民间流传悠久的仪式,更重要的是在这仪式中,让叔叔的亲人们淋漓尽致地表达了悲伤的感情和内心的愿望。

上午10点,正式的追悼仪式举行完后,阴阳先生在灵堂边找了个木凳坐下来休息,恰好坐在了我旁边。我递给他根烟,寒暄一番后,与他攀谈起来。

"范师傅,天亮前,你给我叔叔念生平时,那么多的内容,也不拿稿子,记忆力真好。"

"哎,成天干的个这,我看上两遍就能记个差不多。昨晚12点了,他们才给了我个草稿。"

"我看干你们这行不容易啊。"

"我只上过三年学,字是能看能说,写不了,所以全凭记忆了。"

"你主持得很好！想得周到。一开始我还以为你是我叔叔家的亲戚呢。"

"办这种事，我就当是自己家的事来办。周围几十里都知道我，有办丧事的，都请我去帮忙。"

……

吹鼓手

吹鼓手是在出殡前一天上午到的，实际上也就是八九个人的小型戏班子，但架子鼓、梆子、锣、电子琴、唢呐、笙、板胡等再配上音响设备，倒也颇有些气势。几位女演唱者虽说不着戏服，也不化浓妆，但唱起戏来，一招一式，有板有眼，却也与舞台上表演一样认真。街坊邻居、附近民工，越聚越多，他们严严实实地将吹鼓手们围了起来。最外面的，有的还搬来了凳子，站在高处观看。除了吃饭时间，他们从上午 10 点一直唱到午夜，围观的人仍然兴致勃勃不肯离去。吃过夜饭，他们正装箱准备回去休息时，喝得有些醉意的总管突然叫他们在灵前唱一曲《哭存孝》（《哭存孝》为元关汉卿所作，讲述唐节度使李克用醉酒时误听谗言，杀死了义子李存孝，存孝妻邓夫人哭祭存孝的故事）。于是，他们又重新摆起了架势。一位年轻女子，十分投入地唱起来，整个段子唱得声情并茂，如泣如诉，那回荡在夜空中的高亢哭腔,给人的感觉是异常悲凉。虽是午夜,那女子仍十分投入地演唱,全然没有敷衍表演的味道,而倒像真是李存孝之妻邓夫人在灵前哭丈夫那般悲恸。我甚至忽略了她是在唱,而感觉她是在撕心裂肺地哭。

午夜之后,吹鼓手们休息去了。我们则在黎明之前为叔叔举行了隆重的入殓仪式。也就是在阳光刚刚走进小街的时候,他们就又来了。此时小街上还没有什么来围观的人,他们的吹奏仿佛是整个上午繁忙喧闹出殡仪式的序幕。那些吹鼓手们个个将脸洗得干干净净,头发梳得整齐而光亮,脸上看不出一点倦意。几位女子的眉毛是精心描过的,嘴唇上的口红非常规整鲜艳,脸上妆色与脖子上皮肤本色的差异在阳光下甚是明显。

新的一天开始了。太阳从东方升起,他们以全新的面貌出现在阳光之下。架子鼓铿锵有力,节奏准确,仿佛使你浑身的血液在敲击中一点点地扬升起来。吹笙的乐手,两个腮帮子一鼓一凹的,鼓起时宛若有一对乒乓球含在了嘴里,他的脸色由于尽力地大呼大吸而显得有些苍白。笙的嗡嗡音色,和谐共鸣,简直就像一架袖珍的西方管风琴在演奏。最嘹亮的是唢呐,唢呐手已是60岁上下的老人,面色黝黑,花白头发向后背着,整齐而闪亮。他的头不时地昂起,让唢呐的声音在阳光中震荡。由于他得不停地鼓足了底气使劲地吹,其脸色始终像个红脸关公,那太阳穴之处的血管明显地鼓起。

在太阳灿烂的阳光下,他们全都这样认真而又十分投入地为一个逝者,并为逝者的亲人们,全身心地演奏和演唱着……

太阳的光芒一点一点地由冷而变暖起来。

我久久地注视着他们——这些民间朴素的艺人,眼睛竟不知不觉地湿润起来……

老房子

  小时候，我家居住的排房大院位于太原市城墙东北角内，距残存的城墙东北角也就不到 200 米远。那时候，大院房子属于市房地局的，住户全都是租用，每月房租三五元。我家房子靠大院东边围墙，围墙外面隔一条小马路立着一栋灰色三层住宅楼。我们周边范围大都是一个挨一个的排房大院，灰色墙壁，灰色的瓦片房顶，就仿佛是一个个兵营似的。那栋三层小灰楼在附近大院的反衬下有些鹤立鸡群的样子。楼是苏联人设计的，从外观上看，没有多余的装饰，连阳台都没有，只是楼顶是立式，铺着灰色瓦片，有些个凸起的烟囱。后来听楼内居民说，当时居住的是颇具规模的山西机器厂科级以上干部与重要的技术人员。

  我即将读完小学四年级时，"文化大革命"爆发了，学校关门，我有了闲玩的时间。那段残留的土城墙拐角是我经常爬上去的地方，城墙外是一片荒草地，还有一条脏兮兮的护城河。

那段城墙最多也就10余米高，爬上去有两条途径：一条是弯曲小径，一条是穿过蜿蜒土洞直达城墙顶部。小径有些危险，而土洞又黑得有些恐惧，但我和小伙伴们还是常常爬上去。那时，站在城墙顶部感觉好高好高，城外景色尽收眼底。那栋灰色三层楼顶也是我经常光顾的地方，没有什么理由，似乎只是为了满足登高望远的好奇。记得楼房南边的墙壁上有一节节固定在墙的铁扶手，可攀缘至楼顶，只是最下面的那一节距地面较高，我够不着，得踩着小伙伴的肩膀才能攀上去。灰色瓦片斜铺的楼顶大约呈45度，踩上去还哗哗作响，着实让我有些害怕，每每上去小心翼翼，如履薄冰，几乎就是爬着一点点挪动至烟囱跟前，才敢扶着烟囱站起来。当然，爬人家的楼顶还得在上班时间，避开楼房的住户。

记不清楚是哪一年了，大约是1968年秋天，派系武斗暂时中止，"要文斗不要武斗"的口号喧响起来，一时间时而密集、时而稀疏的枪炮声安静了下来。有一天中午刚过，一架飞机在我们居住地上空盘旋着，并撒下花花绿绿的传单来。这场面真是罕见，我与一个小伙伴鬼使神差般地飞跑至灰色小楼的铁扶手下，吃力地爬上楼顶，又手脚并用地爬至烟囱边，站在楼顶等着飞机转过来，似乎那样就可以更为清晰地看到飞机如何撒传单。飞机还真是转回来了，而且又一次撒下了花花绿绿的传单。我在楼下捡了几张，好像是部队发的，内容大意是中央文件要求各派系停止武斗，上缴武器。那兴许是"文化大革命"

期间一个重要的转折点。

有年秋天,在距我家搬离那个排房大院有30年之久的时候,我骑着自行车,找到了那个曾经熟悉的排房大院旧址。大院早已不在,覆盖旧址的一居民楼也破旧不堪,家家窗口敞着没了窗户的黑洞,就在距离这旧址不过10余米的西边,是几栋耸立的高楼,足有二三十层吧。听说,这里的住户被开发商以开发新楼盘为由骗走近10年,但回迁无望,因为开发商跑得不知去向。新上任的市长在拆迁户的抗议下还特意来此视察了一番。

我骑着车子在附近绕了一圈,原排房大院东边那栋三层灰色小楼还在,只是如今的它显得非常低矮与寒酸。我好奇地进了小楼所在的院子,将车停靠在一角,找了个角度,先将相机对准了那个我曾经爬过多次的一节节的铁扶手。铁扶手仍在,只是锈迹斑斑,而且在下方处横拉着密集又混乱的如手指般粗细的电线;在接近楼顶处,原先那个只能容一人穿过的方口,如今已破损成为一个不规则的大缺口,就仿佛是老人嘴巴没了牙齿的豁口,毫无疑问,已是好久没有人能够从这里再爬至楼顶了。此时,几位老人围拢过来,一位老太太问:"你拍这儿干吗呢,能不能将我们这里的情况给反映一下?"还有一位大爷直截了当地问道:"你是做什么工作的?"他们显然就是这楼里的住户,对我这位拍摄旧楼的不速之客有些好奇,而就我的年龄与装束来说,既不像记者,又不像政府官员,更不像开发商。我微笑着向他们尤其是那位大爷说了我来此地的缘由,还指着那一溜儿铁扶手说，我小时候曾经从那里攀爬到楼顶玩。看老大爷的眼神，我揣测他对我的回答有些将信将疑。不过有一点可以肯定，他绝不会将我怀疑为"火力侦察"的贼。他告诉我，数十年来没有什么上边的人或者记者之类的光顾这里，甚至包括山西机器厂的领导都没有。

在寒暄了一阵子后，我对大爷有了大致的了解。他叫朱继明，78岁，20世纪50年代初期，考进山西机器厂当了一名工人；20多年后，成为一名技艺精湛的光学车床技术人员，当年他操作的那台车床就价值几十万了。作为技术骨干，70年代后期，他全家从一单间小平房被照顾进了这幢灰色小楼三层的一套房内，大约有30平方米，两间小屋带卫生间。他家在这小楼里已经居住了30多年。谈性越来越浓，我提出是否可以到他家里看看，他爽快地答应了。在顺着楼房与楼前一排小储藏间相夹的一条只能容两人擦肩而过的小路往里走时，一位大娘走了出来，大爷向我介绍，她80多岁了，60年代就住在这里。当我走至这条小路里面时，小楼东边全貌就完整而清楚地展示在眼前了：每户人家的窗户是铝合金或塑钢的，但每个单元楼道的窗口仍然是旧有木窗，只是全都残缺不全，像一个个黑洞；最高一层的房檐处也裸露着一段一段朽烂的豁口，木板与木椽子龇牙咧嘴，有些甚至耷拉在墙壁上，随时有可能坠落，而院子里那些所谓的小储藏间，肯定是住户为了拓展利用空间自家盖的。这里的环境比我50多年前在这里见到的还要糟。

可令我眼前一亮的是，就是在这样的楼房窗口处，有些住户用铁丝在窗外吊了木板，木板上养着绿油油的花卉，而在那一间间低矮储藏间的小木门两边，还贴着没有褪色的火红春联。无论是东边升起的太阳，还是西边落下的夕阳，都照不到那些年年期盼希望的春联，所以它们就无法熄灭欲望的颜色。

走进老朱的房间，从卫生间开始，我挨个地浏览了一遍。厨房没有煤气，大爷用电磁灶做饭，屋顶就是楼顶，天花板与外面看到的状况对应——漏雨，大爷在天花板角落处钉了一块木板，显然不起作用，又在漏雨严重处用细绳子吊了一块塑料布兜漏下的水，从底下看，兜着的泥水使原本白色的塑料布变成了灰黄色。

他孤独一人居住在此，有时候刚刚工作的孙女会回来陪陪他。几年前，他的大儿子因病去世，老伴悲痛欲绝，不久也辞世。看着茶几上烟缸里溢满的烟蒂，他告诉我："我在外面不吸烟，回到家里就一根一根地吸，没办法，一个人在这屋里就会没完没了地想过去的事。"遇到这样的老人，我只是尽可能地听他慢慢诉说。

他仍然期盼着有人能够来改善他目前的住房状况，听他说，有房地产开发商盯上了这个地方，也来了几次，但此处房地产原本属于山西机器厂，开发商首先要与厂里谈好了条件，才能再与这里的住户协商，也就是说开发商面对两个赔偿对象，当精于计算的开发商觉得无利可图时也就不再打此地的主意了。

我的偶然出现，或许是老人幻觉中的一点希望火星，但其实仅仅是一颗有错觉的流星而已。我告诉老朱，我会把这栋老房子的故事写一篇文章放在网络上，但愿能够引起有关人员的关注。他连声说："好好好，我都这把年纪了，什么也不怕，写我真名也不怕。"可我内心清楚，我这样说也就是别让老人太绝望。

这栋灰色的小楼房与我的年龄差不多，而它与它的主人们在周围日益疯长的水泥钢筋丛林里仿佛凝固了一般。夜深人静时，他们听得到时间滴答滴答的脚步声吗？！

第三辑　测绘生涯

我与地图

地图，是地球在平面上的肖像。它虽不能毫无遗漏地反映地表万物，却是测绘者智慧地表现地表的极致形式，它趋近真实。可以毫不夸张地讲，再没有何物可以在此方面与地图相比。它在人类历史上比文字的起源一定要早得多，因为原始的图画般的地图是人们狩猎的向导。人没有翅膀，视野也极其有限，然而，地图真仿佛是童话中的一张张魔片，缩大地万物于眼前，仿佛使我们骤然悬浮在无垠的高空，大地的全貌乃至包括它细部的海量信息全都缓缓地通过眼睛叠印在我们的心灵，使我们飘飘然，对广袤的大地产生莫名的敬畏感和亲近感，并生出无数珍贵无比的幻想。也许就是因了这些幻想，人们巧妙地利用了自然，避免了灾祸，且使人类一天天地与大地吻合起来，和谐起来。

每当我聚精会神地注视一幅世界或中国地图时，常常会油然而生一种颇有些骄傲的联想。我就是一名测绘者，球体上皑

第三辑 测绘生涯

皑的山峦、湍急的河流、蔚蓝的海洋、松软的土地，磨炼了我也陶冶了我。到后来，我与自然已经如同鱼和水的融合，如果不能让我经常地和自然去亲近，我就会感到憋闷或莫名其妙地浑身酸困。我曾经背着行囊和测绘仪器在"地图"里年复一年地行走和攀登，地表的所有要素在我的眼中和手上都变成了地图符号，我浸泡在符号的海水之中，其实那些神秘的符号已经是我表现大地并希望传递给用图者的特殊语言。在我忠于大地的同时，大地变成地图亦忠实于我，我与地图、地图与我已是自由而无障碍地交流。那一年的春天或夏天，在一望无际的原野，大卡车载着我们奔向新的驻地，车后拖着黄土的长龙，我站在汽车马槽里，手里拿着五万分之一的地图，不时地高声为下面的司机指路，必要时还使劲地拍打驾驶室的铁皮顶辅助示意。当车终于停在一小村口时，那就是我们准确无误的目的地。老司机对此大为惊叹。地图啊，你已是我能力和感觉的延伸，你使我在大地上行走时仿佛有神助并充满了自信。记得在山顶用经纬仪观测时，常常因气候的影响或被观测的觇标在遥远的山顶无参照物而极难找到目标，那时我的组长便会将地图用石头压住，并用带刻度的半圆板量出从已知点到观测点的角度，就依照这个角度，我在经纬仪高度的望远镜里慢慢地就会找到在地气波浪中微微颤晃的觇标或醒目的红白测旗。

当你在大地或大海上行进的时候，你只不过是一个蠕动的点，或者是地图上的一个符号，渺小的你无奈于山高海阔地远，方向的迷失会使你陷入恐惧的包围。你会骂人，也许会诅咒自己，甚至于祈求上苍，但都无济于事。然而，当你拥有真实的具有一定精度的地图时，地表万物就真的会变成服务于你的仆人，让你体会到人在这天宇间的尊严，是万物之神。有一次，我在北京和位于宣武区的中国地图出版社联系，我要乘车去那里拉地图。对方问我到过地图出版社没有，我说没有，对方说那至少要一个小时以上。令对方大为惊讶的是，从放下电话起，仅20分钟，我就走进了地图出版社的办公室。我当时就凭借一幅北京市的旅游地图给司机指路，当然，北京的路标是非常醒目和细致的。1996年8月4日，太原西山矿务局的几个大矿发生了特大洪灾，直接经济损失3.4个亿，有七十几个矿工被淹死在巷底。当时，我以一个事故调查者的身份赶赴现场。在抢险救灾中，西山矿务局地测处的测绘人员向营救人员提供了10余种比例尺的百余幅地图。大巷内主要的采煤点、灾害的范围、可能的出口在地图上标出来了，一个个营救方案在地图上标绘并也敲定下来。奇妙的是当时被困在官地矿井底下的44名矿工，也在根据回忆于地上勾画逃生的地图，寻找挖掘出口的最佳途径。奇迹发生了，井下矿工们挖掘的地点，也正是地面营救者的掘向点。8月6日凌晨，在井底已被困两天两夜的44名矿工安全地爬出地面。被营救者与营救者准确地在地底异常复杂的巷道内的某一处相遇，这绝非偶然。此时，地图就是矿山的眼睛，它为营救者制定正确的营救方案发挥了关键且快速的作用。

第三辑 测绘生涯

　　那些非法开采的小矿因没有准确的地图，大都将井口开在了洪水的警戒线之下，这与将城市建在暂时沉默的火山口下的情形也差不了多少。小矿没有向管理部门定期汇交专题地图的能力，其越界越层开采的危险情况自然无法发现。在矿山，矿界就像国界一样神圣不可侵犯。然而，由于小矿越了大矿的界，洪水就通过小矿在警戒线下的井口灌进了大矿的巷道。小窑主跑了，他们的那些伪劣的虚假地图不仅不能在抢险中发挥作用，还添了乱，延误了不少时间。

　　地图是具有独创性的作品，是著作权法保护的一个品种。在将地表变成各种比例尺的地图时，要经过综合取舍，由于每一个测绘者审美观念和分析概括思路的不同，地图的面貌是打着测绘者智慧印记的。但是，也就是在地图市场逐步形成的过程中，许许多多的盗窃者谋上了地图这块多为集体创作且便于盗版也便于伪装的作品，他们将地图任意地组合，在其真实的版面上涂抹上虚假的内容，从而不知道导引了多少受害者在迷失中摸索。祖国的版图也被肢解开来，台湾在祖国的版图中消失了，即便有也标成了一个国家的首府；西藏涂成了与祖国不一致的颜色；新疆在地图上独立了；东北三省成了一个国家；这无疑给我们的后辈造成了国家主权意识的混乱。这样的地图已不再忠实于我们，祖国版图的尊严被虚假遮盖。

　　春秋战国时，秦昭王想得到赵惠王一块价值连城的美玉——和氏璧，于是派人向赵王表示，愿用15座城池来交换。

当时，秦强赵弱。当赵国的使者蔺相如把和氏璧捧给秦王时，他却没有交换的意思。蔺相如找了个借口要过和氏璧后，义正词严地表示，假如大王要存心威逼，就拼着头颅和这玉一同碰碎在柱子上。秦王急忙阻止并立即道歉，他令管地图的人将地图拿出，在图上将15座划给赵国的城池指给蔺相如看。这是《完璧归赵》故事中的一个精彩情节。至于《图穷匕见》中的荆轲刺秦王，是以樊于期将军的头和一幅燕国督亢地方的地图作为见秦王的见面礼的，那更是家喻户晓了。自古以来，象征国家主权的版图都是非常神圣的。据史书记载，孔子在路上遇见背负国家图籍的人，就停下来并用手伏在车上，这种视国家版图如同对国家一般敬重的精神，真是令视版图为儿戏的今人感到汗颜。前不久，一位从美国回来的朋友给我看的一张照片使我大为惊讶，那是美国乡村的一户普通农家，在其门口悬挂着一面美国国旗。他说，在美国农村，个人家门口挂国旗很常见。不是哪一类人，而是全体国民，国家的概念在他们心中占据如此重要的位置且让他们感到骄傲，这样的国民令人敬佩。有这样的国民如此地爱恋着自己的国家，那是这个国家的福气。

如果我们的国民大都对祖国的版图没有一个清楚的了解，那就好像一个成年人对自己的家族和历史不大清楚一样悲哀；如果我们的孩子不能利用地图并结合实际来认识祖国的地理，那他们头脑中的祖国就不是一个完美的立体，即便是有钱了，这也是一个致命的缺憾；如果我们的市场上充斥着虚假的盗版地图，那地图背叛我们的距离就会越来越远，我们将陷入一个混乱的黑洞。祖国版图的测绘者们，神圣的使命还在遥远的地平线上招手，在太阳的起落之间，甚至于在太阳落下去的时候，那漫长的路途绝不会是春天般的浪漫。我快速地敲打这些五号的汉字，并通过电脑网络的高速通道，去命中飘散在空中的报纸，让它们去做弥漫在路途上的传单吧。

20世纪初，德国的气象学家、地球物理学家魏格纳，喜欢在凝视地图时思考。也许是在一个阳光明媚的早晨，大西洋两岸的南美洲和非洲板块的全貌在地图上的关联性闪电般地触发了他的灵感，两大洲在他的想象中缓缓地在大西洋上靠拢，一个新的图像诞生了，南美洲突起的部分与非洲凹进去的部分慢慢地吻合，就如同裂成两半的器皿的对接。他深埋内心的研究、假设和野外考察的积累在大陆漂移的念头中喷涌而出，仿佛火山口爆出的礼花。他的大陆漂移说比较圆满地解释了大西洋两岸的一系列地理、生物和地质构造等历史演变问题，提出之后，即在学术界引起极大震动。

世间万物都是有灵的，他们以一定的比例关系在地图上微缩于我们面前，以一处神秘的目光注视着我们，还似乎在向我们示意着无声的密语。我们还远远没有看清楚他们的细部和其整体联系背后的面孔。

我希望有一天再写一篇有关地图的文章，题目是：《我们与地图》。

睁开眼睛看世界

每当我们从海洋朝山的方向航行时,会觉得山体在不断地升出海面,而当我们逐渐远离陆地向海洋航行时,却看到山体不断地陷入海面——古希腊的学者早在公元前就对地球的奥秘进行了观察和探索。

古希腊哲学家柏拉图的学生亚里士多德(前384—前322)就通过观察海洋上带桅杆的航船与月食,证明了大地是球形的。地球概念的诞生由来已久。

位于巴尔干半岛南部的希腊人,一定是被大海诱惑出了无穷的幻想与灵感,故而使这里成为西方文明的摇篮。希腊人的航海与贸易都非常发达,亚历山大大帝的征服目标远大,其征程既有陆路,也有河路与海路,他的部队甚至抵达东方的印度河流域。远航的经济与军事信息,都被希腊的地理学家们及时地编绘到地图之中了,所以古希腊的地图范围早就远远地超出了他们狭小的本国地域。

说地图，不能绕过托勒密（约 90—168）。古希腊天文学家、地理学家托勒密，是西方升起的一颗科学巨星。尽管随着天文学科技的进步，流行了千余年的托勒密的"地心说"终被"日心说"取代，但是他在地图学领域的伟大贡献却堪称与日月同辉。托勒密长期进行天文观测，一生著述甚丰，大约在他 37 岁的时候，写出了一本重要的著作《地理学指南》（8 卷）。他研究的对象不仅仅是人类生存的地球，还探究地球同茫茫宇宙的联系。看来，托氏早在距今 1800 多年之前，就不仅具有了全球视野，而且还具有了宇宙思维。

既然地球是椭圆形的，而要将这个不可展开的球形变成平面的地图，势必要产生变形、扭曲与误差。那么古代的地图学家们是如何来解决这个"变形"的问题呢？人类的战争与经济关乎生存与发展，而二者又都离不开地图这个奇幻的载体，于是地图投影这个难题就触及了无数地理学家的鼻尖。

托勒密的《地理学指南》主要论述地球的形状、大小与经纬度的测定，以及地图的投影方法，是古希腊有关数理地理知识的总结。书中附有 27 幅世界地图和 26 幅区域地图，后人称之为托勒密地图。或许我们也可以把他的这本著作称为世界上最早的图文并茂的世界大地图集。他创立的圆锥投影法和伪圆锥投影法，至今仍被世界地图学界所运用。托勒密为后人提供了世界上最早的有数学依据的地图投影法。地图投影法有效且相对准确地解决了将地球以平面的肖像呈现在地图上的难题。

托勒密充分地解释了怎样从数学上确定纬度线和经度线。根据他提供的地理计算法与有着天文数据为基础的配套经纬度，人们便可根据需要来测算地球上任何未知点位的准确位置，也可以根据已知数据在地图上表示其点位。英国历史学教授杰里米·布莱克在《地图的历史》一书中评价说："托勒密的经纬度制表法对数学定位法起到了关键作用，也为数据的精确化与标准化开辟了先河。"说得通俗一点，就是我们今天所用的全球统一地理方位标准的概念——即只要知道了地球上某一点位的经纬度，即可在地图上标出该点在地球上所处的精确位置——就发端于托勒密的《地理学指南》。如今，地理坐标系几乎渗透于各行各业，是建立数字地球的数学基础。

托勒密画每幅地图时，总是将地图正上方定为正北，这便是我们现在看地图时上北下南、左西右东的由来。当然，《地理学指南》有许多错误，那是历史条件的局限，难以避免。在当时，测定一个地点的地理经纬度，从理论上说其方法早已解决，但世界之大，万里悬隔，很少有人能真正地去实施。

《地理学指南》一书在9世纪初叶便有了阿拉伯语译本，在该书诞生1200多年之后的1406年，被译成了拉丁文。1475年后，《地理学指南》配上原有地图问世。15世纪中叶到17世纪末叶，是欧洲人地理大发现的时代。他们或许是受世界地图的刺激或诱惑，开始了大规模的扬帆远航，去寻找新航道、新大陆。他们突破了地球几大洋长期以来对人类的禁锢，在冒险的途中开阔了视野,世界在他们的脑海中、在他们的地图上开始一点点地联系起来,成为一个彼此相互关联的整体。

伟大学者托勒密的《地理学指南》及书中的数十幅地图,对人类历史发展产生了不可思议的直接影响。这种影响是他在撰写其论著与绘制地图时绝对没有想到的。现代学者的详细研究表明:哥伦布(1451—1506)在开始他那改变人类历史的远航之前,至少曾细心阅读过五本书,其中之一就是托勒密的《地理学指南》,而其余四本与此不是同类著作,因此可知哥伦布的地理思想主要来自托勒密。哥伦布相信通过一条较短的渡海航线,就可以到达亚洲大陆的东海岸,结果他在设想的亚洲东海岸位置上发现了美洲新大陆。

人们认识世界,居然是从地图的魔力开始,进而又重新赋予地图更大的魔力。世界地图在人类的手中一笔一笔地丰富起来,渐渐趋近了地球的原貌。因为地图汇聚了人类认知世界的知识成果,所以地图的力量变得无法预知……

中国人睁开眼睛看世界的梦想竟然是在一幅世界地图上实现的。这一说法一点也不夸张,而是事实。1582年,意大利一位身穿黑色长袍、头戴黑色高帽、留着长胡子的传教士,远涉重洋,在浩瀚无垠的海上漂流了数月之后,于澳门登陆。

他1552年诞生在意大利的马切拉塔城,19岁加入一个以创新精神享誉的耶稣宗教团体,其成员以从事科学工作和长途旅行而著称。这位传教士的志向亦是如此。1572年,他进入耶稣会办的罗马学院，在这里经受了严格的哲学、神学与数学及其他训练。他能够制作日晷、地图、地球仪、沙水报时器等精妙仪器。他就是被载入史册且至今仍然活在我们中学课本里的利玛窦。

1583年，他到了广东肇庆传教。当他把一幅从欧洲带来的世界地图——《山海舆地全图》——悬挂在教堂客厅墙上之后，磁铁般地吸引了当地政要陆续前来观看。这幅地图上描绘有欧洲探险家最新的地理大发现。用"震惊""震撼"与"困惑"这样的词语，还不足以形容中国人第一次看到世界呈现在眼前时的复杂心态，简直就是一场超级地震引起的天塌地陷，并携带着海啸。

利玛窦的这幅世界地图上的地球肖像，中国前所未有，不仅是没有见过，而且也远远地超出了观赏者想象的边界。惊奇——迷惑——震撼——羡慕——质疑——自省——思考，幸而没有排斥。中国文化毕竟是在吸纳、包容的历史中延续下来的。自汉朝时起，中国就吸纳了从印度而来的佛教。

一幅世界地图彻底颠覆了老祖宗遗留下来的版图世界以及世界观意识。中国原来并不是世界的中心，而仅仅是地球东部的一小部分。陆地竟然与天空一样是圆形的。中国人满眼困惑进而激动亢奋地提出质疑时，想必对于具有航海探险血统且亲身感知了大西洋、太平洋的利玛窦而言，也是不可思议的。乘船而来的洋人利玛窦，无论如何不是从大海里鱼一般地游出来的。看地图的人有冷静沉默者，第一个以谦虚热情的姿态咨询并表示研究愿望者，应当是时任肇庆知府的王泮，他谦恭地请求利玛窦帮助绘一幅中文版的世界地图，传教士欣然应诺。

地图是人们知识视野的再现，或者说是表现。利玛窦带来的地图上呈现的科学成果，是人类无数探险家、科学家以生命为代价换来的成果。

中国人为何会在这幅漂洋过海而来的世界地图面前如此惊讶万分呢？因为在此之前，中国古代地图是以中国为世界中心的，周边也只是限于一些零星小国，海外世界是个未知领域，至于地球上其他几大洲的位置、状况，更是闻所未闻。利玛窦带来的地图是以地球为对象，在数学与托勒密地图投影法等基础上绘制的，其表现内容还包括了地理大发现的成果，中国的地图学家在那个时候还没有将地球当作一个球体来认识，而是将地图表示的范围以平面形式呈现。我们的地图尽管有裴秀相对科学的"制图六体"，但没有考虑地球曲率，没有地图投影，也就是说我们的世界地图只是表示了一个局部的世界。

关键是国人在这样的局部世界地图框架之下，其视野与认识世界的观念受到了束缚。再说白一点，就是在这一点上，人们认识世界的程度受到了地图呈现知识程度的限制。由此可以想象或推断，地图的作用何其了得！

当一个人或一个国家，不能以平等的姿态与他者对话的时候，就渐渐地作茧自缚了。王泮在等待，或者说是期待。不，从某种角度说,是整个中国在期待,期待着一个全新世界的呈现。

地球是全人类的世界,从无边无际、无始无终的时空观来理解,它是公平的,不会偏重于某一方位或地域。它也在慢慢地期待,期待着所有的人去发现、去欣赏它的奥秘。

当时的利玛窦或许认为这是他在古老东方传播福音最初的启动。大约在1584年,他精心主持绘制的第一版中文版世界地图——《山海舆地全图》——诞生了。在这幅图上,中国被真实地标注于亚洲右边的地理位置上。从该图上看,倒更容易理解中国位于世界东方的真实地理状况,但王泮断然不予接受。堂堂中华大国,岂能位于世界的边角之地,君主专制理念与西方建立在理性科学之上的文化产生了碰撞。利玛窦内心当然清楚,眼前激动异常的王泮非一时可以说服,而且王泮的意见只是冰山一角,海底的冰山是整个大明帝国。王泮抗议或要求的声音就是中国抗议或要求的声音。利玛窦毕竟是位传教士,将一个初落脚的国家标绘成人家不喜欢的模样,显然于传教不利。"好,好,好,我们重新绘制一幅!"利玛窦一定是这样对王泮说的。

利玛窦将地球上的起始子午线进行了计算转换,由此中国就稳稳当当地被标绘于世界版图正中。这就是至今我们仍在使用的世界地图的版式。如果你想从这种版式的世界地图上理解中国是位于世界东方这个概念,是非常困惑的,包括所有中国学生在课本中学习这个概念的时候，亦是如此。

整个大明帝国接受了这幅中国位于世界版图正中的《山海舆地全图》。

是这幅中国人从没有见过的世界地图，让利玛窦在中国闻名遐迩，而且名垂史册。这幅地图仿佛被神风吹起，飘遍了长江以南，继而又飘进了北京的皇宫。利玛窦也被皇帝请进了皇宫。

该图被复制、被放大、被重绘，价值连城，却又被皇家秘藏深宫……

野外测量旧事

笨狗小虎

当人在野外活动的时候,狗可以延伸人的感觉器官,给人带来乐趣,甚至也可以增加人的安全感。对于在城市中长大的我来讲,在野外测量的生涯中是养过几次狗的,但印象深的却是一条农民的笨狗。

有一年夏初,我们外业测量队一行十余人住在一个镇上的村庄里。那时我们自己做饭,也不知谁家的狗,闻着香味就跑到伙房大院里来。那是一条黄色的笨狗,个头不小,比较温和,我们都喜欢逗它玩,叫它小虎。但拿做好的馒头或窝窝头喂狗,我们还是有所顾忌的,怕队长看到了挨剋。于是,每当吃过晚饭,我们这些个十八九岁的小伙子们,就偷偷地掖了玉米面窝窝头或白面馒头,吹着招呼小虎的口哨,到村外的田野里去。那狗也真是好混熟,一来二去,由于我们每晚都给它在自己主人那里肯定吃不到的美食（那时的粮食是定量供应的），所以它对我们每个人都十分友好。顺便说一下，我们吹的口哨，是在野外测量中有联络用途的那种，就是将一只手的拇指和食指或者是将左右手的食指对成了环状，放在嘴巴里，低头用爆发力使劲地一吹，那响亮且圆润的声音至少能传到几百米之外。只要听到我们的口哨，也不知它从哪里就跑了出来，尾随了我们到村外去。在农田边上，我们抚摸它，带着它奔跑，将手中的东西扔得很远，再命令它飞速地跑去叼了回来。有时我们聊天、辩论时，它就或围着我们转圈，或蹲在我们脚边，盯着我们等待。天黑了，它就尾随我们回到村里，兀自回到它自己的主人家里去。我们在那个村庄里住了两个多月，小虎与我们外业测量队的年轻人成了好朋友。傍晚散步因有了小虎做伴，平添了许多乐趣。同样，小虎一定也因了我们对它的喜爱，而感到了友好，它非常兴奋，已经不仅仅是为了食物而尾随我们了。如果你在村口的巷子里与它捉迷藏，将自己躲起来喊它几声，它快速地转几圈，很快就会把你找到。如果你是一个人带了它出去，想甩都甩不掉。它还能用不同的腔调，表达自己的喜怒哀乐。

有一天早上，我们按计划要在黎明4点30分乘卡车去五台山观光。也不知哪个嘎小子多事，临上车时，在黑乎乎静悄悄的村庄里，居然连着吹了几声悠长的口哨，他也许是想逗逗笨狗吧。卡车驶出村庄，上了柏油路，清冷的月光笼罩着田野，柏油路像一条泛着幽光的带子。当汽车就要离开村庄边缘时，车上有人喊："快看，小虎！"令满车人惊讶的是小虎在距车百余米远的柏油路上飞快地追了上来，还不断地吼叫。

"让它追吧，一会儿跑不动了，它就回去了。"那位平时最喜欢小虎的队员，平息了满车人的激动。车越开越快，但小虎仍然没有丝毫放弃的意思，距离越拉越大，眨眼间，小虎已经是柏油路上一个晃动的小黑点了。然而，可以感觉到，那个小黑点不停地在追着、追着。在车子的飞驶中，整个田野是移动的，但却相对静止，视野中，天地间唯一的活物就是晃动的小虎了。

大家终于由于心不忍到无法忍受，有几个人一边咣咣咣地使劲拍着驾驶室的顶部，一边高声地喊道："停车！快停车！"车停了，司机跳了下来，咣的一声一甩车门，发起了牢骚，但队员们没管那么多，他们跳下车，等着小虎追了上来。村庄已远得看不见了。他们将车的后马槽打开，将气喘吁吁的小虎抱上了车。

车又出发了，我们与笨狗一起开始忍受路上的颠簸。那狗一定没有享受过乘车长途跋涉的待遇，它晕车了，且不争气地吐在车上，但我们没有嫌弃它，一路上照顾它。小虎就像是我们外业测量队的一个成员，陪我们在五台山转悠了一天一夜之后，又回到了我们共同居住的村庄。

那个年代，我们这些年轻的野外测量员，也许是由于职业的习惯，性格粗犷，说话声音很高，喜欢辩论或争吵些社会问题，有时候还会与当地人打打群架，但在那个黎明，当我们为了小虎无所顾忌地敲打驾驶室顶的时候，当我们站在车边等着小虎跑过来，并把它抱上了车的时候，我都感到有些意外。队员们一路上给予小虎的友善，与平时大大咧咧的举止迥然而异，倒更像是一群天真无邪的孩子在与他们喜爱的小狗相伴旅行。

借毛驴

20世纪70年代，我们搞航空野外测量时，队里面是有汽车的，但汽车只是把作业小组往作业区的居住地一送就开走了。到了驻地，也就是某县某公社的一个村庄，从车上卸下来的东西有：行李袋、装锅碗瓢盆的大木箱子、粮食、测绘仪器等。小组一般都选择在作业区域的中心当驻地，作业范围大约有几十平方公里吧。干完一片区域，再联系队部来车搬家，去另外一个区域。

碰上地形破碎的黄土高坡山区，我们只好选择靠近路的村庄做驻地。如果早上进了山区测量，当晚再返回驻地，那第二天还得走过已经测量过的地方，再走到更远的地方去。于是我们大多数的小组就采取了"打游击"的作业方式，也就是背上沉重的仪器、对数表、斧子等，到山里沿着一条路线测下去，到晚上干不完，就近选个村庄住下，第二天接着往前赶。"打游击"少则三五天，多则一个多星期。每当我们"打游击"告一段落，从山里走出到了公路上时，往往是累得好像已经拖不动自己的双腿。实在走不动了，就在公路的转弯处等着，看见车过来，就招手示意想搭车。那个年代的人，还没有太多的戒备，有些司机还是会停下车来捎你一段，就像我们现在看的美国电影那样，想搭车的人在路边挥挥手或用拇指向下示意，总会有司机停车捎上路边孤独的游人。那时候年轻，也缺乏安全意识，实在等不到愿意停车的，就等过来的车辆在转弯处减速时，迅速地将随身的帆布包和经纬仪脚架丢在车上，然后快跑着用双手紧紧抓住马槽帮子，翻身上车，就像飞虎队爬火车一样，这叫搭顺风车。翻身上车时，经纬仪是双肩挎着紧贴在背上的，一定是安然无恙。等车到了驻地附近，我们就敲驾驶室顶，叫司机停下来。那时跑长途的司机倒也脾气好，有的知道你跳上了车，看样子也是公家的野外测量员，或许对这些艰苦的人还给点同情心，所以也就默认了捎你一段路；有的也不一定就知道你跳上了车，等到被叫停车时，才知车上不知何时跳上了几个小伙子。司机停了车，让我们跳下来，听我们说声"谢谢"，就飞也似的不知去向了。

到了 70 年代后期，我们外业测量队也掀起了工业学大庆的运动。从全国闻名的大寨大队所在的昔阳县测区开始，队部将全队的人集中起来，每天晚上开会讨论，写决心书，开大会时挨个以小组的名义上台表决心，一个目标：比学赶帮超，在一定的时间内完成超标准定额的测图任务。记得"铁人"王进喜有句豪言壮语："有条件上，没有条件创造条件也要上！"而我们队里有位组长在台上发言时，激动之下模仿"铁人"王进喜豪迈的语言说了这样的话："有困难上，没有困难创造困难也要上。"于是成了队里经久不衰的笑谈。

那时我担任作业组组长，已经是有着三年以上野外工作经验的老兵，所以队部就给我配备了技术差、脾气大的几个嘎小子做组员。干了不到一个星期，我的几个兵就草鸡了不说，还个个都是不能够单独作业的新兵蛋子。于是我就成了白天的观测者，夜晚加班的计算者。临时培训根本来不及，我心里清楚，弄不好我们组就是全队工业学大庆的尾巴了。

兴许是急中生智吧，有一天我带着试试看的心理，拿着介绍信和省里的文件，找到了村里的大队书记，凭借着多年与农村干部打交道的经验，我一本正经地对他侃起了这次航空摄影测量对他们所在区域的重大意义，尤其是对将来防灾减灾的重要意义。末了，我说由于工作需要，山区里交通不便，需要他们支援两头毛驴，时间么也就是两个星期。我压根儿就没有想到，书记非常爽快地答应了我的要求。回到组里一说，嘎小子们高兴得在炕上翻起了跟头。

第二天，我从队里牵回了两头壮实的毛驴。我们将经纬仪及配套的脚架，还有其他所需工具和干粮等，全都交毛驴来驮，有两个队员自告奋勇地将毛驴在前面牵了，出发进深山"打游击"了。到了山里，我才知道，毛驴不仅大大地减轻了我们的劳动强度，而且由于大家对这个稀罕物的新鲜好奇，竟一改几个嘎小子往日闷闷不乐的情绪，大家在高声说笑中就干完了工作。到了晚上，我们就将毛驴交给就近所住村的村干部，让他们晚上喂好了。村干部认真负责，将毛驴交给村上的饲养员，并用上好的饲料伺候着。就这样，我们在山里转悠了十多天，驮着计算好的测量成果，从大山里走出来了。有个嘎小子实在走不动了，我就让他骑在毛驴上，没想到，农村人骑驴是侧着身的，而他则像骑马那样骑着，又不愿意下来，结果屁股被磨得生疼，好几天都缓不过劲儿来。好在最困难的区域，我们顺利地干完了。

"打游击"得驴，焉知是福？早有一场"祸"在等着我呢。也不知道怎么搞的，队部的领导陪着省局的领导到我们小组指导检查，我们虽不在，但用老乡毛驴的事是暴露了。

"局长讲了，你雇用了老百姓的毛驴，这在队里是个无纪律的典型！"队长高声地对我说了这句让我既委屈又有点害怕的话，因为这句话是局长说的。

我竭力替自己辩解说："我们没有花一分钱，是村干部无偿支援我们用的。"

其实心里想，大不了就是个处分吧，我又不是故意违反纪律，反正我们的任务完成了。

不过那一年，我们组真是没有拖全队的后腿，工作任务完成得还蛮不错。后来队部专门了解调查了此事,证明确实是没有花钱雇毛驴,而是村大队干部支援我们的,故处分我的事也就不了了之了。

再后来,当有人对我开玩笑说这档子事时,我就悄悄地对他们说:"我们这是有条件上,没有条件创造条件也要上!"

食物的考验

那是在 1974 年,我们全队拉到了山西昔阳县沾尚公社搞"西水东调"工程测量。所谓"西水东调",也就是把黄河水引到昔阳县。第一天的野外作业是在天亮时就出发了,本以为下午就可返回驻地,结果由于对航空摄影相片判读不熟悉,到了傍晚才往回返。那地方属于山区,海拔高,人烟稀少。沿途居然既没有村庄,又极难看到路人。我们是三个人,走了一天,又正是年轻时期,其饥渴的感觉是相当敏锐的,可以这么说,就是实在饿得有点走不动了。也就是在离驻地不远的地方,我们碰到了两个放牧的老乡。仗着几个人结伴,我们拉下脸皮,走上前去与人家攀谈,具体的细节已记不清了,反正目的是非常明确的,就是想向老乡要点吃的东西。目的是达到了,老乡给了两个玉米面和白面混合的馍,我们几乎就是靠了这两个馍的支撑,在漫天的繁星下,拖着疲惫的身体走回驻地的。

今天谈起这事,似乎也没什么,不就是饿了要个馍吃么,可当时对于我们来说却无异于是一次颠覆性的观念转变。我们这些在省城里长大的年轻人，有生以来第一次向别人讨了一次饭。讨饭的人，我在城市里是见过的，可以说打小就见过，那是与我的生活有着相当距离的形象，是我生存圈子之外极少数的边缘人物。他们大都蓬头垢面，衣衫褴褛，挂个棍子，黝黑的手端个脏兮兮的破碗，挨家哀告着："可怜可怜吧，给口吃的吧！"父母辈的，对乞丐是同情和怜悯的，他们总会拿点吃的去施舍，但在我幼小的心灵里，因与乞丐几乎没有任何沟通，所以就把他们看作是下等人都算不上的另类。但我们也居然做了一次这样的另类人，这不仅是对自己内心怀有的那份野外测绘工作的自豪或优越感的一次拷问，而且就连我们队里的同事说起这件很快就传遍开来的事，都在笑谈中流露出一种哭笑不得的味道，因为任何一个笑谈这件事的队友，没准在哪一天同样也会去做这样的事情。那些个年轻的队友们，每当在野外测量一天后，大都是吃十几个包子或三四海碗面条的饭量。如果从黎明走到傍晚，而只是一顿质量不太高的早餐来垫底，那个时候为了难耐的饥饿，怕是谁也难以保证不会去求别人给你一点食物的恩赐。要饭的笑话在男队友中传传还无所谓，但一想到这种事情如果传到女朋友或者省城同学、朋友那里，还是满丢面子的。他们兴许就会说："要饭？你干的是什么鸟工作？"女朋友听了会吹掉，也是有可能的。

　　在我当外业测量队组长的时候，有一年夏天，队里给我分配了两个女队员，她们刚刚结束了农村插队知青的生涯，是以返城被照顾的名义而到省测绘局参加工作的。在对她们做了简单的培训后，我开始带她们做野外水准测量。我做观测，她们两个一前一后地扶标尺，另外还有一位老队员做记录。为了赶任务，每天测量都是从早晨到傍晚。由于我已是水准测量的老手，所以每一观测站停留的时间是极短暂的，也就是说几乎是不停地在走。那几天恰好酷暑，走到第三天，大约是下午两点，我也是饥饿难耐，但想到两位新手是插过队的农村知青出身，一定是受过艰苦锻炼的，所以就说，大家坚持一会儿，等测到前面的镇上时，我们再吃饭吧。两位女新手对组长的话当然不会反对，于是就默默地在日头下走着测着。到了下午4点多，快要到镇上了，我松了口气，在一个中间站收起水准仪的脚架，等了后面跟上来的一位女队员问："怎么样？还吃得消吗？有没有你们在村里种地苦啊？"令我没有想到的是，一句话竟使那位新来的女队员忍不住地哭了起来，尽管是无声，但已是不停地用手在抹着泪水了。完全可以理解，当她们终于结束了异常艰苦的农村插队生涯时，满以为已经告别苦海，找到了一个省直单位里技术含量很高的好工作，但现实一定告诉她们，这里比她们的插队环境更为艰苦。我立刻就明白，几天来的工作负荷已经超出了她们的想象和忍受极限。我叫她们在路边休息等我，且拿了水壶，快步跑到了附近的一个村庄里，花钱买了鸡蛋叫老乡煮熟了，灌了开水，又快速地返回来。看着她们低着头吃鸡蛋的样子，我倒想起了自己当年野外测量讨饭的经历。

　　有时候我们在山上测量时，是不带干粮就出发了。年轻人么，总是缺少计划性，总是抱着侥幸心理，饿了，随便找个村庄，还不弄点吃的？等我们穿着厚重的工作服浑身燥热地爬上山顶之后，由于雾气的原因，原在地图上设计好的观测点在经纬仪中看不到了，于是只好在高高的山顶等待。到中午了，仍然无法观测。下山吧，这费了几个小时登上的山顶，改天还得重登一次。无奈，用现在年轻人的话讲："真是郁闷透了。"汗水在登山时都出够了，被山顶的风一吹，凉飕飕的。中午过后，就是忍受饥饿了。环视山顶，没有任何可以充饥的东西，只是在山腰上有些零星的苞米地，于是一个在山顶看护仪器，一个就下到山腰去，在苞米地里掰些还没有熟透的玉米棒子生着吃了。生玉米有点甜，还有水分，正好解决了我们的饥渴问题。遇上走运，下午天开了，我们就测绘完毕开心地下山了。也有背运的时候，雾一天也不散，我们只好将仪器的脚架藏在山顶的草丛里（反正估计也没有人会攀到那荒凉的地方），懒散地下山，等第二天再爬上山顶去测量。

　　搞野外测量，被饥渴——最基本的生理需要——折磨是常有的事，绝对不会像有些诗句里描绘得那样浪漫。那时，我们队里的年轻人，好多都吃不了这样的苦，有办法的就托人调离了，没有办法的也有些去医院开了证明，找理由调回搞内业了。而我也知道，在 70 年代，真正家庭背景比较牛的，到了测绘系统，根本就不会被分配到外业测量队里，他们大都选择了航测内业或者制图工作。每当春天出测前或秋天收测归来，测绘局的大院里就堆满了野外队员绿色的行李袋和木箱子，队员们装车或卸车的时候，周围内业作业楼的窗口就挤满了穿白大褂的内业作业人员，他们就像在"观赏"什么表演似的。其实野外测量的艰苦，甚至包括有时饥渴难耐的长途跋涉，野外测量员都能坦然面对，即便是提起那些事情的经历，也都是以轻松的口吻来谈的，但每每在这出测或收测时被人在高处"观赏"的场面，却会让队员们的心情阴沉许久。

那些穿了白大褂的作业员，其工作的基础资料全都来源于外业测量员的成果，他们没有日晒雨淋的问题，也绝不会有找个陌生人要馒头吃的经历，更没有因干渴而找路人讨碗水喝的必要，在他们其中一些人的眼里，野外测量是个非常艰苦而没有人愿意干的行当。更为糟糕的是，在那个时候有极个别的偏激领导，把外业测量队当作内业人员犯了错误而被发配改造的地方。

然而，测绘行业的外业测量队里还是有人坚持了下来，他们并没有在食物和水的考验面前退缩，一干就是 20 年或者 30 年，即使一直干到退休的老队员也有。为什么？我有时候也这样问自己。答案是多元的，但有一点可以肯定，那就是他们没有把这份工作仅仅当作谋生的手段，而是把这份高技术含量和高体力、高艰苦混合的工作当作自己一生的事业。而艰苦环境的磨炼，又使得他们具有了超常人的毅力和胆量，他们在这个常人不可理解的岗位上，一干就是一生。

记得我搞野外测量时，看过一部反映科技人员在火山爆发的山口考察的外国影片。红黄色滚烫的岩浆在科考人员的脚边缓缓地流淌着，他们小心翼翼且冒险用工具在岩浆流中采集着标本，火山口不时地发出巨响，喷射出岩浆，他们随时有被岩浆吞噬的危险，但他们没有退缩。一个男解说员浑厚的话外音成为影片的结尾："唯一能够促使这些科学家们在这地狱般的环境中克服了恐惧心理，并且坚持工作的理由，解释只有一个，那就是他们对火山爆发理性的认知以及对火山爆发与整个人类关联意义的理解。"

版图危机

有时候在某会议厅看到较大的地球仪时，我总喜欢轻轻地拨动它，当珐琅质或木质的地球仪在五指下滑动时，平面的太平洋、大西洋、印度洋与凸起的亚洲、美洲、欧洲给手的微微触觉非常奇妙，我会瞬间回想起以往走过的许多地方，又会想象自己像一只大鸟一样在绕着地球飞翔，各国斑斓版图在我的俯视下缓缓旋转而过。

当地球被缩小成一个地球仪时，每个国家版图范围的地形要素被高度综合，醒目的仅仅是国界和首都符号。国界符号深凹又色深，首都符号和名称就仿佛是一颗珍贵无比的宝石，镶嵌在每个国家版图中恰到好处的位置上。当一个国家要表示自己在地球上存在位置的时候，哪怕地球仪比例尺再小，小到自己的国家微缩到米粒一般，但国界和首都是不能省略掉的，那是它尊严和独立存在的象征。

神奇的国界线就仿佛是天意的安排，在它的两边，因民族历史和政治、经济、文化的不同，虽近在咫尺，却也许就在文明的形态和内容上呈现出巨大差异。

每当中国版图在地球仪上旋转而出时，一种自豪感便油然而生，"雄鸡一唱天下白"在此时形容恰如其分。中华民族数千年文明史，岂能离开版图范围的变化。如果有谁能说得清楚中国版图 5000 年变迁史和变迁背后的故事，那一定是趋近了中国历史发展的真实。我们有值得骄傲的历史和广袤的国土，20 世纪 70 年代，在长沙马王堆发掘出土的三幅画在绢上的地图，被史学家们称为世界上现存最早且具有相当科学水平的实用彩色地图，它表明中国长沙诸侯国的统治者，在 2000 年前就已经在用地图表示自己国家的领地范围了。

我们应该十分庆幸祖先留给我们的这块版图遗产，它稳稳当当地背靠世界屋脊，顺着长江和黄河蜿蜒的环抱一路而下，错落有致地布满了中华儿女文明进程的闪光足迹，且一直蔓延到悠长的海岸线，对着蔚蓝的大海做着无穷尽的未来之梦。

先人们从夏、商控制的黄河中下游约 70 万平方公里的版图范围开始，逐步扩大生存空间，开辟疆域，到公元前的秦王朝时代，马车的轮子已经滚出了 300 余万平方公里的疆土。唐朝鼎盛时期，版图达 900 万平方公里。一代天骄成吉思汗和他的子民竟然将版图范围延伸到了西边的乌克兰、地中海，北边的西伯利亚，东边的太平洋，南边的南中国海。……这是值得我们永远铭记的中华民族的历史与家业。

中国版图的发展变迁史，实际上是向我们传递着一种极强的信号，即中华民族是勤劳、勇敢、智慧的民族，否则我们也许会像地球上许许多多曾经光耀一时的帝国一样，早就淹没在历史的烟雾之中了。

从 1840 年第一次鸦片战争开始，洋人的坚船利炮一下就把我们整个的版图逼到危亡的边缘，似乎欲将沉没的一艘巨轮，甲板上的人们恐惧而又慌乱。随后，八国联军、俄罗斯人、日本人的炮火在我们版图上蚕食着，他们的钢铁履带、铁蹄、皮靴在我们的躯体上践踏着。"起来！不愿做奴隶的人们，把我们的血肉筑成我们新的长城！"这歌声真是聚集我整个版图 5000 年蕴藏之力吼出来的。屠刀之下的 3000 多万亡灵，让我们饱尝了版图危机带给我们的窒息般惨痛的记忆。

万幸，我们祖先留下的版图不是弹丸之地，小日本可以闯进来，但却出不去了。

战争结束了，同胞的鲜血被岁月一点点地洗刷着，版图危机被人们一点点地遗忘着……

网络信息时代的到来，真是把地球变成了一个村庄。可让古代部落首领们羡慕不已的文明时代的警察，尽管有法律和国家机器在做后盾，他们能够轻易地解决国际犯罪问题吗？巨型跨国公司甚至掌握着比国家还要强大的经济实力。信息技术或者说现代科技魔术般的变幻，使得整个地球格局发生了震荡性的变化。欧洲共同体诞生了，众多国家使用一种货币，持一种护照可以在其他国家自由往来，国界消失了，版图范围也似乎没有了，它是多极化世界的"柳暗花明又一村"。有学者说，在信息时代，国家要消亡了。全世界的互联网真要联合起来，因特纳雄耐尔就要实现了。

无论东方人还是西方人，可以同时坐在电脑前相互对视和对话，甚至可以彼此感到对方呼吸的气息。国家权力开始迷惘和困惑。国界线无法抵挡互联网的覆盖。海量信息在地球上咆哮，使人类面对自己的创造物而变得似乎渺小起来。那些没有驾驭超级信息技术海浪的人们或民族，在被淘汰中挣扎或被一片片地淹没。在网络技术的蔓延下，不同的国家仍然出现了像以往坚船利炮对着长矛土炮般的对峙。

可问题是那些在信息风暴中冲浪的人不会变成冰冷的计算机，他们在一定的国家版图范围内生活，体内流淌着本民族的血液。

一个时期，地球村弥漫着一股"中国威胁论"的调子。这种调子如果被众多国家相信，真会在地球上构成对我们的威胁。那些冲在信息技术前沿的国家绝不会忘记自己的版图危机。

我在与欧洲、美洲甚至是亚洲的一些外国人交流的时候，谈到中国版图时，他们中好多人居然认为：西藏是个独立的国家，而不属于中国。有些台湾同胞则将台湾和内地毫不避讳地比喻为香茶和白水——台湾是一杯香茶，内地是一桶白水。另有我们自己制作的一些地图，竟然将台湾、新疆或者西藏"割让"在国界之外。

同胞们,你们听到中国版图危机的嘎嘎声响了吗?!

真正的版图危机不是来自别人对我们的误解,也不是来自信息技术离我们的远近,而是来自国民版图意识的丧失,来自自信和尊严的丧失。中国教育不能培养对自己的版图失去自信与尊严的人。

《五月槐花香》电视剧里落魄的范五爷有商代一青铜尊,但因有八国联军欺负其祖上的历史,所以不管是东洋人还是西洋人,出高价也不卖。大学罗教授说得更好,他说,这祖宗留下的好东西,绝不能让洋人带出去,要像嫁姑娘一样地找到真正喜欢她的合适的人家。这就是浓烈的版图意识!梅兰芳在日本人打进中国后,留须拒演,这是民族气节!吕跃新这个新疆汉子,单人单骑历时222天,首次环中国一圈。他在自己的中国地图上盖上了全国各地的600多个邮戳,有外国人出400万买这幅地图,他拒绝了。这个秉承中国祖先勇敢传统的人,是真正的中华儿女!

我有个朋友开了家古董店,一次一个日本人在他店里想买一件陶器,由于他表示不卖,那个日本人嘀咕了几句他听不懂的日语,但从对方的表情和语气上估摸出说得不是什么好话,于是他大声对这个日本人的翻译讲:"你翻译给他听,小日本滚回日本去,给多少钱,老子不卖!"话是粗鲁了点,但人蛮可爱,因为他骨子里有一种民族血气。耻辱是不能忘记的!

国人精神世界的危机,即是版图危机!

耕地数字

早上，我刚刚刷完牙，F县土地局李局长一行三人突然敲门而入。我说，你们来怎么也不提前打个电话。李局长握着我的手笑着说，这样找你更保险啊。他们连坐都没坐，便拉了我去街上吃早饭。李局长还是我在县里见的那个样子，不管外面天气有多冷，一件呢子大衣披在肩上，颇有县干部风度。吃过饭，李局长说有要事与我商量，且神秘兮兮地将我拉至他们住的旅馆。

客房挺宽敞，还有几张沙发，但李局长不坐，就站在地中央，匆匆忙忙地说出了从见到我就只字未提的重要事情："我们最近接到了地区行署通知，全区土地详查工作就要开始验收了。昨天，我们胡县长专门召集有关部门开了一下午的会，我们将你们测绘的全县土地分类面积汇报之后，胡县长对全县测绘的耕地总数不能接受。你们测的数字与我们的统计数字相差太远。你们测绘的耕地面积是92.67万亩，而统计数字是79.85

万亩。"

那可是我们 20 多个技术人员用了半年时间在野外实地调查测量的,一想到 20 多个弟兄在整个夏天的野外测量中所遇到的常人难以想象的艰难,我就急着说:"李局长,我们在野外用的是新拍摄的航空相片,在室内用的是专业仪器和计算机,成果也是严格按规范验收的。这些你都知道。"

"我知——道,"李局长脱了大衣,且用了比我更高的声音说,"咱不说那个。我们就为了这 12 万亩耕地得多交多少税啊!好我的队长呀。我找你就是请你帮这个忙。"

"这个忙,我可是帮不了。那数字是一级级计算汇总上来的,改一处全盘乱。我们从来没有这么干过。"这科学测绘的数字岂能与拍脑袋的统计数字相提并论,简直是乱弹琴么。

"这个忙,你不帮也得帮。我们打电话问了周围的几个县,他们都在加班,将量算的数字往统计数字上靠。"

"怎么个靠法?"

"他们在耕地中多扣些田埂、水渠、道路的系数,就这么简单。我们可以再多追加经费。"说到这,李局长才慢慢地坐到了沙发上。

我无法说服他们,便领他们见了我的顶头上司。经过一番交涉,我们勉强答应在一些质量不好的坡地、河滩地中酌情减去一些田埂、小路的面积。

两个星期之后,我带着资料赶赴 F 县。也许是巧合,早晨,当我在招待所空荡荡的大客房中也是刚刷完牙时，李局长就领着该县胡县长一边敲门一边走了进来。我简单地向他们介绍了重新计算汇总的县耕地数字。李局长则拉着我的胳膊说，先吃饭。在饭桌上，马县长扯了些县里的其他事，并没有谈耕地数字的事，我也就作罢。吃完饭，就在我住的房间里，胡县长站在房间中央，也不坐下——就像李局长在太原与我谈这个问题时一样——认真地谈起了他们县的耕地数字问题。我一再地说，这次来县里之前，专门就这次详查的耕地数字是否作为税收依据，询问了省里的有关部门，他们的答复是，这次调查的耕地数字只是作为规划、管理、决策用，不作为税收的依据。

谁知，胡县长突然提高了嗓门，且将手臂举起说："不算依据？万一算呢？"说后四个字时，他将手臂斩钉截铁地向下挥了四下，而且连腰都弯了下去。看来，他对我们按李局长的要求，重新算出的全县耕地总数仍不满意。他在地上一边走着，一边向我讲了下面的一件事情："土地数字，这可是个政治问题。现在我要是将你们的这个数字（居然成了我们的数字）向农民一公布，就等于从农民的口袋里掏钱啊！农民非造反不可。我给你说一件事，有一年地区开会，也就是前年吧，有好些县里的干部想戴红花，就抢着汇报说，自己县里人均生活水准达到了370元、400元，有的还说达到420元。我当时就对我们县的书记老牛说，咱可千万不能报那么高。我们报了180元。后来，来了工作组调查，把我们定为贫困县，一年下来就是700

万到1000万的补助。要是没这个补助呢？700万到1000万啊！老百姓不骂死你！"

听了这番话，我茫然了。报了虚假400元的，戴了红花；报了虚假180元的，拿到了补贴。那么，真实的东西在哪呢？可这个县确实是穷啊，这一点我非常清楚，我跑了他们好多乡的许多村。我只得答应胡县长，回太原再与我的头儿商量商量。

在返回省城的列车上，我沉静地注视着车窗外移动的土地，它们是那样的不稳定，从遥远的山底一直到火车车轮之下，全都在旋移着。我们的国土包括耕地面积，长期以来一直是个统计数字，如今利用航空摄影测量科技手段开始摸家底了，但我突然悲哀地感到这个F县就只是走了一个测绘形式。

后来，在省城的一个会议上，我见到F县所在地区分管土地工作的一位领导，我与他详细地谈起了测绘耕地数字向统计数字靠拢的问题。谁知他竟给了我一个精彩且意想不到的回答："就那样吧。这是科学在向愚昧投降……"

村　长

20 世纪 80 年代末，我带着华北测绘职工大学的 20 多个学生在山西临汾搞毕业实习，测绘内容是土地详查。

6 月的骄阳已使人感到燥热。一天中午，我陪同该校的刘校长去乡村里看望学生，吉普车停在了市郊一个村委会的院子里。除了瘦小的勤务员外，院子里空无一人，我让他用喇叭喊一喊村长。我们先去一房东家看两个学生。推开一扇厚重的木门，我们走进一宽敞的院子，透过玻璃窗，小王和小赵已看到了我们，他俩高兴地跑出来将我们让进屋里。房间内高大且凉爽，土炕头上摆着两盒敞口的阿诗玛和长剑牌香烟。我说，嘿，你们俩的档次不低呀。这时，刘校长掏出了一盒双塔牌香烟，但仿佛很不协调地迟疑了一下。快手小赵迅速将一根阿诗玛递到了刘校长的手里。

不一会儿，一高大男子挑帘走了进来，他是马村长。彼此寒暄一番，各自坐下。他坐在一把木椅上时，那木椅给人的感觉是立刻小了许多。他那双脚显得特别宽大，穿一双黑条绒布鞋，鞋面上还沾带着黄土。他用右手的拇指和食指捏着烟抽，左手垂放在膝盖之下，同样，那手关节亦是粗大，而且被活计磨得粗糙，指甲很长，里面是黑黑的污垢。他说自己33岁，可看上去却有40岁出头，背也微微驼了，满脸的胡子也不修整，皮肤黑红，额头上随着说话的腔调起伏，不时地显出深深的皱纹。

"我12岁就下苦力，在地里干活，什么活都干。"马村长以见过世面的口吻自我介绍起来，"我的个头大，长得手大脚大。村干部得靠拳头硬呢。你要是小个头，说话有气无力，农民不听你的。他们也常打架，可他们打也打不过我，他们就怕了……"他那布满针刺般胡须的腮帮子肌肉跳动着，越发明显地突出了面皮底下比常人宽大的骨骼。闲聊一阵之后，他硬是拉我们一起去村口的一家饭店吃饭。

虽说刚到中午，小饭店里已是人声嘈杂，烟雾缭绕。正厅里四张大圆桌边满满地坐了吃客。主人站立着，嘴巴上斜叼着烟卷，右手拿着酒瓶，左手随着高声的吼叫指着一个客人劝酒。我们在正厅边的一个屏风后落座，桌上已摆好了酒菜，看来村长早已安排在先。酒过三巡，起先看着有些木讷的马村长成了中心人物。他是个海量，打通贯时不是逐一与桌上每人喝一杯转圈，而是与在座的每人对喝时，他喝三杯，你喝一杯。他那三杯是放在一个手里排成一线，慢慢喝干，且不滴不洒，名曰

"楼梯子酒"。酒多话多,他似乎不管你客人们听得情绪如何,似乎也忘记了借酒席谈谈请调查队测量时关照,别多量了村里耕地,以便日后可少交税,而是完全沉浸在酒席的喜悦里。

他说村里办事,除了酒席之外,还得意思意思。说"意思"这个词时,他的左手在桌下还做了个下垂的看不见的手势。

听学生说乡政府到村里的电话线快被偷光了。刘校长问马村长,要是有急事,乡上与村里怎么联系呢?

"他们乡政府的干部有摩托车。他妈的,他们一年光屁股底下的开销就好几万,还不说嘴巴和其他。他们请客常到我们这饭店里来,年底再想办法处理。"马村长红着脸说。

"那你们村里一年请客得开销多少?"我乘着酒劲问了一个不该问的问题。

"也得这个数,"他竖起了粗大的两根手指说,"两万多吧。"

我们笑了。马村长赶紧说那都是上面来人吃的。

小赵也喝多了,他口无遮拦地炫耀说,在村里搞土地测绘,村里人就怕把耕地给测绘多了,派人背着健力宝跟着在地里跑,一停下来,立马就顶上一根阿诗玛,抽完一根立马就又顶上一根,连气都喘不过来。同学们都笑着叫他俩腐败。刘校长毫无表情的面孔,打住了小赵的话题。吃得太晚了,下午3点多才结束。而正厅里的四桌仍然热火朝天,似乎是走了一拨又来了一拨。当我们在饭店门口告别时,马村长又被饭店里的人拉住走不出来了。

晚饭时，我们一点食欲也没有。夜深人静时，刘校长突然从床上坐起来，点燃了一根美国长剑。中午吃饭时，马村长在饭桌上送了他一盒。他对我说："我们这些人读了十几年书，除了教书育人，价值体现在哪儿呢？今天的这个马村长，一个小学都未上完的人，居然天天上百元上百元地请客，嘴上叼的是美国香烟，而我抽自己的双塔牌还咬着牙呢。"

我默默无语，没有搭腔。我知道校长又犯了好激动的老毛病。黑暗中，只见他的香烟燃着红红的光点，仿佛是思索一般，正嘶嘶作响……

活在云里雾里的人

天就要黑时,吉普车开进了山西临汾 H 乡政府的小院。我径直走进了挂办公室牌子的房间,随着门上的锁扣咣当一响,从房内的套间里走出了一个穿中山服的人。屋里光线比院里暗得多,我还没有适应过来的眼看不大清楚他的面孔。

靠近窗口有一张办公桌,当我俩面对面地坐在办公桌前时,借着窗外的光,看清了他是一个四十五六岁的中年人。他姓王,中等身材,面孔显得有些虚肿,但胡子刮得干干净净,还留着偏分头。他那双眼睛圆圆的,却没有光泽。由于停电,他点亮了桌上的油灯。

当听说我是来此找两位同事,搞土地详查测绘验收时,他竟站了起来,且莫名其妙地抬高了嗓门:"不知道。我不知道他们到哪儿去了,也许已经走了吧。你们的那个老许真不像话,拿着飞、飞机照片在我们乡里到处跑,查什么耕地面积,也不跟我这个办公室主任打招呼。今天这个村,明天那个村的,走了也不打招呼。你来了，正好向你反映这个问题，我们也准备向上面反映这个事情的。"

他在地上来回走，还不时地用手比画，动作夸张地映在墙壁上，显得有些滑稽。我急忙解释，说是电话约好了来验收的，老许他们是不会走的，但王主任听不进我的话。我只好告辞，自己去找住处。王主任也没有送我，只见他慢慢地坐在了椅子上，沉默不语。我想糟了，一定是老许他们在乡里做事欠妥，与乡政府把关系搞僵了，否则这个王主任不会对我这位刚到的省里来客大动肝火。

司机小铁拿着手电与我一道敲开了邮局的门。山里的电话员甚是热情，点着蜡烛为我们要通周围乡政府寻找老许。终于在东边邻近一个乡找到了老许，他们是去邻乡搞乡区边界线对接的，准备明天一早返回来。我叫他们立刻赶回来，并叫司机去接他们。

等他们回来洗漱过之后，已经很晚了。我很认真地了解了他们与乡政府的关系问题。奇怪的是，他们都说与王主任仅仅打过几次交道，在一个多月的时间里并没有什么工作来往。老许还说，乡里的书记、乡长待他们挺热情，尤其是土地管理员始终陪着在野外作业，彼此间关系非常不错。看着他们胳膊上满是被毒蚊子咬的红肿块和挠破的疤痕，我说，睡觉吧，明天再说。

第二天早上还没起床，土地管理员就来敲门了。他身穿一件褪色的军装,留着短短的平头,一副乡政府干部模样。他对我们很是热情,一边说着话,一边抽着烟在院内等着我们洗漱,然后领着我们去乡政府食堂吃饭。我们就蹲在院内吃饭,当就要吃完时,只听见对面排房的门扣咣的一声,只见王主任拿着个茶壶低着头向厨房走去。看着土地管理员与老许老朋友似的说笑着,我便凑近他悄声地说了昨天王主任的事,并问他,老许他们这一个多月来是否有做得不周到的地方。谁知他竟大笑起来,且说:"别理球他。那是个二货,兴球,又他妈的喝多了发酒疯呢。他天天就那么个鬼样子,神经兮兮的,谁也知道。"我似有所悟,可昨天在黑暗的房子里未能觉察出这一点。

  中午在饭店吃饭,乡长、书记都来了,王也早早在座,他看上去老成持重多了,客客气气,一副毕恭毕敬的样子。对昨天他发火的事,只字未提,就像没发生过一样。看着他的新面孔,我简直就与昨天的他联系不起来。我们用彼此猜手中火柴棍的数量来做喝酒游戏,轮到王时,他竟活跃起来,大杯大杯喝酒绝不含糊。喝到高潮时,他竟客气地凑近我的耳边说:"你知道我今天吃的这是第几顿饭?这是第三顿饭了。下午,还有第四、第五顿饭等着我呢。我们就这个屌样子, 一天到晚在云里雾里活着呢……"

经纬网格中的一枚黑子

有一天上午，我正在一偏远山区考察时，接到了中国测绘报社经纬副刊部陈兰芹编辑的电话，她说，嘿！咱们报社就要成立十周年了，要出一个专刊，你给写篇东西吧。我说，呵——好吧。真是简单，好像我就是测绘报社的一名专职记者，在接受一项日常任务似的，彼此间都没有多余的客套。其实我仅仅是测绘报社的一名业余记者，不过是从报社成立一直业余到现在。就算是一个星期一期吧，十年来，测绘报社大概出了有数百期的《经纬》副刊。这经一竖纬一横的，十年的编辑，培养出多少记者、诗人、散文家，我不知道，但我知道自己应该是测绘报经纬网格中的一枚黑子。

如果没有测绘报社的十年历史，没有《经纬》副刊的十年沃土，我长期在野外测量汗水中浸泡的那个梦想也许就永远不会苏醒为一个真实的存在。20世纪70年代，我是山西省测绘局航测外业测量队的一名测量员，当时，我们与全国各省测绘局的外业测量队伍一样，都在铺天盖地搞万分之一地形图航空摄影测量。山西大概有近 20 万平方公里，需要测 6000 多幅图，将二三百的测量员撒出去，都淹没在崇山峻岭与原野盆地之中了。我们甚至打破了冬天不出测的规矩，过了春节出测，春节前收测，四季的一日日细微更替全在大自然中领略了。那时根本看不到报纸，更看不到文学杂志，一本诗人李瑛的《枣林村集》伴着我流浪过无数的村庄。早上背上仪器脚架爬山，浑身湿透在山顶被劲风吹着，到了傍晚，在落日的余晖里走下山顶，这样打游击似的工作日复一日，年复一年。测绘生活的异常艰苦倒是培养了我职业的使命感和自豪感，觉得很神圣，感觉我们野外测量员是测绘地球肖像的科技工作者。那时，我萌生了一个梦想，就是用笔来描写或表现测绘队员。我想那些诗人或者作家们不大可能会到测绘这个艰苦行业里来长期而又细微地体验生活，那么就让我这个干测绘的来尝试一下吧。

  1979 年，山西的文学刊物《太原文艺》发表了我的处女作《深山测绘》组诗。那时的文学刊物并不像今天这样林立街头，一位队里的朋友在省城看到了，买了带到测区转给了我。一个梦想变为现实的开始，我兴奋极了，从黎明爬山到夜晚归来竟没有疲倦感。太阳、大山、树林、炊烟，一切都妙不可言，真有点陶渊明的"此中有真义，欲辨已忘言"的空灵意境。这下一发而不可收，断断续续在各种报纸杂志上发表起作品来，但总觉得不过瘾，因为我的诗作是给测绘队员看的，而那些报刊都不是测绘系统的,测绘队员们未必能看到。有时,在单位的文艺晚会上,当我的测绘诗歌被朗诵时,我倒有一种释放激情的爽快感,像山里农民在山腰里肆无忌惮地吼唱了一段民歌一样。1991年,我一夜之间写就的组诗《大地之子》,以整版三分之二的篇幅发表在《中国建设报》副刊上。副刊部主任明连生告诉我,这组诗在审稿过程中,编辑们楼上楼下地传看着、议论着,说多年来没有编过这样贴近生活的好诗,报社主编冯利芳特意为这组诗题写了诗名。这组诗后来获得了多种奖项,被多种报刊转载并被收入多种版本的集子。贵州省测绘局外业测量队队长告诉我,他看完《大地之子》后,泪流满面……

然而,潜意识里我还是觉得不爽,我希望我的测绘题材作品离测绘人再近一点。

1993年,《中国测绘报》诞生了,并逐步由一周一期发展为一周两期,发行到各省市地县,甚至通过互联网发布到国外。它肯定圆了许多许多测绘人的梦,我是圆梦者之一。自从有了《中国测绘报》,每当我写出了作品,尤其是自我感觉良好的作品时,首先就寄给《中国测绘报》。《经纬》副刊的编辑们总是会及时而又精心地将我的作品修饰一番,然后就编放在设计精美、大气的版面之中。我到北京办事,总要到报社去拜访。久而久之,我去了报社,会将包随便扔在哪个办公室,到吃饭的时候,通联部李瑾主任会叫了盒饭来。遇到开会,我会与报社的编辑们——准确地说是朋友们——坐在一起,大家会开怀畅饮得忘了时间。中国测绘报社真有测绘记者之家的味道了。测绘人重感情，豪爽而又热情，这也许就是职业特征所决定的。时间久了，我要是不把自己满意的作品投给《中国测绘报》，或者是不写点东西给《中国测绘报》，内心里好像欠了债似的。没想到中国测绘报社竟能将我这个离他们千里之外的好涂抹点作品的人网络得如此紧密。

　　正是这种紧密的关系，在年复一年的新层面上激活了我创作的欲望。在一个又一个寂静的深夜，我在计算机的键盘上敲击着我的灵感、激情、思考，我的那些个不知从哪里飞出来的令我兴奋不已的鬼诗句、鬼文章，也分不清有多少成分是为了爱好，而又有多少成分是为了我们的《中国测绘报》。

　　一个作者作品的质量与他发表作品的数量成正比，这是创作的一般规律。没有大量的创作实践和作品发表之后社会影响的反馈和刺激，作者大多会丧失自信。这个规律之外的天才另当别论。近几年，继山东友谊出版社出版我的诗集《黄河哟》之后，测绘出版社出版了我的诗集《大地之子》，中国文联出版社出版了我的诗集《黑色畅想》，中国社会出版社出版了我的散文游记《穿越勃兰登堡门：回首德意志》。除了第一本诗集之外，后面几本集子中的作品，绝大部分在《中国测绘报·经纬》副刊上发表过。除此之外，近几年，中国测绘报社还几乎每年都给我一个作品奖。这下我过瘾了，因了那些在《经纬》副刊上发表的与测绘有关的作品。在测绘这个行业中，我不仅做了我应该做的测绘工作,我还为测绘同人们,在离他们最近的"经纬花园"里奉献出了一份礼物。《大地之子》诗集出版之后,一些诗人、评论家发表了评论,其中宋耀珍先生在《论感情的沉重分量》一文中这样写道:"那些没有生活体验而爬在都市屋里的大写字台前的诗人们是写不出《大地之子》这样的作品的。"我认同宋耀珍的这一观点。

十年来,在《经纬》副刊的这个大棋盘中,有大片大片的黑子和白子在相互碰撞之中竞相演出了一幕幕鲜活的剧目,因了这些棋子产地的不同、质地的区别,经纬网格中发出了不同音阶的丰富音响。我是这棋盘中一个独特的存在。在中国测绘报社十周岁的生日里,请允许我这枚黑子在自己的经纬格子中再跳一格祝福的舞吧!

我的房东

我与房东或者房东与我,那样的生活似乎是很遥远的事情了。曾经做过野外测量员的我,接触过许许多多的房东。有时候,当我在晚上睡觉前想些往事时,有些房东的故事便会浮现出来……

20世纪70年代,我在农村测量时,一般是先到村里——那时叫生产大队——找到村干部,然后再被他们安排到某个农民家吃饭和住宿,按村里的说法叫派饭。凡是公社或者县里、省城来人,村干部派饭以后,都给被派饭的农家记工。

我结识的第一个房东却没有经过村干部安排。我第一次野外作业实习,是跟着一位测量员学习野外判读航空相片,一早就出发,一直不停地走,快到中午了还没有到达目的地。我是又渴又饿又累,而且要用仿佛是竞走一般的速度,吃力地跟在那位测量员后边。他一边走一边向我炫耀说,平时就是这样走路的速度,而且不累。当太阳照在头顶时,到了一个小山村,我汗流浃背地在万分之一比例的航空相片上，吃力地辨认着毫无规则的小村里那些白线一般的小路、在树阴里的窑洞等。就在我在一排窑洞下边头晕眼花、已经听不进测量员讲解的时候，突然听到那头顶上面有一位妇女在吆喝："喂——你们是从哪里来的？"抬头一看是位村里大娘站在窑洞顶头。得到我们的回答后，她又高声地说，呀，从那么远的省里来的娃，这大中午的，快到屋里喝口水来！测量员答应着，但就是不动，还在航空相片上描画着符号标记。那位大娘急了，仍然不停地在吆喝着，意思是都晌午了，看你们城里娃这营生够苦的，叫到家里去喝水吃饭。不一会儿，她家的孩子就到了我们身边，拉着我们到了她家。先是用大碗喝白开水，然后就是等着大娘为我们做饭。她一边拉着风箱，一边与我们聊天。不一会儿，黑黝黝的大木头锅盖上就冒出了热气。大娘家显然是吃过饭的，特意为我们重做了一顿。饭是简单，蒸土豆、窝窝头、咸菜，但我们吃得特别香。我们吃饭的时候，她就站在旁边看着，等碗快空了时，就立刻抢了碗去为我们添饭。在我们吃的过程中，她还自言自语地埋怨自家的饭不好，说让我们受委屈了，好像我们两个不速之客是她家亲戚或者贵宾似的，不好意思的倒是她和她准备的饭菜。她用手比画着，让我们快点吃、多吃点，仿佛在帮我们吃似的。她那发自内心的纯朴微笑，就来自我们狼吞虎咽的样子。中午，我们就睡在了大娘为我们安排好的空房里。下午临走时，在大娘再三的劝说下，我们答应晚上回来就住在她家。那天晚上,大娘拿出新被子让我们用。

那是一个冬天,我在大寨所在的昔阳县搞"西水东调"17公里隧洞工程测量。我们几位测量员住在沾尚公社的一个小村里,房东是一位蛮精干又漂亮的大嫂。那时的"西水东调"工程是政治任务,我们带着干粮,在白雪皑皑的山上一待就是一天,搞三等三角测量。晚上,我们在公社食堂吃过饭后才回到大嫂家里。农民家里没有取暖的火炉,靠的是烧土炕,土炕传热很慢,屋里冰凉,所以我们常常是戴着皮帽子睡觉。每当我们回到大嫂为我们腾出的屋里时,她早早地就将土炕烧暖了,还将暖壶里灌满了开水。白天我们外出,晚上回来,她也很少与我们聊天,往往只是笑着听我们几个高声地开玩笑。为了打发夜晚的无聊,我们常常打扑克到深夜,即使是停电,也点着蜡烛打。她好像不会打扑克,或者不愿打扰我们这些与她似乎有些距离的省城来人的兴致,反正,她从没有加入我们打扑克的娱乐。记得第一天到她家的那个晚上,休息前,她告别不久又回来了,手里拎了一个当地农家用的那种土色新陶尿盆,无语地放在地上角落里就走了。那时我们年轻,玩得兴致高时,就忘记了时间,而且彼此嬉闹的声音很高,一定是常常影响了人家休息的,但大嫂从来没有对我们说过任何哪怕是暗示性的话语。从冬天开始,一直到临近春节,我们在大嫂家住了大约三个月。大约是新年期间,我病倒了,高烧不退,戴着皮帽子,穿着衣服,睡在大嫂白天晚上烧热的土炕上,一躺就是一个星期。别说大嫂家离公社食堂很远，就是在院子里，我也没有去吃饭的力气。公社医院的大夫天天到家里来为我打针。大嫂为我做饭，天天中午是鸡蛋挂面，那是那个年代她们村里最好的饭了。头两天，我也就不客气地在床上撑起来，勉强地吃了大嫂端过来的热气腾腾的饭。可后来就不好意思起来，我要去食堂吃饭。大嫂急了，以前说话总是声音低低的，这时却用了我从没有听到过的高音说："这可不行！你住在我家里，就当作你自己的家。那我们去了太原到了你家里，你还不给吃口饭了？"我也不知道当时是出于病情的考虑，还是无法拒绝大嫂真心的热情，就那样在大嫂家吃她做的饭直到退烧为止。整整七天呵，每当她端着鸡蛋挂面叫我起来吃饭时，我感觉仿佛真是躺在自己家里，那么温暖。

我们几位测量员在省城过完春节，准备返回昔阳县之前，都不约而同地商量着为房东大嫂买了礼物。我们买了太原最好的点心和水果糖。这次我们不再住那位大嫂家，而且两地相距几十里，但还是抽时间去看望了大嫂。我记得，那是个夕阳斜照在村里的傍晚，当我们向大嫂告别的时候，她就站在家门口的小河边。她没有招手，但我们已经走到村边的桥头了，她仍然站在河边夕阳的余晖里目送着我们……

我在武汉测绘学院野外测量实习时，住在河南驻马店地区一个没有电的山村里。当时在驻马店下了火车，而后乘汽车从柏油路跑到了黄土弥漫的土路上。当我们在汽车顶部快成了土人的时候，在一条小溪边，汽车就像将我们甩了下来一样，无情地掉头走了，因为前面的路已无法再走汽车。我们在附近找了一辆木轮牛车把全部物品装上，一直走到天黑时才到了在五万分之一地图上标记的那个计划中的小山村，村名叫瓦房沟。我们是一个小组，考虑没有哪一家能把我们的吃饭包下来，大队长将我们安排在大队部院落一间大空房子里，我们自己在院子伙房里烧饭。山里没有煤，烧火用山上砍来的灌木或麦秆。伙房也没有风箱，轮到我做饭时，就跪在火炉的坑口，用嘴巴吹燃火苗，常常是一顿饭在做好之前，我已被烟火熏得痛哭流涕了。

村里没有什么菜，也没有集市，我们每隔一周就挑上担子，翻过十几里的山路去一个公社集镇上买粮食和蔬菜。第一次去采购时，我与班里云南纳西族的一个同学一起去，我们平时就叫他小纳西。去的时候空空的担子，还没有问题，可回来时沉甸甸的担子压在肩上就不同了，我的旧皮鞋居然将双脚磨出了水泡。看着小纳西在我前面光着脚潇洒走路的样子，我也索性脱掉了皮鞋。可是没想到，我的脚根本没有在细碎沙石的羊肠小道上磨炼的功夫，光着脚走比穿着皮鞋走更痛苦。小纳西把他的拖鞋给了我。当我艰难地挑着担子摇摇晃晃地走到村边时，那些在地里劳作的农民都纷纷直起腰来，且发出了毫不掩饰的高高的笑声。

雨季来了，暴雨不知疲倦似的倾泻下来，一下就是七八天。

山洪暴发，我与村里的孩子们去村边的河岸看咆哮的洪水，从上游冲下来的树木、木箱、死猪等在脚下不时漂浮而过。我们的粮食、蔬菜都快吃完了，可雨一点也没有要停的意思。我们也没去找村干部，而是耐心地等待着雨停。有一天早上，我们门上的铁环以一种清脆的声响压过了大雨无节奏的哗哗声，将我们从睡梦中惊醒。开了门，只见六七个大人和孩子穿着蓑衣、戴着斗笠站在雨中，雨水就像许多水龙头流出的水，从他们的斗笠上流到蓑衣上，又顺着蓑衣流到他们沾满了泥的光脚下。他们要我们去他们的家里吃早饭。这些人我们平时已经很熟悉，有的是队干部派来的，有的是自己来的。我们的推辞根本抵挡不住他们的热情，早已分别拉了我们的手臂，将我们一个个拖出了门，而后冒雨到了他们家中暖烘烘的炕头上。一日三餐，这一吃就是五天。在那个漫长而又无聊的雨季，他们不仅款待了我们可口的饭菜，而且还与我们一起在爽朗的笑声中，一直挨到了太阳露面。天开之后，我们与这些房东的关系更加密切了，每当到了晚上，我们就到他们的家里开心地聊天；在麦收的时候，我们就到地里帮他们收割麦子，还与他们比赛谁割得快，尽管我们总是远远地落在后面，而且双臂被熟干的麦叶划过之后，晚上痛痒难忍。

当我们告别瓦房沟村的那天，支书、队长和乡亲们，还有不少的孩子，在泥泞不堪的村口土路上为我们送行。像来时一样，乡亲们将我们的全部行囊牢牢地捆在一辆牛车上面。他们招着手,直到牛车在路口拐出了他们的视野……

在我十多年的野外测量生涯中,结识过许许多多的房东老乡,那时候,每隔一个来月,我们就要搬迁一次。数十年过去了,他们的样子已经在记忆中不大清晰,甚至也叫不出他们的名字,连那些村庄或者公社的名称也记不清了。

但是,我敢肯定,对他们的回忆将伴随我的一生!

不该折断的翅膀

一

1988年10月7日12时45分，B-4218号伊尔-14型飞机在临汾027机场启动，准备载客在临汾上空观光。空勤人员按规定进行了飞前检查，一切正常。左座机长王爱忠、右座机长陈天福、空中机械师石乃温、空中服务员徐希东首先登机，随后，44位兴高采烈的乘客陆续登机。

13时20分，飞机缓缓驶入跑道，由南向北滑行900米后升上天空。当飞机在近距导航台上空向左转弯时，突然左倾加剧，高度下沉，庞大的机身发出噼噼啪啪的响声，摇摇摆摆地向西北方向俯冲而去。刹那间，左翼斜擦一座工厂的楼顶，机身撞断了尧都路东的一根水泥电线杆和八棵杨树，左螺旋桨砍断两棵杨树后坠在公路边，机体坠落在尧都路西一家个体饭店顶部。

刺耳的警笛声在尧都公路上空回荡，消防车、救护车、警车、军车一路飞驰而来。消防人员迅速将路边的大火扑灭后，公安武警战士和省地方航空公司的员工冒着生命危险爬上房顶，从飞机断裂处抢救遇难者，先后有四位乘客被救出。

"妈——我妈还在飞机上呢！"刚刚从机尾断裂处被救出来的18岁的姑娘王春梅在武警战士的搀扶下哭叫着。然而来不及了，一声沉闷的爆炸逼得围观者和抢救人员纷纷往后退。机上装载的2000升汽油在熊熊燃烧，吞噬了庞大的机身和机舱内的44人。

蘑菇状的浓烟伴随着沉闷的爆炸声腾空而起，机场内传出一片凄惨的哭喊声。

当天下午，尧都公路上聚集了5万多名围观者，人群车辆乱作一团。幸好驻临部队和027机场部队及时赶到现场维护秩序，才未酿成大乱。临汾地委、行署、市领导也赶至现场，立即成立了抢救领导组。

从起飞至坠毁，飞机在空中仅停留了一分半钟。

二

这架坠毁的飞机隶属山西省地方航空公司。作为全国最早成立的地方航空公司之一，它的诞生经历曲折艰难。

1984年秋，北京。在中国科学院门口，一位中年人走下公共汽车,他就是山西最早呼吁成立地方航空公司的发起人之一——山西省测绘系统的杨灵渊总工程师。他正在北京向有关部门游说成立山西省地方航空公司的意义。

那还是在1983年5月的一天,杨灵渊代表测绘系统与全国独家经营的某航空摄影队谈判。在关于航空摄影的质量、时间保障及价格问题上,他强调:"倘若不属于自然意外因素,主管摄影一方不履行合同或履行合同不到位时要赔偿用户损失。"此提议获得了与会测绘代表的赞同。然而,由于航空摄影在全国由官办机构独家经营,没有竞争,摄好摄坏你都得用。因此杨灵渊的提议根本没有可操作意义,有关部门依然我行我素,使作为主要用户的测绘部门伤透脑筋。这家官办的独家垄断经营的航空摄影队每年仅能完成计划任务的50%,远远不能满足社会的需求。

搞了大半辈子航空摄影测量的杨灵渊被"逼上梁山",他上书山西有关领导,提出了自己的设想:"航空摄影和测绘在国外本是一个流程,我国却人为地把它分为两部分,这极不合理。山西应尽快搞自己航空摄影的可行性研究。"从国外考察回来的测绘人员也认为,尽快发展地方航空业与官办航空业竞争,有助于我国航空事业的进步。山西是全国重要的能源基地,随着国土规划、土地详查、农业区划、航空遥感、旅游等行业的兴起,更为使用飞机执行专业飞行展开了一个广阔的天地。遗憾的是山西在这方面还是一片空白。

1985年初,国务院、中央军委专门发文,提出发挥中央、地方两个积极性,鼓励支持地方办航空,尽快改变我国航空事业的落后面貌。一时,黑龙江、上海、福建、湖北、河南等地纷纷酝酿兴办地方航空事业。

在这种大气候下,山西省政府决定成立地方航空公司筹备组。杨灵渊以筹备组成员的身份跑遍了大半个中国。当时正值部队整编,空军以优惠价向地方出售编余飞机。杨灵渊及时赴部队联系,购买了三架伊尔-14型飞机,暂由山西测绘部门经营。

1987年3月21号,经有关部门批准,山西省地方航空公司正式成立!

公司成立后的首要任务便是招兵买马。经历了一番周折之后,终于从空军某航测团和运输团挖来了四位优秀的飞行机组人员,他们就是陈天福、王爱忠、徐希东、石乃温。

三

当年,山西省地方航空公司唯一的办公场所,在太原一座七层楼的地下室。地下室潮湿阴冷,光线昏暗,冬天没有暖气设备,白天还得在灯光下工作。有人开玩笑说公司人员是:"出去在天上飞,回来在地底走。"最初,公司连汽车也没有,夏日骄阳似火,机务人员硬是骑自行车在太原市中心与机场之间往返几十公里奔波。在机场停机坪上,他们工作累了就在机翼下休息片刻,渴了还得到几里以外的营区找水喝。

最让人头疼的是公司没有自己的飞行基地。经理去找有关部门协商,对方态度十分傲慢:"你们来干什么?你们没必要搞航空摄影。"之后有几位记者为此事写了内参,在舆论压力下,气氛有所缓和。最终经山西省政府领导协调,在有关方面的支持配合下,临汾机场被批准作为山西省地方航空公司的临时飞行基地。

面对公司所处的艰难境地,公司经理召集员工们围绕《假如我是经理》这个题目出谋划策。特级飞行员陈天福激动且充满自信地说:"我认为困境是可以改变的。我们有优秀的飞行员,有团结的领导班子,大伙儿劲往一处使,完全有能力搞好山西地方航空事业。我们没有动摇的余地,我陈天福在部队从来没有说没完成任务就低着头回来的,作为军人,完不成任务就是耻辱!如果我们来到山西,由于公司目前有困难就灰溜溜地转到其他地方去,那就是打了败仗。"

四

1988年8月20日上午,太原碧空如洗。在武宿机场的东餐厅外,来参加山西省地方航空公司开业新闻发布会的人络绎不绝。省委、省政府、国家民航、华北民航系统及北京军区、空军、驻京部队的首脑人物陆续到会。公司人员身着端庄大方的公司服装,愈发显得神采奕奕。

国家民航局科教司代表在讲话中特别指出:"美国各种民用飞机达 20 多万架,波兰仅通用航空飞机就有上千架。国家与地方共办航空,将会使我国的民用航空事业有一个较快的发展。"

剪彩仪式过后,B-4218 号飞机在人们的注视下腾空而起,这标志着山西地方航空事业将开始书写新的篇章。

然而,谁会料到,仅在一个半月之后,一起空难竟骤然降临……

五

世界上每年发生空难的次数是惊人的,其中找不出坠毁原因的空难事故也很常见。那么"10·7"空难是否也是一个永恒的谜呢?从起飞到坠地,地面机场未听到飞行员的一句话,机上四位幸存者也没有听到机组人员的只言片语。该机没装黑匣子,无法查看当时记录……

谜底究竟何在?经民航系统调查组的调查,排除了气象异常、调度指挥不当、通信通航失灵、人为破坏、劫机、飞行员突发病、超重等可能性。B-4218 号飞机累计飞行 7873 小时,不到该机总飞行寿命的二分之一。机上两台发动机保用 400 小时，截至 1988 年 10 月 5 日，左发动机才使用 47 小时 32 分，故部件老化因素亦被排除。操作是否失误呢？这个可能性也不大，几位机组人员都非常优秀，并多次立功，更重要的是，在飞机滑行起飞后未左转弯前约一分钟的飞行区间内一切正常，若在这段时间内有意外情况，就是刚出航校的飞行员也不会冒险转弯，何况如此优秀的飞行员呢？！

调查人员开始将目光投向现场残存的左右发动机螺旋桨。左发动机螺旋桨坠落在公路上，桨轴折断，桨叶无卷曲；右发动机螺旋桨叶折断三叶，且弯曲变形很厉害。这说明飞机坠地时右发动机仍在工作，其桨叶在飞旋中被碰撞物打损，而左发动机却十分奇怪，据专家们凭借以往经验介绍，螺旋桨轴一般被打成麻花状也不会掉落，那么两棵细细的杨树怎么会致使左螺旋桨轴折断呢？这些疑惑成了事故调查组人员重点分析调查的地方。

1988 年 10 月 10 日下午，在烟雾缭绕的会议室里，民航系统调查组组长向指挥部汇报了调查情况，并建议把左发动机运回太原进行解剖分析。于是左发动机、左大翼、左右螺旋桨很快被运往太原。

10 月 20 日谜底终于揭开了："经扫描电镜检查，左发动机直接注油泵传动轴疲劳断裂，断裂缘于发动机出厂时打检验钢印引起。"

10 月 26 日，调查组负责人从太原拿回了扫描电镜试验分析报告，从报告中的相片上可以清晰地看到，菱形钢印的尖角打在传动轴与滑线齿衔接的 R 形处，此处是应力集中点，也是打钢印最忌讳之处，而这个钢印偏偏打在了这里。

现在不妨依据推理，详细描述一下 B-4218 号飞机的飞行轨迹——飞机在滑行 900 米后正常起飞，一直到近距导航台均无异常。两位飞行员按常规注视着飞行仪表，飞机向左转弯时，左发动机直接注油泵传动轴因那个钢印突然疲劳断裂，发动机停车，中断供油，14 个气缸因贫油而噼噼啪啪作响（这与目击者听到的响声及机尾没有烟火的现象十分吻合）。由于左发动机失灵，左发动机进入风转状态，虽转速加快，却不是动力所致。此时，左右拉力不平衡，机身左倾加重并下沉。因飞机左转弯的操作与左发动机出现故障偶然同时，所以飞行员很难迅速意识到左发动机失灵而去注意发动机仪表，而是采取了向右转并上升的措施，但无效果。飞机开始失速下滑，剧烈摇晃着擦过楼顶，左螺旋桨在俯冲中砍断两棵杨树，因受瞬时过载弯曲应力，桨轴扭断，坠落在路面（这与左螺旋桨在地面无转动擦痕，桨帽朝地，桨叶无卷曲的现象是一致的）。

经计算，从飞机左转弯发生故障到坠地，仅约 18 秒。在这短短的时间内，又是低高度飞行，飞行员要想挽救处理是太难了。

从两位飞行员的遗体动作看，他们在死神降临前都在尽最大努力做着正确的挽救操作：王爱忠左臂高，右臂低，脚蹬舵，以至于火化时都难以将他僵直的操作手臂放下来。

调查组将事故分析结论带回北京。经国家民航局审核，以正式文件下发，对"10·7"空难事故原因做出调查结论："该次事故发生的直接原因是机械故障，即左发动机在空中失去马力而造成的。"

经查阅档案得知，B-4218号苏联伊尔-14型飞机原发动机到使用期限时，左发动机换上了哈尔滨Y厂"文化大革命"期间的产品，该厂已于1978年转产。那个时代的产品，酿成了这个时代的悲剧，一个因平庸小检验员失职的钢印竟然造成了天大灾祸，使一个省的地方航空事业在刚起步时就惨遭厄运……

六

1988年12月12日14时30分，香港一家私人合资办的港龙航空公司的波音737客机，载着100多位旅客首航飞抵上海虹桥机场。晚上，朱镕基市长在锦江饭店的宴会上说，今年是龙年，港龙这条"龙"实现了首航，这是一件喜事。目前上海空中客运很紧张，许多海外的投资者和旅游者进不来，也出不去。随着旅游业的发展，我们要不断发展交通事业，特别是空中交通。

朱镕基讲的上海空中客运紧张不过是中国航空业当年的一个缩影。组建成立山西省地方航空公司无疑对山西社会经济发展意义深远。尽管"10·7"空难打击甚重,但也不应就此下马。

我国的地面交通越来越拥挤,广阔的天空有待进一步开发。中国太需要飞翔的速度与梦想,可悲的是,刚刚伸展的一对翅翼,竟然折断于蓝天……

第四辑　乡村笔记

孤独的母亲

一个秋天的黄昏，在山西临汾市郊区一个果树场附近，我漫无目的地散步。这个果树场距临汾市区 20 余里。

暮色垂落下来时，我走进一个村庄。这个村里大部分土墙围绕的仍然是破旧的土房，而它旁边，从 20 世纪 50 年代起就圈地围起的果树场，却已经是养着数百名职工的国有大场了。穿过村庄，一边是果树场的土围墙，另一边是空荡荡的农田。远处，有的农民正在地里烧着什么，淡淡的烟在土地上飘散着。就在离村庄百余米处，我突然看到一个老大娘弯着腰背着一捆玉米秆，走进了路边一座孤零零的小土院。小院里没有灯光。我看到有电线从村里拉过去，却没进小院，而是绕过那座黑暗的小院而远去。

我好奇地尾随大娘进了她的小院。院内朝东有三间土屋，仅中间的房子有门，黑黑地敞着，像个洞口。我站在房间的门口朝里看，黑乎乎的，除了土炕、水缸、墙上挂的日常用具外，几乎没有什么东西。由于院子里比屋里亮得多,我就接了大娘给我的小木凳子,坐在了小院里的石桌旁。

土屋太陈旧了,其顶部已破损,失去了原有的规整。窗户上是小格式的木窗,其底部有一条玻璃,上面用纸糊着,但有的地方连纸也没有。老人说她 65 岁,但看上去有 70 多岁了,头发全白,面部的皱纹纵横交错,密密麻麻。她个头不高,但骨骼宽大,身子骨倒还硬朗。她从屋里拿出了市场上那种最便宜的黑棒烟请我抽,我则赶紧掏出了红梅牌烟递给她一根。借着点烟的火光,我看到她那毫无生气的脸上一双眼睛的光泽,慈祥而善良。

"大娘,家里几口人?"

"有一个儿子,在外地工作。"

"您的老伴做什么?"

"老伴死了好多年了。"

"噢!那你一个人住在这里害怕不?"

"不怕。"她很肯定地说,"习惯了,我什么都不怕。"

天已经黑了下来。远远地,村庄那边微弱的灯光在黑暗中闪烁,并有狗叫声断断续续地传了过来。周围是越落越重的黑幕。由于靠近果树场,周围的空气湿漉漉的。孤零零的小院被黑暗包围,仿佛是陷在了无任何依托的深渊里面。那三间房子的门窗此时像三个怪物张着恐怖的黑嘴,又仿佛随时会有什么东西从那黑洞里跑将出来。在说话的间隙,我总是不由自主地朝四周看看。

"您的儿子在哪儿工作?"

"呵,我儿就在你们太原的一家工厂上班,屋里有他的地址。"提起儿子她不再是有问才答了,而是颇有兴致地讲起来,"我娃从小就很聪明,老师说他是个上学的材料。我娃是从我们这里考上了太原的大学。他在念大学时,家里穷,娃他爸那时身体已不好了。为了供娃读书,我从果树场买上便宜的苹果,一大早背上30斤,去城里卖。"

"这儿离城有20多里地呢,您背着30斤苹果怎么去城里呢?"

"我就是靠这脚走呀。我身体好,比老伴身体好。他……唉!没福气。我年轻时甚活都干。"

"您从村里到城里得走多长时间呢?"

"两个多钟头吧。有时候我背到城里的电影院门口卖,要等到电影散了,卖完了才往回赶。就这样攒下钱供娃读大学。俗话说卖房子卖地也得供娃念书嘛。"

听到这,我的心战栗起来。我突然想象了许多细节,充实在她笼统的叙述之中。别说这位母亲背着30斤苹果在城里与这小村庄之间走了几年,就是走一天,在我想来都是苦不堪言的。几年间,每当早晨,太阳还未升起,她就从乡间的土路上出发了;每当夜晚,在朦胧的月光之下,她夹着空口袋从乡间的土路上返回……她的形象清晰、高大起来。泪水充满了我的双眼,幸好天黑，我假装揉眼掩饰了过去。尽管我深深地知道，母爱是人类最伟大、崇高、善良的情感，任何语言在表述母爱时都是苍白无力的，但我还是被眼前这位母亲自己讲的简单故事所震撼了。她对儿子的爱真像黄河水一样浑厚而深沉，她的行为是人间伟大真爱的证明。

"儿子经常回来吗？"

"呵……有时也回来。"她的声调突然低了下来，且没有了方才说话时的兴奋，"娃每月给我寄20块钱，这农村也没个甚花的，也就够了。"

"那您去太原看过儿子吗？"

"呵……去过。媳妇是太原人，她看不惯咱这农村人。"说着她站了起来，走到我身边，摸着我的胳膊说，"两张皮，贴不在一起啊！我在太原住不下去，就回来了。村里人见了我，有的骂我媳妇，有的骂我儿子。唉！那是我儿呵，只要娃他们过好了就行！我这把年纪还能活几天呢。你说对吧？"

说着，只见这位母亲用衣袖擦着眼睛。黑暗之中，我看不大清楚她的面孔，但可以肯定的是她流泪了。然而，她竟没有发出一丝的抽泣声。我想，这位坚强的母亲在这孤独的土院中已不知独自流过多少泪水了。为了儿子平静的生活，她又做出了巨大的牺牲——从城市儿子的身边回到这土院之中，独自生活，在无数个漫长的黑夜里，忍受着思念儿子的痛苦，尽管她也为她的儿子能够考上大学、走进城市而自豪。她在孤独之中的生活，一定要比她去城里卖苹果那段日子更加艰难。那时，虽然她四肢疲累，甚至使自己的肢体超出了能力的极限，但有希望在做精神支柱呵。可现在呢，她内心还有希望的火花吗？

　　天太晚了，我缓缓地起身，向她告别，匆忙之中，把仅有的一盒未抽完的红梅烟塞在她手里。我双手紧握着她的双手说："大娘，我抽时间再来看您，再跟您聊天。"

　　她就站在那玉米秆围起的栅栏门口送我，才走几步，回头看时，她已是星光之下的一个黑影了……

歌　手

正是 3 月，虽说已是春天，但黄河河面上仍结着凸凹不平的白色浮冰。你若是站在河岸细听，便能听到冰层之下水流的汩汩声。

我们陆续从省城隔三岔五地到齐，来到黄河边 H 县的扶贫点——一个乡政府所在地的村庄。一天晚上，乡党委、乡政府在食堂为我们设宴接风，为了有些热闹气氛，还叫上了乡里一些企业的老板。

酒过三圈，书记站起来，对着屋角的一桌伸直左臂，向下微微抖抖手说："老杨，这里有咱省里的客人，你过来给咱敬几杯，再给唱几首民歌。"

那桌上是乡政府干部和乡办企业的人，他们正好在我视线对面。只见一个身材矮小的人立即笔直地站起来，并且迅速地将领口整了一下。他五十来岁，戴一顶透出油渍的黄军帽，穿一件显得瘦小的蓝色中山服，一张嘴，镶着金边的牙几乎裸露无遗。这位老杨双手端了酒杯走了过来,站在我面前,自己先抿了一口,然后又用双手敬过一杯酒来。也就是同时,他侧过脸轻轻地咳嗽了几声。可以看出他身体不是很好,面无血色,也没有光泽。

当我要与他碰杯时,书记高声说:"不行不行。按我们的习俗,你应该把酒接下来。"而当我把酒接住欲喝时,书记又说:"你先别喝,让他先唱。老杨是我们乡里民歌赛的获奖歌手。"

老杨站在桌前,张嘴唱时,由于起调高未能唱起来。他连试了几次,又整了整领口,喃喃自语说:"唉,人老了,不行了。"他给自己定好调时,用了比那民歌原调低的调子唱了起来:"对坝坝的那个圪梁梁上那呀是个谁,那就是我那要命的二小妹妹,妹在坡来哥在沟,咱们亲不上嘴嘴来就招一招手……"真是纯朴原味的好民歌,只几句词乘了悠扬的调子,就把你引入黄河边的山野里了。

等大家的掌声落下来时,乡长说,老杨现在得了心脏病,原先可比现在唱得好。老杨唱的声调虽然不高,也不大洪亮,显得底气不足,却唱得韵味十足。为了他的歌声,我干了一杯。当老杨正欲离开我们的饭桌时,书记又叫住他,非要他和我们一起干三杯,并且说这也是当地的讲究。我和歌手都很为难,而书记一点也不让,且用右手扯起裤腿,并在小腿上一摸,然后举起手让我们看,那手上已是有淡红淡红的一些血迹了。书记对我说,医生绝对不让他喝酒,可是还得喝。看到书记这样玩命,我和歌手只得连喝了三杯。只是苦了歌手,他连连咳嗽个不停,脸上都泛起了红晕。老杨不主动与人喝酒,也不主动唱歌,显得有些木讷,仿佛唱歌是他的任务,而不是他的爱好似的。他只是被书记的手势和声音指挥着,一会儿在这桌,一会儿在那桌,喝着唱着。

大约两个月后,在乡里的一个小酒馆里,我又见到了歌手老杨,他又在为不知哪来的客人陪酒唱歌。只是听上去,那歌声比他两个月前在乡政府食堂里唱得差多了,声调又低了许多,底气更虚了。我走上前去与他打招呼,没想到他竟认不出我来了。

后来,我结束了扶贫工作,离开 H 县回到省城之后,渐渐地就把老杨给忘了。

第二年春天,我又到了 H 县。那天晚上,在乡政府食堂吃过晚饭后,我问小通信员,怎么没看见歌手老杨。谁知,他说老杨已在三个月前死掉了。他是晚上喝酒回家后,心脏病突然发作,等他老婆用自行车将他驮至医院时,已经死了。

我木木地站在乡政府的院中,望着星空。奇怪的是,歌手老杨的歌声在夜空中隐隐约约响了起来……

渴 望

天刚亮,我便顺着村里弯弯曲曲的石头路向山坡上走去。当我站在山头上回首俯视时,那个临近黄河东岸、倚在半山坡上的河南村,在淡淡的晨雾里显得杂乱而又色调灰暗。在那些不成型的田坎下面,偶尔能看到与山石颜色几乎无差异的石鸡子。我将石子向它们投去时,它们那肥胖的身躯便被显得不大协调的小翅膀扇飞起来,空气中还传出清晰的噗噗的响声。

太阳升起时,我下山回村。快到村边时,看到一男孩在井边用扁担将水桶放下去,又把扁担横在井口上,然后很灵巧地用手抓住扁担下到井里去了。水井并不深,大约两米,井底仅有马瓢般大小的一团水洼,看上去属于山区旱井一类。靠井壁摞着两只大水桶,那小孩穿一件宽大的军黄色上衣,蹲在井底,正用铁瓢舀起坑洼里的水往水桶里倒。

"小伙子,叫什么名字呵?"我喜欢对小男孩用这样鼓励的称呼。

"张少青。"他回答时仰起脸来。

尽管他黑瘦的脸上有些脏痕,但那双不大也不小的眼睛甚是有神,小鼻子和嘴巴也十分端正。多么可爱的小男孩呵。我们俩一个井上一个井下,交谈起来。他12周岁。这使我顿时与这孩子又亲近了些,因为我那远在大都市里的儿子恰好也是这个年龄。刹那间,我感到儿子与眼前的少青之间在生活上的巨大差异,因为少青还没进过校门。他说,家里穷交不起学费。

"这水是存下的雨水吗?"我蹲在井边继续问。

"不是。是泉水,可甜了。是山上流下来的,水的发源地就在上面不远。"

"发源地"这三个字从他那本地口音的土话里冒出来,听着怪生硬的,但用得很准确。当把上面的水桶舀满水时,他灵活地攀着井沿跳了上来,且用扁担伸下去勾住桶的铁环,吃力地一把一把地往上拉,瘦小的身躯绷得紧紧的,一副不堪重负的样子。我赶紧帮他将水提了上来。少青又将扁担横在井口,这次双手握了扁担将自己吊了下去。当他第二次上来时,勾的是井底的水桶,只见他跪着把扁担伸下去。这一次,我说让我试试,他便站在一边,看着我把水提上来。他一边回答着我的问话,一边就挑起了担子,迈着小碎步开始下山。水桶离地面最多20厘米,但并不往外溢水。他走得很快,我得快步才跟得上。这村子近千户人家,面积颇大。我抓了扁担让他停下来,帮他挑了水,让他在前面带路。我想去他家看看。

当我吃力地弯着腿将水桶放在一座普通的小院里时,他已经将他妈喊了出来。她,一位四十开外的妇女,穿了一件褪色的浅蓝上衣,那裤子已破旧得辨不出颜色了,头发灰白,脸上皱纹已十分明显。她奇怪地打量着我,还含含糊糊地说了怎么麻烦我挑水。我自我介绍说是扶贫工作队的,她就拉起那脏兮兮的布帘,把我让进了一个黑乎乎的小屋。紧靠门的左边是一土炕,炕上零乱地堆放着还未叠起的黑污的薄薄被褥。对着门的是一张很有些年代的旧桌子,上面零乱地堆满了瓶瓶罐罐之类;再往右转是一水缸,水缸边,也就是门的右边墙角,堆放着一人多高的装满破烂的编织袋。那些废铁、玻璃瓶嘴在编织袋的破损处裸露出来。屋内中央仅有大约一平方米的空地,我只好靠在高高的炕沿上。

"大嫂,村里有水管,为什么叫孩子到村外去挑水呢?"我还是憋不住地问。

"咱穷哇。我们家是外村来的,就这么个破屋,是租人家房东的。咱用人家的水井、水管,人家不高兴。"她倒是回答得坦率。

"你有几个孩子?"

"三个。这儿子是老三,还有两个女子。"

"三个孩子全都你带着?"我还是故意地问了一句,因为在路上时,少青已告诉我,他爸妈早已离婚了,原因是他爸好赌钱。

"那是。他们爹这些年做买卖有了钱，赌钱不说，还找下个年轻的姑娘。我老了，不行了，该退下来了。两个女子死活不认她们爹，儿子当时还小，不懂事，我非带出来不可。"她背靠着装破烂的编织袋轻松地说着，又伸手从桌上拿了黑棒烟让我。她自己也点了一根抽了起来。

他们原来生活的村庄离河南村20余里。自打她与丈夫离婚之后，那村里的干部按当地的规矩，不给她分一分地，因为她是从外村嫁到那里的。离婚的她，若仍种那村里的地，在村干部看来，就等于将地继承给了外村的人。十几年来，她那离了婚的男人也不给三个孩子生活费，她也赌气不要。她硬是靠捡破烂、帮别人种地，带着三个孩子。

"人总得活了哇。"她在讲着自己艰难的经历时，常常夹杂上这句沉甸甸的、很有些底气的话。

"少青一直没有进学校读过书吗？"我想将话题尽快转到少青身上来。

"没。一开始，我教他学，也就是日后让他睁个眼吧。后来跟他大姐学了两年，他大姐在山里当小学教师。"

"我大姐每天只吃一半的口粮，节省下来给我们。"少青不知什么时候已坐在了炕上，抢着说了一句。

"这孩子可争气了，"她仍然不紧不慢地说，"有一次他插在四年级考试，数学得了92，语文85。"

"不是，"少青又抢着说，"数学是95，语文是86.5。"

"这孩子是个读书的材料,很聪明。年时,我想让他进镇上的小学,因为他跟他大姐在山上村里学了两年,可人家镇上小学校长要转学费才肯收。"

"那要多少转学费呢?"

"转学费250元,学费要80元。"

"一共是330元整。"少青这次慢慢地、清清楚楚地说了这句话。

"唉,家里到哪去找这些钱呢?"她的语调和速度都降了下来说,"这房租一个月10块,我欠人家好几个月了。"

少青已经对我们慢节奏且对他无什么意义的话没了兴趣,他从窗台上取了课本,自己做起数学题来。太阳的光泽已照到了小屋的门边,屋里亮了许多。我想,这该是镇上的孩子们坐在教室里朗声读书的时候了。我站起来说,我去找镇上小学的校长谈谈,争取不要转学费,让少青读书。我让少青第二天到我的房东家找我,好领他去见校长。

少青按他妈的要求说了谢谢我之后,那双漂亮的小眼睛看着我,一句话也没说。那目光里闪烁着渴望和激动,但却没有喜悦。我走出小院,顺着石头路走出很远了,回头看时,少青母子俩还站在小院门口看着我。

第二天早上,我还没起床呢,少青已被我的房东领着站在了我的床前。我一边起床,一边惊讶地看着变了样的少青。他今天换了一套合体的衣服,也没有补丁,球鞋刷得干干净净,黑亮的头发洗过之后,梳得还有了些形状,但与他孩子气的脸不大协调,那脸上的汗迹脏污都被洗去了,简直是换了个人。

我说:"嘿,小伙子,谁把你收拾得这么精神?"

"我妈和我姐。"少青不好意思地说。

我开始洗脸刷牙,而少青竟不停地跟我讲起来,他看着我说:"叔叔,您给我个您的地址,我学好了,给您写信,我一定报答您。我一定好好学习,将来长了本事,给我爹看看。"

"好孩子,"我摸了摸他的头说,"你将来要好好地报答你妈和你姐。"

少青很懂事地点点头。我告诉他,我昨天见了校长,校长已同意免收他的转学费,让他进校读书。

我搂着他的脖子说:"走,咱们去见见校长。"

我俩走出小院,向村外走去。太阳已升了好高,我们被照得暖洋洋的。黄河闪烁着金波向南静静地流淌。在乡村土路上,我俩开心地走着……

任老师

X 镇小学是全镇最好的小学,在山西 H 县也颇有名气。它就在镇政府所在地的村边,西边数百米处即是黄河。黄河在此画了一个好看的弧形,缓缓地向南流去……

一个冬天的下午,我闲散无事,便去这所学校随意看看。校园空空,一览无余,不一会儿,我就走出了校门。就在我准备向右拐回镇政府时,靠校门左边一排破旧平房里传出的读书声,引起了我的好奇,这里也是小学的一部分吗?可为什么又在校园之外?

这排校门边的教室,窗户上的玻璃不大齐全,有的地方糊着纸。教室门口是一块不大的土地,看来是学生们活动的地方。当我走进一教室时,里边的孩子们刚好下课,他们拥挤着跑了出去。一位看上去近 50 岁的女教师仍然在与一些未出去的学生对话。看到我,她有些惊讶,一双浮肿的眼睛透过圈数很密的眼镜片上下打量着我,也不说话。她小小的个子,头发已是花白，面无一点血色，且皱纹明显，两腮已明显地凹陷下去，身子干瘦，牙也不全了，整个人无一点精气神，只有那厚厚的镜片后一双眼睛和她拿着教鞭的样子，现出一副教师的神态来。当她听我说是省扶贫工作队的时，脸上有了客气的微笑，并且在我的询问下，介绍起这个班的情况来。

这是个学前幼儿大班，有40余名7虚岁的学生，他们毕业后即上小学一年级。教室的墙壁上挂着许多歌咏、体育比赛方面的奖状，还有两大张纸，上面写着"看谁的小红花多"，学生们的名单就排列在纸上。有的学生名字后面贴着许多小红花。看来这位老师还是教学有方呢。

她姓任，我便叫她任老师。当我听说就她一个人教这40余名孩子的语文、数学、美术、体育、游戏等课时，感到吃惊，于是便问了她的待遇情况。谁知，这下竟使她激动起来，那毫无血色的脸上也泛起了微微的红晕。她一边不时地让一些窜座位的孩子回到自己的位子上写作业，一边滔滔不绝地向我倾诉起她的苦衷来。

"你是省里工作队的，"她仍然拿着教鞭，用略微沙哑的嗓音——这可能是长期教书呼吸粉笔末的结果——开始说，"不是咱这本地人。我就把我肚子里的话说给你听听吧。我已经教书27年了，当年我初中毕业。27年来，我一次也未离开过教学，我教过这些孩子的父母，现在又教他们的孩子。我的学生，有的还上了大学。别的人，有门子的民办教师都一个个转正了，但我今天还是个代办临时教师。说起来还丢不起人,我的月基本工资 30 元,教一个学生,一月补助 1 元,那一个月下来就是 70 元。这 70 元敢情连我个人生活也不够哇,一袋子面也买不下。从 88 年起就拿上这 70 元,88 年以前,在队里挣工分。就这 70 元,还不能请假,请假就没有了;就这 70 元,学校还不按月给,而是一学期给一次,学生临放假结算一次。你猜猜这是为什么?学校说是怕学生万一有个事故,无法扣我的钱,那现在的学生都上了保险,一月 4 元,出了事有保险么。且不说出不了事,就算是没保险,我那个工资还能顶了事?

"这里每个学生一学期交 80 元学费,其中 30 元是学费,50 元是烤火费。我一个月连一个孩子的学费都挣不上,而这 40 余个孩子一个学期的学费就是 3000 多元,但学校也就是给拉个煤,买个炉子、暖壶、玩具(她指了指墙角的一个大算盘教具)吧。"

"这 70 元连自己也养活不了,你为什么还一直干着呢?"

"我喜欢这个工作吧,"她这下用两只手握了教鞭放在胸前,仿佛抱了个什么东西似的说,"所以就坚持干着。家里的男人种地,做个小买卖,生活也还过得去。现在,全校还有三个幼师和我一样。我们也找过校长,人家说:'你们愿意干就干,就这么个条件。不愿干,有的是人想干。'我知道现在有些初中、高中毕业生想当个教师,可她们没有经验。我们带学生有了感情。我们就坚持着,不给让这个位子。人们都说有包青天,我们就等着,总会碰上个睁眼的国家干部吧。我们就等着国家,总不能就这样哇,于天理不公嘛。"

"不知道有希望没有,"她降低了声调,不大自信地说,"你说呢?有希望吗?我说,怕、怕也没有希望。"说完这句话,她浮肿的眼睛穿过密集的镜片久久地盯着我的眼睛,等着我回答。看着她期待回答的眼神,我的心跳突然加快起来,而且不知如何回答是好。

我避开她的目光,摇了摇头说:"不,应该有希望的。"

我让她代表她们四人写个详细材料,我回县里时,给县教育局、县长反映反映,争取解决。没想到,她竟不同意。

她探了探脖子向窗外看了看才说:"你不是县里的人,过两天走了。反过来,人家还说我们告状。那我们的日子怎么办?"

"反映只能促使情况好转,"我气愤地说,"你们现在的情况就是最坏的待遇了,再坏,他总不能开除你们吧。一个月70元,一个学期拿一次,为什么不反映告状呢?"

听我说完这句话,她竟走到教室门口看了看,才返回来勉强答应我写个材料。

她可以说教了一辈子书,却仍然当着代办临时教师,拿着连自己也养活不了的"工资",却不辞劳苦地、一学期一学期地、不敢请假带着这些可爱的孩子们。

我有意识地变换了一个话题:"任老师,你27年来,总共教了多少学生呢?"

她笑着说:"我没有记这。"而我想,就以她每年教40余名学生算,已经教了1000余名学生了。

"孩子们长大以后,有再回来看你的吗?"

"没,街上碰上了打个招呼。幼儿班孩子小,不懂事。到高中了,才懂得与老师建立个联系。"

没想到这个话题也并没有使我们轻松起来。我们末了在教室外的小院子里告别,她紧紧地握着我的手,似乎不愿放开似的。

我没有回乡政府,而是径直走进了小学校长的办公室。那位看上去大约50岁、胖乎乎的校长,非常轻松又冷静地回答了我的几个问题。这个小学有40余名教师,其中有7名代办临时教师。正式教师的工资由县里拨,而代办临时教师的工资县里只拨一半,但她们的基本工资还不到正式教师工资的1/3。小学收的学费不上交,全年收入4万余元——700余名学生——但开支内容很多很大。民办、代办临时教师要转正式教师,由县里分指标,然后考核转正。但是,政府已对代办临时转民办、转正式的教师封了口子。看来,任老师的希望是难以实现了。我迅速地离开了这所学校,迈着沉重的步子,回到了住处。后来,我把任老师的情况给县教育局反映了,但至我离开这个县时,也没有结果。

一年以后,我出差路过这个县时,顺便到这个村里看望我的房东。不想在一条小路上迎面碰上了任老师。她的脸色更黄更白了,头发花白、干燥,枯草一般。彼此寒暄一番之后,她浮肿的眼睛穿过密集的镜片,像一年以前那样盯着我说:"你说我们那事,怎的个,有希望呀没有?"

当说到"希望"的字眼时,她无神的眼睛竟闪出光泽来。我突然想起,就是这双眼睛,在许多个夜晚里浮现在我的眼前。还有这句话,数不清多少次地在我的耳边响着。刹那间,我避开了她的眼睛,额头上竟有冷汗渗出。

我想,她是月月年年地盼着这个希望的。于是,我便看着她说:"也许会有希望的。咱们再反映反映,争取争取吧。"

一年不见,她对我客气了许多,见我没话,便也不多问,全然不是一年前像个老熟人似的,逮住我说个没完没了。我实在想不出用什么词来安慰她,只得像匆匆赶路似的,与她告别。

天　空

　　国庆节刚过，校长就把我叫到他的办公室告诉我说，去年学校买的一台锅炉总是出问题，炉盘的主传动轴断了，厂家到现在还没有来维修。今年学院又增加了三栋新楼，一台锅炉也不能保证所有建筑物的供暖面积了。学校需要立刻再购置安装一台四吨的锅炉。

　　关于购置锅炉的技术参数等细节要求，校长不谈，他只向我强调了一点要求，就是要把能否保证向环保局要到环保补贴经费，当作一个必须做到的前提条件来谈。学校尽管是在市郊的城乡接合部，但按照环保局的规定，凡是原来烧原煤的锅炉，一律得改用烧型煤的环保型锅炉。

　　环保局是个行政执法机构，那锅炉厂家怎么敢保证为购买锅炉的单位要到这笔补贴呢？我真是感到费解。可校长不管那么多，他说反正有些厂家能承诺做到这一点。

　　要在 10 月底之前购置并安装使用新锅炉，时间很紧张了。

于是我召集有关部门，根据平时的业务联系户，再加上网络上搜索来的厂家名录，通知了近十家锅炉厂家来商谈。这些厂家有的是郊区环保局打电话推荐来的，有的是打着环保局旗号来的。经过一家家地议标、看资料、谈判筛选，最终锁定了两家。这两家都有现货，而且承诺的条件比较符合学校的要求。

孙老板的厂子生产规模不大，我看准他的是对环保补贴经费的拍胸脯保证。他中等个头，肥胖体形，领子大大敞开着，仿佛是被那粗粗的脖颈撑着扣不上似的。他一开始是站着跟我谈，当看到我对他的实力比较感兴趣后，就索性坐在沙发上将右腿架在左腿上，滔滔不绝地讲起来："我这次来，是区环保局马副局长介绍来的。去年以前，市环保局对每个改造锅炉的单位，都给环保补贴经费，而且还不少呢。今年政策变了，市里不给了。不过他们还有自己收取的排污费，他们叫取之于民，用之于民。不过就是不多了，但每年还是有个几百万的。这几百万就是给改造锅炉单位补贴的，但前提是必须将烧原煤的炉子改造成烧型煤的环保炉子。过去用我们锅炉的单位，我们都为他们拿到了环保补贴的钱。这你们可以了解一下。我们留总经费的 20% 作为质保金在你们那里，也就是 6 万，按惯例是第二年锅炉没有问题就应该给我们，但我今天也就说个大话，我要是为你们拿不到环保补贴，你们就扣下我的 6 万质保金。不过，咱们把话说在前头，你们拿到环保补贴经费得给人家环保局的有关人员返还一部分。"

"得返还多少呢?"我疑惑地问他。

"20%到30%吧。这是我们这个行当的规矩。"他伸出食指和中指比画着说。

他接着又补充说道:"我哪天把环保局副局长约出来,咱们一起吃顿饭。我不是吹牛,让他什么时候出来,他就得出来。多少年了,我们老关系了。可这个环保补贴的钱绝对不能写到咱两家的合同里,这事只有咱两家知道,可以写个补充协议。"

另外一家的魏老板,与孙老板大不相同,高高的个子,匀称的身材,白净的面孔,好像国家干部模样。他可真是环保局的科长给我打电话推荐来的。从侧面了解,这家的锅炉在学校所在区域占有近一半的市场份额,技术参数及售后服务都不错,厂子有10余年的历史,200多名员工,是家有一定规模的企业,不像孙老板,是个在村庄里开小工厂的角色。

魏老板的谈吐显得较为老到一些,他愿意在总价格上降价商量,但始终不愿意承诺为我们要到环保局的补贴经费。

他说:"咱们实话实说,谁要是给你们保证能要到环保补贴经费,那是胡说。你反过来想想,你的部下要是替你在外面保证说他能做了你的主,那你还不把他给开了!人家环保局的领导给我们都打过招呼,说谁家要是在外面胡应承能办下补贴经费,以后就把谁家排除出这个行当。我举个例子,就在你们附近的那所中学,去年我为他家办到的环保补贴经费为28万,比锅炉费还多呢。他家的校长原来答应给人家环保局返还9万,是作为环保局人员旅游用的。可当钱到了学校后,校长死活不给了。闹得我现在见了人家环保局的头儿都没有话说。"

可作为学院来说,在这个经济问题上,不要空洞的保证,要的是实实在在的白纸黑字,是有约束效力的具体数字,而且这一点已经成了合同签订的前提条件。魏老板进一步往深了说:"我可以积极协助为你们争取,但环保局不是咱开的,我要是答应了,就有个兑现问题。说话得算数了,否则你们得扣我的质保金呢。我来的时候就提前给环保局的头儿打了电话,咱局长下午喜欢打个麻将,他在电话里说,完了再说。我保证给你们将他约出来,咱们吃顿饭。其实环保补贴给谁家也是个给,就是他一句话。不过,你们要让我承诺保证办到,那就不好办了。万一要是办不到呢?"

好在我们要他承诺的环保补贴经费在合同总金额里占的比例并不大,所以魏老板最终还是以合同之外的补充约定形式,承诺为学院争取到一笔不少于质保金数额的环保补贴经费,若要不到,他愿意以质保金抵给学院。质保金占到锅炉总价格的10%。而合同最初约定的总价则不再降,因为魏老板说,他得用一部分资金去活动环保部门。

魏老板与孙老板一样,再三强调我们要讲信用,如果得到环保补贴经费,一定得给人家环保部门人员返还一部分。学院的这个合同最终与魏老板签订,那天办公室就我们两人。他也因战胜了众多的竞争对手而变得轻松了许多。

他说:"你可不知道,在这块面积不大的地盘上,环保局可够厉害的。"

"那他能比土地局还厉害?"我插了一句故意逗他。

他停了笔抬起头来说道:"那倒没有。这地盘上,土地局、规划局厉害。我告诉你,在规划局,就是普通办事员的办公桌上都明摆着软中华,60块钱一盒啊!环保局长还不敢,怕传出去,叫人家说他天天软中华。上个月,环保局一个要害处的处长家生了个龙凤胎,人家专门开了个庆祝宴会,宴会所请没有本单位的,全是单位外边的。酒席上烟酒都是高档的,饭菜起码每桌千元以上。50桌,人家硬是没收礼。"

魏老板拿上盖了章的合同,放心地回去准备了。这一天我下班晚了点,当我站在广场公交站牌下的时候,天已经黑了下来,恰好学院的一位漂亮女士与我一起等车。她说,平时骑一辆电动车,感觉挺好的。我问她,充足了电,一次能骑多久。她说能从家到学院跑两个来回。我说,那为什么不骑电动车上班呢?

她看看天空说:"太——脏了!每次骑车回到家都得大洗一次。"

我看着灰蒙蒙也不知是雾还是雾霾笼罩的天空,看着眼前熙熙攘攘的车辆、人流,默默无语……

耕　地

学院虽然在城乡接合部,但垃圾也不是随便可以在周边倒的。即使是倒在附近的荒郊野外,被执法部门逮住了是要重罚的。上午,已经为学院倒了五年垃圾的老赵来到我的办公室。老赵养了辆中型货车,仗着自己姐夫在当地环卫所当头儿,以比环卫所便宜的价格,专门为村周边几个单位定期清理垃圾。

看着桌上总务部门草拟的合同,我说:"2007年是一年12000元,2008年怎么就涨成18000元了呢?"

"那我们也得有点赚头,不能贴着钱干吧。"老赵不等我说完,就抢着开始说了,"你知道的,现在柴油涨、工人的工资涨,我还得到东山指定的地方倒,比去年跑得又远了。去年一个工人干一天10块,现在谁干呢!我每次来装垃圾都是用脚在车上踩了又踩,就怕拉少了,还得多跑趟数。如不行,咱们按车次数算?到了冬天,你们锅炉的灰渣就不能倒,太多了。"

"好好好,就按你说的数办!"我急忙打住了他的辩解,而后故意扯起了一个想让他得意的话题,以免他没完没了地再涨价。我说,"老赵,你自己养的车,为好几家单位拉垃圾,每家一年弄个两万三万的,一年怎么也赚个十来八万吧。你在村里可算个富裕户了。"

他非常肯定地说:"不是,我算穷的。我当初养车,是为了给我妈看病。老人去世了,欠了一屁股的债。"

"你家不是还有耕地吗?听说,村里又在盖新楼房,要给你们每家免费分配一套的。"

说到耕地,老赵的嘴巴堵不住了,他就像对我诉苦似的,一五一十地说起来:"我家是有5亩耕地,土地证也在我手里,可村里一年就给我5000块钱。村干部们黑了心,挨家挨户地做我们的工作,把村里的耕地连片连片地租给了外面的什么公司,一租就是20年。一开始,每年一亩地才给我们300元。现在看到别的村涨了,我们才涨上来。邻村人家已经一亩地涨到一年两三千了。尽管合同里写了租金随着土地价格的上涨也要涨,可是我们怎么知道他们与公司谈判时的情况呢?他说涨一百就一百,他说涨一千就一千。这是明面上的事,暗的就天知地知他们知了。一任村长干3年。我们村附近的一个村,有一个开水泥厂的,第一次花了100万没有竞选上村长。他们在竞选时就是挨家挨户给送钱,少得也有几百元。后来人家给全村每家盖房子免费供应水泥。现在一家还不盖个3层小楼,一吨水泥就是200元,一层楼就用30吨水泥,那一家就等于用了他2万块钱的水泥。结果第二次这个水泥厂长当选上了村长。原来那个当村长的又花了几百万也没有选上。这是个大村,那些有钱的村干部经常换好车,50万买个车,不到一年就100万顶出去了。"

据老赵说,其实那些租村里耕地的公司也不是真正要种地,他们在地里栽上树苗,就向政府要青苗补贴,政府有政策的,对农用耕地种树苗的,一亩地就可补贴好几万元。这里面的好处算不清的,要不就都想花钱竞争村长呢。当上了村长再把竞选花出去的钱捞回来。三年换一任,新换上来的,就又可以与租地的公司谈判涨价了。

村里人倒是每家一年也能因土地外租分个几千块钱,但也不顶事。没有了耕地,心里就没了谱,于是各想各的办法哇,反正都得活了。老赵就跑出来运垃圾。

听完老赵的叙述,我惊讶得不知说什么好。农民、耕地与村干部竞选,居然有着这样蹊跷的联系。

农民赖以生存的耕地,却难以自己做主。农民自己也完全可以在自家耕地种上树苗,向政府要补贴的,但他们往往不知情。

他们的耕地被租出去20年,20年后会怎样呢?他们也许都看不到了。

李老汉与他的水泵房

世界煤炭博览会就要在太原召开了，因抢修电路，学院突然接到了郊区供电局的停电通知：从早上 6 点到晚上 10 点停电。但是，一直等到半夜，也没有来电。第二天早晨，仍然没有电。校长急了，打电话给市长办公室，希望督促一下供电局，因为学校 3000 多名学生处于无电无水状态已经 27 小时之久。我又给供电局调度室打电话，对方倒是理解，回答说早上 6 点 30 分已经开始供电，这里没电，说明线路有故障。他们表示立即通知施工人员到现场查看，排除故障。

学院没有自己的水井，自来水公司的管道也还没有光顾到这座城市的边缘地带，学院一直用的是附近一个村庄的水。这个小村几百户人家，靠一眼深井用水，水井里有两台水泵，一天两次为村民和周围用户供水。村里人大都蓄水，以备不测，但偌大个学院却无法靠蓄水供数千人 20 多个小时使用。办公楼道、学生公寓，强烈的厕所气味令人捏着鼻子快速行走。管后

第四辑　　乡村笔记

勤的人形象地说，厕所里堆成山了。食堂存水也不够了，吃饭也成了问题。更令校长着急的是正在施工的新教学楼要在9月底交付使用，新生们要赶在国庆之后上课。没有电，施工单位可以自己发电，但没有水，施工的轰鸣声也哑巴了。

快10点时来电了，学院管水的科长立即跑到村庄的水泵房去找李老汉，要求他立即调大压力泵水。但中午时，学院二楼仍然上不来水。总务处的人早就跟我说，为了保证学院正常供水，每月给李老汉150元补贴，但李老汉一直不满，并毫不客气地对总务处科长说，应该给他每月200元。科长认为，目前状况极有可能是李老汉故意刁难学院。学校财务人员讲，李老汉最近才领走了自己的150元当月补贴。

总务处处长因为学院的地界常常与该村村长和书记据理力争，吃过不少苦头，有的村干部甚至开车疾驶到距他不到两厘米的地方刹住车，而后说："你这个该死的家伙！"他说起村里人便带有情绪色彩："不客气地说，这里的好多人都是两眼发着绿光、头上长着角、身上不长毛的家伙。简直就是无赖！"

事情紧急，我叫了辆车直奔村里的水泵房。我要亲自会会这位李老汉，也想实地查看一下，学院的不正常供水是否与李老汉有关。路不远，但我还是在车上想了一下，如果真是李老汉有意刁难学校，那就得找村干部了。如果村里供学校的水流量小的话，那么村里收的水费也就少。这肯定是村里不愿意的。这其中有一个相互的利益关系，关键是有效沟通。

水泵房与水井位于一座院子里，大铁门从里面反插着，我敲不开，就用拳头使劲地擂。铁皮的声音很大，李老汉终于走了出来。隔着铁门，我也没好气，高声地说，是我！学校的，请开门！大热的天，李老汉披着件蓝色褂子，穿一件睡裤，驼着近45度的背，惊讶地在拉开的铁门缝里看着我。司机向他介绍了我的身份。他开了门，听我说明了来意，既没有欢迎的表情，也没有敌意，只是带我往里走。院子四周有围墙，大约有一亩地，杂草丛生。水泵房门口拴着两条狗，一条是黑色的，毛很长，尖尖的嘴巴，个头硕大，像小黑熊似的，看到我远远地就冲起来吼叫着；另一条是棕色的，个头小一点，没有吼叫。

我说，看好你的狗，别咬了人。

李老汉说，没事没事，你跟上我。

他手里拿根棍子，做做挡狗的样子，走到那条棕色的狗前，将其撵到了窝里；走到黑狗前，就用脚踩住拴狗的铁链子，一边让我进屋一边说："我还能让狗儿咬了你？"

水泵房其实也就是一间十来平方米的小房子，从外面看是砖头的，里面看墙壁是泥抹出来的。地面的一角放着李老汉的床，床上的被褥已经看不出原来的颜色和图案。地上凌乱地散放着烟盒、不成形的衣服、废旧纸盒、饮料瓶等。与床对角的地方是水阀和压力表。李老汉67岁，晚上就睡在水泵房，白天有时候锁上门出去遛遛。一天两次定时供水，按他的说法是："日夜不停。"

"学校里一个月给的我 150 块钱，一天还不到 10 块，还不够我吃盒烟的钱。你来看看我受的是什么苦，回去给你们校长反映反映。"他倒是直截了当地对我提起了补贴问题。

按照我的要求，李老汉蹲在水阀前，拿着个扳手给我详细地解释起来。地面上有三个大阀门，最里面靠墙一个是为村里供水的，但紧紧地关着；中间那个是为村里其他部门供水的，也紧紧地关着；靠外面的一个是专为学校供水的，阀门已经完全锈死，任凭我怎么使力，也拧不动。水压力表上显示的是四个压力，旁边的水龙头在李老汉的演示下，水特别冲。按他的说法，现在学校里八楼用水也没有问题。

我明白了，为村里供水真是定时的，管学校供水的那个阀门开到了极限，而且已锈死，李老汉根本就无法像总务处的人怀疑的那样将它调小。水压表系统是请外边的专业人员调好的，李老汉只会看，也不会摆弄。

李老汉又领着我走出水泵房，去看院内高处的水井。他掀开门帘，仍然是小心地踩着拴黑狗的铁链，让我先走上去。水井里的水在距井台近两米的地方。站在水井沿上，我顺便与李老汉闲聊起来。他说："全村人就吃这一口水井，不敢不小心，村里这么多人，很复杂的，万一有人往水井里投毒，那就危险了。水井盖是厚铁块焊成的，平时牢牢地锁着。两条狗儿一条看水井，一条看水泵房。可那些个坏人要来，他们对狗儿也有办法。所以，我晚上就睡在这里。白天出去就锁上大门。你看，这有个纱窗口是通风的,这里也可以往里投东西,我每天都检查几遍,如果发现纱窗被人动过了,就得马上向村长报告。"

看来李老汉是个非常细心和负责任的村民。村干部选他看水房,是选对人了。这时学院的维修科科长来了,说学校里的水还是上不了二楼。李老汉说,在水泵房通往学校的路段上,水管有一个分叉,还有一个路过村民家门口的阀门。维修科科长说,来的路上已经看过了那个村民家的阀门,大开着没有问题。于是,李老汉自告奋勇地要领我们去看位于村内库房院的那个分叉处。在走过水泵房时,他又小心地踩着拴黑狗的铁链,可当我走过房角时,他赶紧跑在我一边挡着说:"这里还有条狗儿呢,这个家伙比那条大的更厉害。"

李老汉穿了件外裤,仍然披着那蓝色的褂子,驼着背上了我们的车。车到了"丁"字路口向右拐了下去。那库房的门卫看到李老汉就放我们进去。李老汉领着我们看了厕所水的流量,又到了一敞开口的下水井盖处,近一米深的坑底有一个管道分叉,也是个"丁"字形,从水房管道方向来的水,向左为处于地势低的库房等单位供水,向右就是为处于地势高的学院供水。管道分叉边水表上的红色指针转速飞快,以至于已经转成了一个红色圆形图案,说明水的压力和流量没有问题。

我将李老汉送回水泵房,立即返回学院。维修科科长将进入学院入口的第一个水管龙头打开,但水的压力还是不大。整个校园的楼房,二楼以上还是没有水。我分析,主要原因可能是刚来水不久,处于地势低凹的村庄库房及有些施工单位用水量大,所以处于地势高的学校水压力就上不来。再过两天新生就要报到了,因为没有水,连卫生也无法清理。正在犯难时,只见李老汉披着蓝色褂子出现在校门口。他快步走过来对我说,让学校派个人带上车去村里库房,他把供库房和施工单位的水阀门关住再试试看。我一听当然高兴。看着李老汉驼着背上了车,我立刻就想到,学院长期以来供水不正常,或者说时好时坏,与这位李老汉断然没有关系。

李老汉晚上睡在那个简陋的水泵房里,白天即使出门,也很快就赶回去。在整个闲散的村庄里,可以看得出,他甚至难得有时间回自己的家。李老汉有自己的家吗?有老婆孩子吗?学校后勤的有些人一直在怀疑他、歧视他,但其实并不了解他,也没有设身处地地为李老汉着想。我在城市机关、学校工作30多年了,像李老汉这样认真履行自己职责的人还真是不多见。

特殊的警告

上午是新生报到日,大概有 700 名学生注册报到。教工们早上 6 点半就签到,并散开在校园各个方位打扫卫生。教学楼挂满了各系欢迎新生的条幅。

操场主席台前高高的旗杆上飘扬着崭新的国旗和校旗。校园内沿路边都装饰了彩旗。校门里面,斜挂了密集的条状小彩旗;校门外边,联通公司巨大的红色气体彩虹状拱门鼓鼓地立了起来。

也真有来得早的,不到 7 点,校车就从火车站接回了一批来报到的学生。学院门口是一条窄窄的柏油路,学院地面约低于柏油路一米,于是凡进学院的车辆需沿着一个坡度向下驶进校园。约 9 点半,一辆白色小轿车在校园门口的右边从斜坡上下到一半就刹了车,恰好堵了校门,使别的车无法进入。学院的保安认得这辆车的主人是附近的村民,所以也没敢采取强硬措施让其离开,因为以往的经验告诉他们,只要态度强硬,不到一根烟的工夫,就会有一堆同伙围堵过来。

不一会儿,学校接新生的大巴开到校园门口,大巴从校门的左边驶来,但是无法进入校园。白色小车像个路障卡在那里,迫使大巴车头还没下坡就刹了车,并且不时地鸣笛。小车边上站着的高个子、长头发男子,冲着校门大声喊着:"叫你们的总务处长出来说话!他答应的事情让他来解决!"

校长急匆匆地跑了出来,将高个男子及两位随从领到我面前,让我接待处理。我把他们请到了我的办公室。经询问才知道,高个男子是被附近开小门脸儿做联通手机和电话卡小买卖的夫妻请来,逼迫学校解决问题的。小店老板瘦弱矮小,面相倒也和善,说话声音不高。小店老板娘,白白净净,夹个小包,站在屋里,没有说话。高个男子裸露着被长期抽烟熏黑的牙齿,高声地、不停地向在场的总务处处长呵斥着。

原来是市联通公司借新生报到之际,在校园内摆了销售网点,从而影响了离校门不远处的这家小店的生意。在这之前,这个在当地颇有些名气的高个男子就告诉学校,如果联通公司敢在新生报到日来摆摊,就砸摊子。经过学校协调,联通公司曾表示愿意在事后给这家小店几百元补贴,但小老板不干。学院原以为小店不过咋呼一下也就罢了,因为毕竟他们是在销售联通的商品。

总务处处长和他手下的科长平日里在学校也是蛮风光的人物,管着全校的物资供应和校园环境,外面的客户总是走马灯一样地来有求于他们，但在我的办公室，他们却堆起了满脸皮的微笑来好言解释，说联通当天等于做了广告，并不会有多少学生买，因为当天要赶往军训地，等学生军训回来恰好小店就可以卖货。可高个男子不依不饶，坚持要么赶走正在摆摊设点的联通公司，要么答应让每个班主任给他们推销手机和电话卡。

总务处处长急着要表态，我知道他想答应对方联系班主任为他们推销，就急忙用眼色阻止了他。这之前，我基本是在沉默观察，此时特意用了较为正式的语调说："各位老板，你们也都清楚，现在这个社会是市场经济，咱们谁也没有本事卡住别的商家不来与咱们竞争。今天就是来了网通的，我们也没办法。联通公司做了广告，等学生们军训回来，你们正好销售你们的商品，学生一定会以为你们是一家的。到时我们的处长给你们提供方便就是。至于班主任协助你们推销的事，你们不知道啊，现在的学生都有逆反心理，越是老师推荐的东西，他们就越是私下商量好了不买。到时不是白浪费时间吗？"

高个男子和小老板及老板娘算是默认了我的意见。不过让我没有想到的是，那个始终没有说话且看似文静的老板娘，临走时居然慢慢地却带了威胁的口吻说："我看到你们的学生也在校园里摆摊卖手机和电话卡，别让我逮住了他们，逮住了咱们再说！"

总务处处长客气地解释说，那是家里贫困的学生在课余时间卖卖，但老板娘和高个男子及小老板并不搭话，也不告别，

第四辑　乡村笔记

径直扬长而去。

　　一个警察在执法时，因为有法律的支撑，故而有了强制性的威严。可眼前的这几个在对一所学校提出特殊的警告时，竟然比警察的口气还硬，他们的背后立着一种什么样的支撑呢？

玉泉山

观光玉泉山回来的当晚,我就想在微信上让朋友们分享那里幽静的绿色景致。当选好了照片点击"发送"前,在提示栏内是发准确还是模糊的地名呢,我犹豫了片刻,因为忽然想到以往对这座位于城边的玉泉山居然不知不晓,那或许同城居住的朋友们也未必知道。于是,便写了一个模糊地名"玉泉山林地山谷"。点击发送后还暗自心想,让你们猜猜这玉泉山位于何处吧。

果然不出我所料,不一会儿,朋友们即被我那九张碧绿鲜亮如翡翠的照片吸引过来,除了一片点赞外,就是询问这玉泉山位于何处。北京的朋友居然说,到我们北京了?一直到深夜,还有人在询问。我的回复都一样:"就在太原西山。"太原的朋友们惊讶万分:"哦?真没想到西山还有这样的幽静之处!"接下来,有些朋友按捺不住了,说:"氧吧真好,不求有名,但求怡人。这太方便了,三三两两都可以成行。""慢节奏,优生活,坐着能聊,躺下能歇,小巧柴门,人面樱花。洗洗肺吧,吐故纳新。走起!"

这玉泉山位于河西圪僚沟村西。其实,太原人对圪僚沟倒是耳熟得很。圪僚是方言,意即不直。如果人们在形容一个人性格古怪时,往往会说,这个人特别圪僚。圪僚沟地名的由来,或许就是那村西的山沟曲曲弯弯多吧。这三个字用太原话念起来抑扬顿挫,声音铿锵,特有方言味道,故而即使没去过此地的太原人,也大都记住了这个地名。

玉泉山这名字听着就悦耳,仿佛瞬间就贯通了你的视觉、听觉、嗅觉与呼吸,还诱惑着你的想象。北京颐和园以西不远的玉泉山是因泉得名,水清而碧,澄洁如玉,而太原古城水系在历史上也颇为丰盈:唐宋以前,龙舟巨船可泛载汾河;除汾河干流之外,尚有潇河、大川河、柳林河等众多支流;明清时期晋阳大地灌溉系统纵横网织;山西最重要的灌溉区域——汾河流域——紧贴太原城西侧擦肩而过;流量大的泉水就集中在西山脚下,尤以晋祠、兰村泉水最为著名。准确地说,太原人叫圪僚沟为河西圪僚沟,意为圪僚沟在汾河以西不远之处。太原地下矿藏丰富,沉睡着煤、石膏、石灰石、铁、耐火黏土等。"福兮祸所伏",无数贪婪的头颅冒着吱吱作响的青烟,几近毁坏性地疯狂掠夺地下甚至地表资源,致使水位逐年下降,东西两山荒芜蔓延。山西的煤带着血与泪流向四面八方……

人类或许在自己拍摄的清晰地球肖像面前感到了羞愧,那原本美丽的家园伤痕累累,仿佛一件精美的器皿上密布裂纹。可持续发展理念是人类对自身野蛮发展行为的一种自省之后的思考。生态环境恶化已经成为山西可持续发展的主要瓶颈。

玉泉山这个引发人美好联想的地名,连同它原本绿色丰盈、泉水叮咚的躯体,被开掘破坏的千疮百孔所覆盖、淹没,而在寒冷的冬季,西北风会从这座城西北角,将漫山遍野的沙石、垃圾,顺着东南方向吹向太原的脸与全身。太原人面对玉泉山,苦不堪言,又很无奈。玉泉山绝非特例,山西乃至中国,环境污染已经成为人们的困惑之一。满目疮痍的玉泉山渴望有责任担当的实际行动,倘若它有梦,那一定是期盼听到植树者进山的脚步声……

挑起承建玉泉山城郊森林公园重担的是山西晋峰供热公司。按照市政府绿化东西两山、治理汾河的规划,施建队伍于2010年走进了玉泉山,面对数百万立方米的工业垃圾、干枯的水系,以及惨不忍睹的山体,他们居然大胆地与绿色春天约会:让荒山变绿坡,让垃圾变氧吧。一个树坑一个树坑地挖,5年来竟然在万余亩的山体上栽植各类树木230余万株,修建蓄水池16座。那些树坑里的土粪大都靠人工用背篓一筐一筐背上山去。

如今的玉泉山被水网喷灌系统所覆盖,荒山果然变成了绿坡,真正的春天如约而至,连小鸟都悄悄地回归,白里透红的樱花漫山开放。市民以往唯恐避之不及的圪僚沟玉泉山,现在让人们流连忘返。那一天,张俊平董事长站在玉泉山顶对我说,人来到这个世界上，总得干点事，不能白走一遭，我现在看着玉泉山就很有成就感。人不能总是算计着赚钱，比如你们诗人写诗肯定就不挣钱，但那是喜爱。

这番话，让我对这位退伍军人刮目相看。好汉子，你好好地守护住玉泉山，就等于正在拯救天下被伤害的众山！

第五辑　都市的脸

都市的脸

周日近中午时,接新雨兄一个电话,说《都市》杂志庆创刊 50 周年,下午在太原山西饭店有个北京名家座谈会。我匆忙吃了午饭,休息片刻便站在迎泽大街拦出租车。也怪了,恰逢周日,又是人们午休时分,出租车虽流水一般飞过,却很少有空车。好不容易等到一辆,上了车我就说:"这个时候怎么很难打到车,是不是在迎泽大街平日里就很难打到车。"

司机说:"这会监车了。"

我没有听明白,什么叫监车呢?于是问:"是有人检查吗?"司机又解释一番。我终于明白,这个司机小兄弟是外地人,不仅不会说普通话,连太原话也不会说,他用家乡口音告诉我,这个时候正是出租车司机们交接班的时间,所以不好打到车。车开得飞快,眨眼间就接近了广场。车是由西向东来的,山西饭店在广场西北角,车绕广场一圈就到了。没想到他到了广场打右转向灯计划往南面的并州路拐。我忙高声说,你走错了，直接往东走，前面往北拐！他服从了我的指令，立刻停止了往南，拐到了直行线上。但他说，广场东面不容许往左拐。这下该我着急了，因为有时候我也开车，知道车到了直行线上就只能往前开，而不能往南拐了，但要到广场的西北角又必须到南面去转圈。

看来这个外地司机虽然不会说普通话，但对省城主要街道的车辆运行规矩比我知道得多。我问他怎么办，他没有回答。但等到前面的绿灯亮时，他加足了油门一下子将车边的一辆公交车甩在后面，而后一个弧形转弯奔南面的并州路而去。他这可是在省城的广场上违规驾驶了。广场南与并州路北交叉处站着一个女警察，且有不许左转的标志。车继续往南行驶。这交通走向不知什么人定的，我要往北去，却必须"北辙南辕"地越走越远。车一直往南开，到了第二个缺口，仍然有禁止往左拐掉头的标志，但这次司机没有理会，又一次快速左拐掉头返回往北开。这说明他对我有服务意识，虽违反交通规则，但为了加快速度，或者是为了避免我的牢骚发火，在没有警察的地方寻找了捷径。当车辆再一次行驶到了广场边上时，塞车了，司机此刻突然鼻子喉咙同时使劲，那种喉管处发出的呼噜声使我条件反射一般地隐隐作呕。他在聚集口中的黏液，接着打开车门，将那费力准备在口中的秽物吐在了车道上。我急忙掉转头，且下意识地往车窗外的车道上注视着，这一看不要紧，沥青路面上满视野布满了比路面颜色深好多的斑点。

广场如城市的脸面！看那人行道上的女士们小姐们大都带着五颜六色的口罩，滑稽得很。这个司机在周日中午时刻，等于是将一口肮脏的痰直接地吐在了城市的脸上。

就是这一吐，竟让我的思绪飞到了欧洲。德国的城市管理及卫生状况让我惊叹，就连那些将头发修整成鸡冠状，并染成红绿色，而且在裸露的肌肤上大片文身的崩克族们，在揩鼻涕吐痰时也是掏出白色手纸绅士般地完成任务的。那些清理街道卫生的工人们，黎明时身着整洁鲜亮的工作服，认真清扫马路，清理垃圾桶。当早晨上班时分，他们早已消失得无影无踪。倒是在有些电梯入口处或里面，会看到让我难堪的字眼："禁止中国人随地吐痰"！柏林市区的外国居民占有相当比例，他们是如何管理的呢？法治！德国有移民法，外国人如果想加入德国国籍，不仅有在德国生活时限的规定，还有在德国接受教育程度的限制，也就是说，德国这个法治国家必须让期望加入他们国籍的外国人达到一个能够接受并理解他们法律规范的文化程度，否则你外国人会乱了人家的文明秩序。

说欧洲的德国，也许有人不大信服。那就说说距太原不过 500 余公里之遥的北京。我在北京车站看到有好多游客随地吐痰，但大都跑不掉，不知从哪里跑出来监督的中年女士，她们会高声地喝止，甚至用手拽着那些吐痰的人，就像胶粘上了，让你无论如何也甩不脱，直至交了罚款为止。我想那些监督者也绝不会是国家公务人员，或许是下岗工人也有可能，但她们确实是认真负责地履行了应尽的职责。有一天，我坐在长安街路边人行道花圃的铁栏杆上抽烟，烟抽完了，环顾四周没有垃圾箱，就顺手将烟蒂熄灭后扔在了花圃的草丛里，但几乎就在我还没有完全抬起头来的时候，一个中年女子已经站在我面前，手里展开了一小收据本，用不高也不低的声音说："罚款五元。"这下我才恍然大悟，原来这女子就站在离我不远的地方，早就注意我了。我虽然交了罚款，但当时还是与她理论了几句，意思是你早看到我抽烟了，为什么不事先提醒，而非要等我扔烟头的那一刹那赶过来罚款呢？这不明摆着是收钱吗？！但不管怎么说，达到了一定的效果，城市整洁了。

坐在会场里，听北京的、省城的名流侃侃而谈都市文学。他们讲发达国家都市与乡村在文明程度上已经差距不大了，他们讲如今农村涌入都市打工人数占都市人口的比例越来越高，他们讲都市的发展就是农民工用血汗换来的，他们讲不同地域、不同国家都市文化的碰撞和融合。讲得都有道理，而我一边听着一边就想到了我们的都市广场，想到了那个司机将一口痰直接吐在了都市的脸上。这是省城，如果是地市、县城、乡镇的人到省城来将这样的"时尚"带了回去，或许会是一个更为"壮观"的场景。

如今的都市人已经越来越离不开农村来的打工者了，好多设施和服务是靠他们的劳动来支撑的。问题不在于他们，而在于我们的城市管理者。城市管理者应该有办法管理城市，否则就叫不作为。新加坡对随地吐痰的人是要鞭答并给予经济重罚的。都市管理好了，每一片天空都是景致，每一组建筑物都是雕塑，每一条河流都是让人流连忘返的地方，而人流呢，就是异彩纷呈的鲜花。

如果都市的脸都脏兮兮的，还要不停地说我们有 2000 年建城的文明史，鬼才相信呢！

换一个高度乘车

在去上班的路上,我是走路、骑自行车、开车、坐车的方式都尝试过。单位与家或家与单位,"两点一线"的距离周而复始。走路时,人行道上有太多的洼陷处,一不小心就扭伤了脚踝,受伤关节的创伤常常在阴雨天抗议;那些与有着漂亮外表的豪华饭店衔接的小巷里面,往往污水横流,一排排敞着口且散发着恶臭气味的垃圾桶,逼着你像潜水一样地憋住了气息快速地穿过去。骑车时,本来是想享受一番悠闲,可常常是既有冲着你来的无定向导弹似的自行车,也有在转弯时与你紧紧贴身而过的汽车,仍然常有危险镜头在眼前飞过。开车吧,太累,有些街道边上的单行标志似有似无地闪在树后,而当你开进去之后,在路的那一端就有交警在等着你罚款,你就是在交通规则里也学不会这一条;还有那些个行人或骑车人明明是知道没有你快,但偏偏是在你车轮前做抢夺时间状,且瞥也不瞥你一眼,那样子就等于说,看你也不敢碰我。时间久了,我就是开进了摆地摊的自由市场,也可以从容对付,正可谓学开车时师傅教的:眼观六路,耳听八方。中国司机的开车技术在世界上恐怕都是一流,全都是人流里练的。坐公交车就怕塞车,不停地看表,知道赶不上打卡了,只好中途下车,打出租车。

　　有一天傍晚下班,我很意外地搭上了一辆与回家路线同方向的双层巴士,且登上了顶层,坐在了第一排。车启动后,我有些倦意,不知不觉进入了似睡非睡状态。突然间,一阵噼啪噼啪的声响将我惊醒,睁眼一看,原来是路边树的枝叶与高高的车顶与玻璃窗摩擦所致。可也就是在这个时候,我竟然进入了眩晕的迷路状态,眼前或脚下这座再熟悉不过的城市变得陌生起来,车在晃动中前进着,还做着大大的弧形的转弯,但我居然判断不出走到了哪里。是车改了路线,还是我乘错了车?也不知过了多久,三分钟或五分钟,我终于判断出了车行的路线是对的,之所以迷惑,是因为我换了一个高度乘车的缘故。原有的平视骤然间变成了俯视,角度发生了变化。原来进入眼帘的是高高的灰色或土红色围墙、巨幅的广告牌、摩肩接踵的人流、川流不息的车辆、透明或不透明的门,现在进入视野前方左面和右面的范围比平时扩大了不知多少倍。

　　眩晕的迷路感觉是美好的,记得儿时每当进入城市一个新的地域时就会有如此的感觉,那简直就是一种新鲜刺激的享受。可进入成年之后,这种感觉越来越少,城市给我的视觉审美疲倦异常严重,即使出差到国内其他城市亦是如此,极少有眩晕的迷路"艳遇"。

可这次乘双层巴士的感觉还不仅如此,一路走下去,一个接一个过去从未看到过的新发现扑面而来,当然也就同时刺激着我的大脑将这些新发现与旧有的感觉进行着高速的对比。

有些外表擦洗得干干净净的大巴,其顶部却是肮脏得不堪入目,那些个污垢由于日积月累,就仿佛是一种顽固的皮肤病的花斑长在了车辆的顶部,恐怕不能轻易治愈。

有的大巴的顶部居然写着硕大的医院广告词,末端是联系电话号码。这些个广告词是给直升机看的吗?噢,也许是给日夜疯长的高楼的密集窗口排队观看的。

在红灯亮起的十字路口,不管是高档的宝马还是低档的蛋蛋车,全都无奈地趴着喘着粗气,有的车也就不管什么禁止鸣笛的警示,疯狂地吼叫着。那些光秃秃的车顶聚集在一起时,可真好玩,就像是国外群裸人体艺术当众的展览。一个女人在我身后口无遮拦地嘟囔着:"塞车塞车,能把你急死,比生孩子还急。"

就在路边围墙里面或更远的地方,那些高楼大厦林立的空隙之处,有那么多裸露着黄土的工地或深深的大坑,新的水泥柱子正悄悄地播种呢。

噢!宝马、奔驰、悍马、别克,这些平时吸引人眼球又从我身边高傲地呼啸而过的名车,此时此刻,全都混杂在无名的车流中,全都在你的脚下,而我倒有了一种骑着大象放牧的感觉，它们全都是匍匐在地的牛羊。我真想吆喝一声，并甩一个响鞭。

火车站这个永远给我拥挤感觉的地方，当双层巴士缓缓驶过时，我突然看到，其实拥挤的是入口和出口以及停车场，而其他大片的地方是人流的缝隙和空白处。真是"不识相庐山真面目，只缘身在此山中"啊。

如同不知不觉地上车，我也忘记了下车，坐过了站。下车后，我步行往回走，一路上仍然在回味双层巴士的奇妙。

自那次乘双层巴士"艳遇"之后，我开始喜欢搭双层巴士了，尽管新鲜的迷路感觉一次比一次弱，然而它却非常奇特地提示了我：当眼睛和大脑疲倦的时候，不妨换一个高度来乘车。

观赏鸽

有一天在城市公园散步时，走到观赏鸽与人聚集的地方，就停了下来观看。那地面上铺着一块有百余平方米的红地毯，游客们或蹲或站在旁边，手心里放着一小撮高粱、玉米、麦子混合的鸽食，逗引着鸽子。鸽食就来自不远处的一个小贩。小贩的摊子是一个半平方米大小的玻璃柜子，鸽食已分别装好在一个个巴掌大小的塑料袋内。鸽子密密麻麻的，大都为雪白，羽毛丰满，眼睛明亮，乍一看，其体态颇有绅士风度，但仔细观看，就发现这些鸽子无一例外地略显肥胖，走起来一颠一颠的，很不灵活，就仿佛是过于肥胖的妇女在马路上吃力走路的样子。

它们对围观的人群几乎没有什么戒备，而且无论往哪个方向走，眼睛都在环绕搜索着游客手里的食物。当有人把手臂一扬，将手里的鸽食抛撒出去时，有些鸽子即刻张开翅翼飞几下，但那只是条件反射，脚爪才刚刚离开地面就又落了下来，而有的鸽子干脆就战战兢兢地走上前来，直接在游客的手心里吃食了。

我身边的一个小姑娘一边伸着小手逗引鸽子，一边问她的父亲："爸爸，它们为什么要飞跑呢？"

爸爸说："它们害怕人们抓它们啊。"

可它们的害怕还有什么意义呢？它们已经被那一袋袋的食物牢牢地抓在了这块红地毯上而飞不起来了。

离地毯大约十米之处有一座高高的房子，估计那就是观赏鸽的大巢了。房顶的边上，也密集地站立着一排白鸽子，它们大概属于已经吃饱了的一伙，但其中还是有一些不时地向着红地毯上撒下的食物而俯冲了下来。在俯冲的过程中，有一只鸽子的动作是直立而下，且在落地前闪电般地变换了姿态。只是在那一个瞬间，让我看到并想到上苍所赋予它们的敏捷及野性。

鸽子是一种非常有灵性且神奇的鸟类，它们具有矫健的翅翼，视力敏锐，并可以在高空凭借太阳、月亮、磁场和气味来准确地辨别归巢的方向，即使那巢穴是在千里之外。上苍所赋予它们的这些与生俱来的神奇能力，本该是展示于无垠天空的，自由的空间里什么样的食物和甘泉都有啊！如果是不长翅膀的田鼠倒也罢了，可它们是只需用力扇舞翅翼即可扶摇直上万里晴空的啊。令人匪夷所思的是，只是为了那一点点人为的配食，它们居然就放弃了飞翔，放弃了天空大地和自由。

我想到了猛禽——鹫，这种大鸟张开深褐色的两米左右的翅翼，在高空优雅地盘旋着，一派绅士风度，它捕猎食物的领地范围在1万个足球场面积之上。如果领地范围食物不合胃口，它就会飞得更高更远。

早在2000年前，我国战国时期的哲学家、文学家庄子，在他的代表作《逍遥游》中描绘了想象中的大鹏鸟："风之积也不厚，则其负大翼也无力。故九万里，则风斯在下矣，而后乃今培风；背负青天，而莫之夭阏者，而后乃今将图南。"

意思是风聚积的力量不雄厚，它托负巨大的翅膀便力量不够。所以，鹏鸟高飞，狂风就在它的身下托着它，然后它才能凭借风力飞行，背负青天而没有什么力量能够阻遏它了，然后才想准备飞到南方去。

而不理解鹏鸟的蝉与雀则讥笑鹏鸟说："我从地面疾速起飞，突过榆树和檀树的树枝，有时飞不到树上去，就落在地上，为什么要那么费劲地高飞去南海呢？"

可悲的观赏鸽啊，那些放在手心里的区区食物，居然就囚禁了你们的自由！

艰难的绽放

　　校园里的丁香花说开就开了，有紫色的，也有白色的。前些日子，还与老师们在丁香树边谈论着，这些丁香怎么闻不到香味呢，当时还顺手将树梢的花蕾拉到鼻尖下轻轻地闻起来。尽管花枝末梢的花苞还没有开放，只是在花梢下面开放了一些大约指甲盖大小的四瓣花，但那淡淡的沁人心脾的幽香，还是如美妙音乐般顿时令我神心舒畅，并余香袅袅留在记忆之中。

　　草地早就绿了，桃花也红红地开了。至于那柳树的"长发"在春风中摇曳时，真像是少女充满活力的发丝。没几天，当我走在校园的小路上时，那丁香花的香味已经仿佛是长了无形的翅膀，在你的面前和鼻尖飞绕了。

　　但春天以来，在校园内一直让我担心的还不是丁香花、绿草坪或柳树的"发丝"、桃花的艳亮，而是那些挂在铁栅栏或墙壁上的攀缘植物，它们那些灰褐色的枝条干巴巴的，其根部不是在大片厚实的土壤之中，而是在人们用石头砌起的窄窄的条状池内。它们在铁栅栏上面足有三米多高,在楼房墙壁上的高度就需我仰视了。春雨贵如油啊,雨水迟迟未来,有好多次,当我散步在这些攀缘的爬山虎边时,我都怀疑它们是否已经因干枯而死。因为当我只是轻轻地掰一根枝条时,它就无声地断开了。你甚至看不到它们一丁点的绿色,也看不到它们有复苏的迹象。

这些失去了天然土壤被人为挂起来供欣赏的植物,与它们的其他同类比起来,其命运似乎要艰难得多了。它们须靠着那么单薄少许的土粒——当然谈不上土壤了——来维持给养;它们没有天然粗壮的枝干来挺立地面,于是就须依靠着别物而攀缘向上,吃力地呼吸。它们是天然"残疾"啊。

然而,就在一个阳光明媚的早上,当我走近这些灰褐色的植物时,眼前的景象让我惊呆了,就在那大片大片干枯的枝条上,长出了星星点点的淡绿。这些看似单薄的生命复活了!随后,也就是不到一周的时间吧,当我再次走过它们身边时,那些嫩绿的星点已经是一朵朵张着锋利锯齿形的小喇叭了。它们仿佛知道自己复苏的艰难,于是就将自己绿色的叶片诞生成了互相包裹在一起并且向上张着利齿的一个个喇叭,向空中宣布自己的诞生。难怪人们赋予这天然"残疾"的植物一个强悍的名字。

我当然相信它们背后那些干枯的枝条很快就会被点染成一片绿色的瀑布。

这些春天里最后的、最艰难绽放之生命回应了春天!

真得感谢上苍,因为上苍每年赐给我们一个春天。不管我们在冬天里活得多么艰难,甚至在荒凉冷漠的世界里绝望、窒息,但只要你坚持着等到春天,就会苏醒为天地间的奇迹!

广告与懒人

在城市里看到的广告太多了，但大都记不住。有年夏天在北京地铁里看到这样一则订票的广告：

如果你懒得走路，就请拨打电话……

如果你懒得说话，就请登录……

如果你懒得上网，就请发短信到……

有人懒得上楼，于是有了电梯……

有人懒得摆弄电视开关，于是有了遥控器……

有人懒得去听音乐会，于是有了磁带和CD……

历史的经验总是证明，懒人是推动社会进步的原动力……

奇怪的是这则广告词不算短，却令我过目不忘。我非常佩服这则广告词的作者。在眼花缭乱的广告世界里，谁都想让自家的广告被人记住,这简直就是一场智力的较量。乍一看,订票商怎么会对客户贬称懒呢,而后面又确实是为你的懒提供了极大的方便;中间一段由懒的具体事例,居然引发出那些我们今天已经不可能不享受其服务的新产品诞生之原因;最后更为奇特的是推理出客户——懒人——"是推动社会进步的原动力。"真可谓一波三折,在情理之中,又出乎意料。

  该广告构思得巧妙倒在其次,令我惊叹的是他们真是为顾客的方便考虑得十二分周到。如果这则广告词不仅仅是广告,还是该公司的经营理念,那么他们的前途将不可限量!

  遗憾的是,在现实生活中,常常遇到的不是商家为我们的懒而考虑的设计,而恰恰是为我们的勤奋而设计的所谓服务。夏天的旅游旺季,我买了一张白天去北京的卧铺,其车厢号码是加2。按照候车大厅电子牌的提示,我从标有车厢号码范围的候车室检票上了站台(其实每列车除掉软卧候车室外,也就最多有两个候车室),但进了站台后才知道我是站在了列车的最北头,而加2车厢却是在列车的最南头,于是乎只得拖着沉重的行李箱快步地由北往南"勤奋"地走百余米。在北京也许是最热的一天晚上,我到西客站接站。家人电话告知其卧铺车厢的号码也恰巧是加2。我用站台票提前进站后,倒是看到高处的棚架下悬吊着电子提示牌,指示也非常清楚,有一个箭头示意1—10号车厢,另一个相反方向的箭头示意是11—N号车厢。我高声客气地问站台上的服务人员,加2车厢在哪个方向。谁知她也用高声反复地回答我:"不知道!车次太多了,记不住。"按常理,我就在1—10号车厢停靠区域并靠前的地方等吧。谁知车停了,我居然没有看到加2,于是乎又"勤奋"地向车尾的方向跑去,至少也有百余米。没等我跑到加2车厢,就已经在出站的楼梯处见到了老母亲,幸亏当时还有家人陪同。

再想想我们旅途中都会遇到的火车站出口的奇观吧。在进候车室前过第一道安检关,而后有进站的检票关,在站台上车前还要过验票关,开车后又有查票关。最后第五关,也就是出站关,最为考验我们的忍耐力和"勤奋"的程度。所有旅客都或拖或背着沉重的行囊,拥挤在狭窄的通道中,在铁栅栏门的外边同样有拥挤的人流在探着头等待接站,而窄得只能过一个人的关口就几个检票人员在查验着我们已经被四个关口检验过的车票,一个出口就一个人,却堵住了如水流一般的人群。我们无奈地一点一点地往前挪着脚步,就仿佛是被装在铁桶里的沙丁鱼。当人流被一个个挤出站口时,你会发现那认真严肃的检票人员也许就逮住了一两个逃票的人,而这一两个人的发现竟是以我们无数人拥挤出站的代价换来的。遗憾的是我们似乎习惯了这样"投入产出"的设计,习惯了这样对我们"勤奋"和忍耐力严格考验的服务。人流大都没有怨言,麻木地拥挤着。也许你偶尔会听到一句淹没在人流嘈杂声中的抱怨:"愚蠢的设计!"我想那一定是个懒人了。

德国的铁路站台设计,与上面提到的对懒人的广告可谓有异曲同工之妙。在柏林火车站，无人售票也无人检票，旅客可在自动售票机上买票，进站时刷票即可。那票面上印有ABCD等区域和车厢号码，乘客可顺着车票上标记的区域进站，进站后你就站在你车厢号所停靠的区域，也就是说，在候车室有ABCD等许多进站口，旅客既不必拥挤进站，也无须进站后在站台上前后长距离地寻找车厢。也许是德国的懒人乘客多，所以推动了工程设计师们方便先进的设计吧。

在德国汉诺威市，旅游局的设计更为懒人考虑得细致周到，他们用红色旅游线将全市的著名旅游景点在柏油路上连接起来，并编上号码，那编号的旅游线路在旅游地图上也明显标出。于是任何一个游客就可从1号旅游点开始，无须导游且懒懒地浏览全市的旅游景点了。

但愿我们国家无论是官办的还是个体的商业服务公司，都勤奋地为懒人们设计方便的服务吧！否则你们将会被懒人们淘汰掉啦！

暴雨之后

那年夏季暴雨袭击京城之后，媒体焦点集中在地面，市民与政府应急状态下的责任与爱心让人怦然心动。

但是，一片忙乱之中，那些特殊的镜头实在让人揪心——无数的汽车甲壳虫一般漂浮在水中。

市中心区域，桥下的水居然有四米之深，可以从桥上跳水了。

眼看汽车在深水中一点一点地没顶窒息，尽管周围的人们爱心涌动，但无奈爱莫能助，生命眼巴巴地瞬间消失在永久的黑暗里，之前的车主也许幻想着这大都市的路面是坚实的，压着它可以快速回家呢，可路面仿佛陷下去似的，一切都来不及了。

还有我们那些可爱可敬的环卫工人，他们一个个身着醒目的反光服，就站在一个个掀了井盖的下水口边，为了不让别人掉下去，将自己当作了暴雨之中的一个人体标志，离地狱之门那么近，近得一旦被冲入地底便绝无生还的希望……他们暴雨中的身影，在齐腰深的洪水中除了精神的闪光之外，显得弱小无助，甚至是滑稽，因为他们不知道，即使是将这座城市所有的下水井盖都掀掉，地下面狭窄的细肠子般的排水管道也容纳不了老天爷翻脸倾泻的雨水。

一座千余平方公里的大都市，数千万人汇集的中心枢纽——中国的京城，在一场暴雨之中浮现出了无奈。暴雨不停，聚集在城市地表的水汹涌着、冲撞着，就是无法即时地从地表消失。

丧生京城暴雨之中的名单，在搜索中不断上升，从37名到77名，有天真的孩子，也有老人，当他们冰冷的名字一个一个被媒体公布的时候，也永久地冰冷了他们的家庭，且让大伏天的我心生阵阵寒意。

最初，我猜测着，暴雨之后都市的地底应该发出抱怨之声，果不其然，几天之后，京城有专业人士的声音浮现出来，尽管微弱，却振聋发聩——

北京排水系统标准是1年到3年一遇，仅能负荷那年7月21日降雨量的五分之一，而纽约市的排水设计是10年至15年一遇。

据北京工业大学建筑工程学院教授、给排水专家介绍：中国在之前的发展中一直"重地上、轻地下"，排水等地下设施的发展相对滞后，"城市在地上、地下的资金投入，应该达到一比一"。

北京地面的快速发展挤占了有限的地下空间，排水系统自然滞后。

也有专业人士说，北京1949年之后学习的是苏联老大哥的城市排水系统，可很快就有身居俄罗斯的博主在网络上发出了莫斯科地下排水系统的照片，其地下排水管线达7000多公里，空间宽阔，有些地方呈立体网状，绝非我们那样的秀气状。更让人难堪的是，有消息说中国最不怕淹的城市是青岛市，该市的地下排水系统宽3米，高2.5米，可走车，为100多年前的德国人设计，至今仍在使用。

20世纪90年代初，我在德国汉诺威以希腊神话风格所建的市政厅内看到一个二战之后该城市的模型，准确地说是1945年汉诺威的废墟———座烧焦的城市，以1:500的比例，一览无余地展现在我眼前，纵横交错的街道轮廓，敞着无数黑洞的住宅和教堂，构成一副城市的骨架残骸，整座城市呈蜂窝状。二战中，因该市火车站为后方运输站，又是军需地，故遭轰炸，战前该城3.5万人未走，战后幸存者仅200人，80%的建筑被毁。战后，面对这样一个城市废墟，德国专家们形成了两种不同的修复设计意见，喜欢传统的一方提议按照保存的汉诺威城市图纸原样恢复，另一种专家的意见是在原有基础上按未来需要设计。结果是按后一种方案实施，德国专家曾经自豪地对我说，我们的汉诺威从1945年至今，当时的交通设计满足了如今一届一届世界工业博览会在此地召开的需要。

城市设计必须要有战略远见，要给可持续发展留足空间，问题是我们的专业人士，尤其是大都市的专业设计人士也应该是具有专业视野的，但是他们的话语权有多重呢?!

京城遭遇暴雨袭击之后尚且如此，那么省城、县城、乡镇呢？想想都令人不寒而栗。

谁都知道城市建设是百年大计、千年大计，欧洲具有数百年历史的中世纪城市安然无恙的多了去了。

短见与近视绝非偶然，不可能仅仅在都市地下排水系统设计上显现出来。住房设计呢？难道建筑物的使用寿命是按人的平均寿命来设计的吗？

我的一位博友在博客上说，在死亡面前，拒绝一切抒情！说得好，为了避免更多无辜的死难者，暴雨之后，请思考危机四伏的都市地底！

绿皮车

绿皮车是中国铁路 20 世纪 50 年代至 80 年代的主力车型，曾经是中国旅客列车最具代表性的形象。因其票价低廉，目前仍然很受农民工、学生等其他低收入人群的欢迎。尤其是春运期间，绿皮车超员情况异常严重。

我不是农民工，也不是学生，但近几年常常乘坐这种绿皮车。郑州、太原，这两个黄河沿线历史悠久而又具有重要地理位置的省城，在 2009 年开通了一趟动车之前，居然没有郑州至太原的始发车，这一点让人感到有点费解。从郑州到太原我喜欢乘商丘或连云港至太原的绿皮车。商丘到太原的车路过郑州时是晚上 9 点 30 分左右，可算是夕发朝至吧，但票不好买。有一次，我买了 24 点 40 分从郑州到太原的车，是连云港发出的过路车。这个车次让人感到非常别扭，说是当天的夜车吧，它其实已经到了第二天。如果是小站也就罢了，可郑州毕竟是京广线上的枢纽大站。那晚在郑州车站等车时，广播里告知列车晚点大约 20 分。等我匆匆忙忙上了车，没想到车居然在郑州停了一个多小时才发车。以往乘商丘或连云港发的这两趟车时，几乎是回回晚点，这也不足为奇了，可没想到这次在郑州没开车就晚了一个多小时。更为恼火的事还在后头了，车开后走走停停，到站停，不到站也停，简直就是牛车。当一位 40 岁左右的列车员走过我身边时，我叫住她发起了牢骚。没想到，她比我牢骚还多："绿皮车，这是现在档次最差的车了，那些红皮车、蓝皮车还有白皮车、动车，我们全都得给人家让路啊！他们不能晚点，我们必须晚点，每天都晚点。那动车晚了一分钟，也得赶回来。晚点不说，我们的超时工作从来没有人过问，也没有加班补助啊！"

"我们乘绿皮车是便宜，设施差，没有空调，速度慢，可车票上没写着也买了晚点啊！那售票口可清清楚楚写着发车和到站的时间呢。如果我们有急事，因晚点给耽误了，车站给赔偿吗？"我故意用了比较逻辑的语言来激她，想听听她的说法。其实旅客买了车票，就等于是与铁路部门签订了一个协议，如果晚点严重，就等于是严重违约，违约自然是应该赔偿的。

"你看，我早就知道，我们在绿皮车上不仅辛苦，而且还得接受你们这样旅客的责难！"

"那你倒是说说，这绿皮车为什么就要给其他的车让路呢？"我笑着问她。

"这绿皮车票便宜啊！你说绿皮车不给人家让路，让谁让路啊？难道让蓝皮、白皮、红皮让路？"

"那就是说其他车次的正点是以绿皮车的晚点为代价了？"问完了这句话，火车咣当一声巨响，又在"前不着村、后不着站"的荒野停下了。我的思绪也突然在咣当声中迸射开来，就像是被撞击的火花……

下午两点时，火车就要到终点站了，而本次列车应该到达的时间是中午12点左右。喇叭里想起了播音员甜美的、我已经在绿皮车上听过无数次的告别："亲爱的旅客们，由于铁道线上……我们对本次列车晚点给旅客造成的不便，表示深深的歉意！欢迎再次乘坐本次列车，再见！"

被车站折腾的旅客

五一之后,我从太原乘火车去郑州,买的卧铺,是夕发朝至的夜车。

鉴于以往乘车总是在站台上不是从车尾跑到车头,就是从车头跑到车尾的教训,这次在候车大厅内硕大的电子指示牌前,我停下来仔细看我所乘的车次及车厢应该所在的检票候车室。长长的列车,应该让旅客根据自己所乘车厢号的位置,分别从相反方向的两个候车室进站比较方便,但我看到指示牌上标明我所乘车次只有一个候车室,于是只好顺着人流按照该候车室的明显标注,在规定的入口检了票,并沿着天桥数十级阶梯下到了站台上。我的车厢号是在车的头部,但我在楼梯的拐角处立即就从车厢上标注的号码看出,我进来的地方是列车的尾部。列车员还算负责任地高声喊着,12345678号车厢的往前走!

我与那些车厢号靠前的乘客一样,无奈地拖着行李箱快步往车头方向走,那是至少百余米的距离。站台上不知是哪个车次的电铃刺耳地响了起来，似乎是开车前的催促，于是那些没有经验或者说习惯使然的旅客紧张起来，他们纷纷超过我，甚至小跑着。等我气喘吁吁地快步走到了所要乘的车厢门口时，就问那位在门口的列车员，这么长的列车，为什么只开一个候车室，让我从车尾往车头处赶呢？列车员说，这是车站上的事，我们是列车，与他们不是一回事。她说的倒也是，可车站与列车不都属于铁路一个系统吗？

在郑州没待了几天，突然接到作家出版社的一个电话，叫我去校对即将出版的书稿。于是连车票也来不及预订，就在一个上午直奔郑州火车站。我在车站售票处买了D字头的动车。在候车大厅缓缓而上的电梯上，我就想，动车票价高，比普通快车软卧的票价都贵或者相当，那在候车室进到站台上的位置方面应该为旅客考虑周到一些了吧。倒是有专门的动车候车室，但并没有根据车厢号的位置分两个方向检票进站。这又勾起我从太原出发时遇到的不快来。

当我提着沉重的箱子，从阶梯的高处下到站台上时，就立刻知道又遇到了麻烦，因为我的车厢号是12，而我从阶梯下来的地方是3号车厢。有什么法子呢，只好拖着带轮子的箱子——幸亏有聪明人发明了这种带轮子的箱子——在站台防滑的带条纹的路上咔啦咔啦地往遥远的车尾走去。

这一回，我大脑中那个早已被火车站折腾的记忆兴奋点再一次被触及并积累一次，心中很是不快。等火车开动之后，我正儿八经地问乘务员，为什么要给旅客造成这样的麻烦。乘务员的解答与太原那位乘务员是一样的："那是火车站的事，我们不知道，我们是武汉铁路局的，与车站不是一回事。"

在北京校对完了书稿，我买了一张到郑州的火车票，仍然是动车。首都北京啊，再不会像太原或郑州那样折腾我了吧！我在西客站候车大厅的电梯上往上滑行时这样想着。在硕大的电子指示牌前，我仰头寻找着。指示牌标明 D135 次只有一个候车室。等所有的车次及对应的候车室红色标志再循环滚动一遍之后，仍然如此。我失望地走进了指示牌标明的候车室。等走近了检票口，我突然像发现新大陆一般，看到紧挨着的3、4号检票口上方，红色的指示牌醒目地显示："1—8 号车厢，在第 4 检票口进站；9—16 号车厢，在第 3 检票口进站。"我长长地嘘了一口气，北京毕竟是北京！

我的车票是 3 号车厢，自然在第 4 检票口排队。等我走到天桥阶梯口，看到很深的底部站台上停靠的列车时，心想这回下去该省力地走到我所在的车厢了。为了省力，我将带轮子的行李箱放在阶梯边平滑的斜面上走下去。下到站台上，靠近我的车厢号是 15 号。阶梯拐弯处的列车员挥着手臂向远处高喊着："12345 号的往前走。"也就是说，我还得在人流拥挤的站台上再走 12 个车厢的距离，才能到我所乘的车厢位置。

我拖着箱子一边走一边自言自语地骂了起来："他妈什么的设计管理！愚蠢！混乱！"

正巧，年轻漂亮的女列车长迎面走来，我叫住了她，她正在用对讲机说话，见我找她，即中断了与对讲机那端的对话，对我说，您先说。这样的姿态倒是与车站的混乱形成了一个明显的对比。

因为有火，我的语气里有了调侃味道："列车长，漂亮的列车长，我问你一个简单的问题。我的票是3号车厢，我严格小心地按照候车室内指示牌的标记从第4检票口进站，为什么进来之后不是在车的前面，而是车的尾部？我出门坐车多了，怎么就很少碰到让我进站就靠近自己所乘的车厢呢？你们铁路也是一个非常大的系统，这是怎么设计管理的呢？候车厅不是有两头的候车室吗？不是两头都有下到站台的天桥吗？为什么要让我从车尾走几百米到车头呢？怎么就没有人监管这些漏洞呢？中国的老百姓就不值钱吗？就该在这站台上被你们折腾来折腾去吗？"

说归说，我还得赶到车头去。咔啦咔啦，我拖着箱子，走到车中部时，看到两列动车衔接在一起，原来是两列车接起来一起走，这意味有的旅客从车尾到车头会走得更远。

车开动不久，那位列车长主动找到了我。她说，先生您刚才对我说的那些问题，我回去后一定给我们的车站反映。

我说，你是我在列车上多年来遇到的第一个认真听取我意见的人。列车与车站毕竟都是铁道部大系统的么。从管理上讲，你这个列车长就叫有团队意识。你只能向你们所在的郑州铁路局反映问题,但我在全国好多地方遇到的情况都是这样的啊。这一回,我一定得用我自己的方式来谈谈这个问题。

我说的"用我自己的方式",就是回来后一定要写篇文章,向社会呼吁。想着以往每次在站台上看到旅客穿梭般匆忙奔跑的样子,我就又想到了龙应台写的那本书:《中国人,你为什么不生气》。

今天他们是上帝

　　今天是学生们高考的日子。早上,出门在街口看到一个瘦高个子的男生在机动车道边上,与一个骑摩托车的警察在谈着什么,距离有十多米远,在人流熙攘的嘈杂声中飘过来他们的声音。警察问那学生,你就不知道考场在哪里?后面的话听不清了。只见警察给那个学生戴了个头盔,而后就在摩托车的后座上载了他,在塞车的路上逶迤而远去。

　　一路上又看到,有父母骑车陪孩子去赶考的。在水西关南街街口,见汽车首尾相接瘫在原地,喘着气不能移动。我知道那街里面有一个考场,是三十中所在地。自行车是可以穿行其间的。到前面一看,警察身上交叉着黄色的标志带在指挥,而地面上横排着一溜约半米高的禁止通行的塔形标志。等过了考场不远,地面上仍然横着那些禁行的塔形标志。一看即知临近考场的这条街戒严了。

　　平日里给人以冷酷、森严,甚至于蛮横印象的警察,今天给这座城市洒下了温情，他们好像是这座城市的服务者，而不是管制者。这里面传递出的爱的气息让我的心情晴朗了许多。

记得十多年前，我在德国的城市里步行横穿马路时，往往看到警车由缓慢而停下，惊讶之时，就看到车里的警察向你摆摆手，那意思就是让你先过马路。他们的理念是警察是为人们服务的，当然应该给人们提供方便。等回到了太原，在没有红绿灯但有斑马线的地方过马路时，那飞驰的车辆不但不减速，反而为了不让行人抢道而加速行驶。如果你不幸走到了马路中间，那就得长时间地饱尝一番身前身后车辆飞驰而过的恐惧了，他们绝不会主动为你让路。这座城市（不能说这个世界），给人不舒心的地方好像就是，谁有钱、谁有权，谁就要显摆出来，只顾自己方便，而不管他人的感受。

其实有着悠久历史的中国是有很人性化的文化积累的，比方说遇到新郎新娘结婚的日子，民间管新郎叫新郎官，就是高级官员。不仅如此，新郎在这一天不但是高级官员，而且是他最幸福的日子，所以这一天人们都要祝福他、让着他。如果在县城里，即使是县长碰到了新郎官也要让路。这是一个多么让人感到爱意的习俗啊。谁过生日，谁就是老大；谁结婚当新郎官了，谁就是老大。大家来祝福他，让他高兴，那这个世界不是就被爱给环绕了吗?!

可如今人们的观念随了这浮躁的社会也变得找不到北了，可怜的普通人，好像一生当中都没有自己当老大的时候。近几年，我参加过好多年轻人的婚礼，他们在那一天仍然好像是在给领导们礼让着，婚礼仪式上的讲话要单位领导第一个讲，仪式要领导主持。有的人当领导当习惯了，在这种场合也喧宾夺主，长篇大论一番，全然忘记了新郎官的地位。

其实人的尊严既需要自己来修炼，学会自己维护，形成一种社会心理，进而影响社会，同时也需要社会来营造一种氛围。就像中国当下高考的日子，政府为学生服务，警察为学生服务，有了这种氛围，高考的学生在那几天成了上帝。

于是有了警察给那个学生戴上头盔，载了他奔赴考场的动人一幕。

平安夜奇遇

《平安夜》的歌声多美啊，那简直就是一个童话般的梦境：在白雪晶莹的世界里，家家窗口弥散着橘黄的灯光；教堂里闪烁着一支支蜡烛，唱诗班在管风琴的伴奏下唱出那萦绕于整个天宇的《平安夜》。假如一家人围着炉火，听着这样的歌声，应该暂时忘却了尘世的烦恼了吧，安静下来，尽享平安夜的恩赐。

西方人的平安夜，就像中国的除夕夜，从四面八方赶回自己家中，与家人团聚，尽享天伦之乐。

我身处的这座北方城市，冬天气候干燥，风沙弥漫，即使临近了圣诞，那些圣诞树的彩灯也被笼罩在氤氲的烟气之中。

平安夜我站在公交站牌下等候。我没有聚会喝酒狂欢的兴致，等车回家，腕上的手表显示是 21 点 30 分。虽然没有雪，但气温是零下十摄氏度左右，外加寒风飕飕。站牌柱子上挂着十几个牌子，但绝大部分早已过了末班车时限。站牌下站满了等候的人，每一个人都不时地将头颅扭向车来的方向观望，脖子伸得长长的，那情景活像一幅现代派画作。我来回地走着，隔一会儿也不由自主地加入那扭头的人群之中。半个小时过去了，但每一次张望都是失望。我开始关注出租车，可出租车是那样的稀少，并且大都熄灭着空车的标志。我揉了揉眼睛，仔细注意，伸出拦车的手臂上下挥动着，几乎不再收回，但无奈的是，即使是亮着空车灯的出租车里面也坐着乘客。

公交车没影子，出租车打不上，走回去吧又太远，即使过了午夜也回不了家。难道就这样在寒风里无望地等下去吗？可不等又有什么法子呢？哦，正在焦急之中，一辆出租车停在了身边。没等我上前问话，早有一位光头壮汉将头伸在了副驾驶的窗口，但他拉不开车门。

"怎么？你想拒载呀？"光头厉声问道。

"不是。前面堵车了，过不了桥。整座城市都瘫痪了，我刚从里面出来，在这里歇口气！"司机不卑不亢地回答了这么一句让光头没脾气的话。

看来等待是没指望了，但一时又没有别的办法。我不再注意公交车与出租车，而是观望起街景来。没想到一个梦境出现了——

虽然等候的公交车一辆也没有来，但街对面的公交车一辆接一辆地驶过去，可好多是早已过了末班车时限的班车，空荡荡的，亮着灯，却几乎没有乘客。它们兴许是刚从"瘫痪"的旋涡里逃出来的吧。街对面偶尔也有载客的公交车过来，但里面的乘客就像打开罐头盖子看到的沙丁鱼,彼此密集地拥挤纠缠在一起。这样的车即使过来,我也还是不上去为好。街面上的车流缓缓地蠕动着,仿佛混合在了一起,彼此较劲。我站着的这一边,也有车流流过,但与我无关。此时的天空似乎也低垂了下来,光线也变得暗淡了许多。寒冷早已穿透了我的外衣内衣,在骨头缝里游走。我走神了,想象着在温暖的家里,躺在大床上看电视……

突然,一辆渐渐驶近的 10 路车溅起了排队人流的吼叫,但这车与我刚才看到的"沙丁鱼"罐头车一样。我正在一拥而上的人流之后犹豫时,那车连门都没有开就驶走了。就在我绝望之中准备徒步往回走时,一辆奇瑞 QQ 车停在了身边。司机将车玻璃摇下来后说:"要坐车吗?"

此时已经是晚上 11 点多了,我说:"你这车也出来当出租车用了?"到嘴边的"黑车"二字没有说出来。这么晚了,黑车敢上吗?还没有等我与司机商量价钱,早有一对初中生模样的男女拉开后车门坐了进去。我还能犹豫吗?立即拉开车门坐在了副驾驶座位上。车启动了,车上的暖风让我感觉到的不仅仅是温暖,浑身的麻木好像也正一点点地复苏过来。价钱么,随它去吧,后面的学生都不问价,我也付得起黑车车主的高价。

车主是郊区村里人,看着平安夜里不平安,就乘机出来拉散客了。他比我更清楚这座城市在节日里的状态。坐在他暖烘烘的车内,我忽发奇想:假如这城市里突然遇到了什么自然灾害或战争,这里的人们怎么跑出去呢?敢情这平安夜仅仅是我们的企望?

　　我内心默默地祈祷:但愿天下平安无事!祝愿所有的人尽享平安之夜!

轻松的春节

20世纪90年代以来,我的春节过得都比较轻松。所谓轻松,是再也不用像70年代那样为购物所累,而只需在年前的两三天,抽点时间去超市转一转,便买好了年货。排长队或拥挤的事再也没有遇到过。记得有几次,年前太忙,我年三十才进商场,但年货照样买得齐全。于是乎,春节期间亲朋好友聚在一块儿轻松地吃、轻松地聊、轻松地玩。现在过年,放假七天八天的,有的人还偕了家小去过旅游年。最让我感到轻松的是,有些商店和小贩春节都不休息,初一的街上都有年货卖。饭店、出租车,简直就是以开心的工作度春节了,所以年货也大可不必采购许多。由于轻松,时间一长,这90年代的春节竟没能留下什么深刻的印象。

倒是70年代的春节让我时常忆起,有些事情刻骨铭心,怕是终生难忘了。我们这一代人,那时不仅在精神上营养不良,在物质上亦极度地匮乏。记忆中,那时过年最难的事情就是采购年货了。离过年还有半月二十天时，我就得满大街跑着购年货。最难买的是熟肉，六味斋老店的排队者从里至外弯弯曲曲的足有几百米长。还有业余组织者给排队者发顺序号，每个排队者只能买三斤。一天下来，拎着几斤熟肉，就像完成了一项重要任务似的。有时怕排队，就去无名的小店买熟肉，那里没有业余维持秩序者，人们挤成了一团。大冬天的，人们长久地伸着胳膊，帽子也飞了。有的小伙子索性从人堆的头顶上爬过去，底下的也能忍耐，一边叫骂，一边往里挤。那个靠拍脑袋计划的市场，不仅无法满足人们的需要，而且将我们变得没有了"上帝"的尊严。从人堆里挤出来时，衣服都皱兮兮的，脸上是一条条的红印，跟刚打过架一般。

又一个轻松的春节就要来了，可它却使我想起一件并不轻松的事来。不久前，我在超市购物时，一中年女子不好意思地提出想借用一下我的会员卡。当时，我似乎感到她已经在离我不远的地方犹豫许久了。看到我不解的表情，她赶紧对我说自己是下岗职工。我明白了她的意思，因为用会员卡买东西可打九折。其实，她也就买了几十元的东西，用我的卡不过省了几元钱。走出超市大门，她匆匆消失在夜色之中，就仿佛是萎缩的花草一样。

这件事情同样令我刻骨铭心，它让我的春节不能完全轻松起来。

无奈的关系

我属于神经衰弱型的,夜晚睡觉,屋里稍有什么响动就会醒来,所以对那些在睡眠中被人使劲敲门也敲不醒的人特别羡慕。今日凌晨3点多,老婆的手机响了,还不是铃声,是在约1.5米之外的震动,我就醒了。是老婆的歌友打来的,先是说不好意思,而后说她女儿要生产了,现在省城一家医院里,没有床位。老婆原先答应人家说有朋友在这家医院,需要时随时联系。老婆穿了衣服起来,找到了朋友的电话,关了卧室门,到客厅里打电话去了。我便再难以入睡,等老婆回来躺下,就没好气地说:"你成了医院志愿者了?怎么人家生孩子也半夜找你!"

老婆说:"人家姑娘羊水破了,没有床位,人命关天哪,你这人怎么这样!"那意思是你怎么没有点同情心呢。

我说:"人家这一刻要生孩子了,你的朋友也许是明天白天的班,这会儿在家睡觉呢,赶趟吗?"

她说，倒也是，朋友关机了，联系不上。可不一会儿，老婆的歌友又来电话了，说女儿的学生（歌友女儿的职业是老师）帮了忙，找了人，现在已经住了医院，让放心休息吧。我就想，现在医院的床位有那么紧张吗？一个女人要生产了，非得有关系才能安排床位吗？或许就是百姓们也让"关系"给整得有了习惯思维，无论干什么就先想到了"关系"。

接下来，我迷迷糊糊地进入浅睡眠状态，又做了个离奇古怪的梦：我大概是在市里的公交车上，乘务员高声吆喝着给了乘客一个承诺，若上车到了某地就给个金色纪念牌，但上车走了一段到达那个兑现承诺的站时，根本就没有兑现承诺，而是给了个白色的铁牌。

莫名其妙，怎么会做这么个梦。仔细一想，或许是内心深处对社会诚信衰减的一种担忧所致吧。

"关系"是个复杂的社会问题，倘若按其种类细细分来，怕是有写不完的文章了。记得前些年在大学听讲座时，老师在课堂上口无遮拦地说："外国的银行家与中国商界打了一通交道后说，中国还不是市场经济，而是关系经济。"

台下听众一片哗然。今年春节前，收到一手机短信，是个顺口溜，说人生就是个碰碰和，碰对了好活一辈子，碰不对倒霉一辈子。好长一串，记不清了，后面还说碰对了老婆、单位、领导等怎么样，碰不对又怎么样。总而言之，那顺口溜里面透露着一种对人生命运无奈的心理。倘若人们对自己的命运无法预知或把握，就会产生恐慌心理，要么随了命运走碰运气，要么就想一些法子出来，自己保护自己。后一种情况，高调点叫有自我保护意识，低调点叫无奈的选择。

记得若干年前一个冬天的星期日上午，我被朋友邀请到市青年宫礼堂去看一场演出，数千人的场子满满的。令我惊讶的是，这场演出是排在后面的次要内容，而主要的内容是一个县里同乡的大聚会，就是说同一个县里在省城工作人员的大聚会。他们有通信录，上面有每个人的性别、姓名、县里什么地方的人、在省城哪个单位、任什么职务、联系方式等信息。邀请我的朋友告诉我，平时想办什么事，找这些同乡好办多了。这真是让我大开眼界，我还真是第一次参加如此大规模的同乡聚会。后来见得多了，也就见怪不怪了。什么战友会、同学会（包括小学、中学、大学、党校）等，都有"关系"的东西潜在其中。更为有趣的是，有人告诉我，每逢重大节日前夕，有些县里专门分管"关系"的领导，会专程到省城来，邀请了凡县籍且在省城机关工作的同乡，不论年龄官职，在一饭馆聚餐，或许有什么土特产之类的一并送上。表面上看，是联络同乡感情，核心的内容是网络同乡"关系"，好为县里办事。

关系，人之常情，可以理解。人身在社会，怎能脱得了关系呢。社会之中本来该办的办不了，而有了"关系"不该办的就能办，却实属一种应该医治的病态了。其实，市场经济自有它本身的规律，是"洪水猛兽"，当它日趋蔓延至社会的方方面面时，怕是"关系"也没那么灵验了。比关系更为有硬度的硬通货，倒是灵验起来。农民可支配的资源就是他家的那点耕地，出租车司机能支配的资源就是他的出租车，工厂里的工人可支配的资源就是他的劳动力与技术，而靠了纳税人供给的官员们，在日益发达的市场经济面前，其手中可掌控支配的资源是越来越多。如果他们所管辖的部门，不想着如何提供服务，创造公平竞争的环境，而是家家都想多划分些权力的领土，多控制些权力的资源，而又把这些个资源当作可交换利益的筹码时，那百姓手中的"关系"可就大为缩水了。

庄子的故事寓意深刻，鱼儿们"相濡以沫，不若相忘于江湖"，百姓们亦是如此。如果创造一个丰裕的水的世界，让他们自由地"游"起来，而不必去用苦心经营的"关系"相濡以沫，那当是一个相忘于江湖的美妙境界了。

见与不见

　　农历乙未年春节期间一旧友来并旅游，随行的有两对夫妇朋友。太原的几位老友相约为其接风。外地来的几位男士都当过兵，酒席上可以听得出来，他们的话题受部队教育影响颇深。倒是太原的其中一位曾经当过兵的三杯酒之后便口无遮拦，对在座的一位曾经的女同事直言40年前便心存恋慕，还自我调侃地说，这一生最大的遗憾就是没有追求成该女士，而最大的幸福就是找到了目前的老婆。这位原同事我倒也熟悉，但对其40年前追求女孩子史却孤陋寡闻。他倒也坦率，酒后口若悬河，说40年前为了能博得爱慕女孩子的好感，就偷偷抄写了一些情诗片段，什么普希金的、惠特曼的、徐志摩的等。这倒让我有些惊讶，在那么一个文化沙漠的时代，就连受过部队严格训练的士兵，也晓得在向女孩子求爱时送上一束抄来的外国或中国的情诗之花。诗在人们心里的位置神圣啊！

　　今天的诗人是受人嘲讽的，有"写诗的比读诗的多"之说。

虽说我自己看了几十年诗，也创作了几十年诗，但近年来也懒得写诗了，总觉得欣赏诗歌是少数贵族们酒足饭饱之后的一种精神层面的消遣，就仿佛是在咖啡老店里慢慢品尝咖啡。在物欲横流、人心浮躁的社会，大众们谁有心思欣赏形而上的诗歌呢？可酒席上接下来的情节让我更加意外，外地来的旧友对抄写过情诗的战友说，你这是酒后吐真言啊，见了在眼里，不见在心里。此时，外地来的一位女士便接了话茬说，等等，仓央嘉措有一首情诗就是这样表达的。说着，她拿起手机开始查阅，片刻之后笑着说，这首诗的名字叫《见与不见》。接下来，她并没有正儿八经地朗诵这首诗，而是一边嬉笑着，一边念出了几个段落："你见，或者不见我，我就在那里，不悲不喜。你念，或者不念我，情就在那里，不来不去。你爱，或者不爱我，爱就在那里，不增不减。"

在座的十个人沸腾起来，连说好好好。其中的一位督促该女士继续念下去，于是该女士继续用笑声做伴奏一路念了下去："你跟，或者不跟我，我的手就在你的手里，不舍不弃。来我怀里，或者让我住进你的心里，默然相爱，寂静欢喜。"

可以肯定地说，所有在座的人都被这首情诗点燃了，高声喝好，且涨红了脸。刹那间，情诗的热量盖过了高度白酒。说实话，酒席上的这一幕甚至改变了我对诗歌悲观已久的心态。原来，真正的好诗就活在人们的心里。

医　者

　　在省城一家三甲医院，我推着坐在轮椅上的母亲候在彩超检查室门边，门开着一半，里面还有一道淡蓝色的布帘隔着，可看到布帘边露出的床尾上有一双穿鞋的脚。不一会儿，只听得里面一位男者操一口浓重地方口音的普通话高声说："好了，你自己擦一擦，起来吧！"少顷，里面的医生并没有喊我们进去，而是接着说："你快一点，门口还有不少人排队等着呢。你家里没有人陪你来吗？"一听这话，我即知里面正在缓慢起身的是一位老人。随即听到一位男者低哑声音的回答："唉，我儿子太忙了。"

　　"你倒是把你家儿子给解放了，可给别人找麻烦了。"男医生接了话茬说，"谁敢扶你啊，出了事负不起责。稍微快一点！来，下一位！"

　　我推着母亲进到布帘内后，看到床边那位约70岁的老汉正系腰带呢。仪器边有两位医生，紧靠病床的男医生用仪器观测，

第五辑　都市的脸

里面的女医生做记录，两位年龄约 30 岁。印象中每次在医院做 B 超都排队，今天亦如此，我赶紧将母亲扶着躺在床上。检查开始后，两位医生似乎对方才那位老汉的话题还意犹未尽，继续一边检查，一边插空聊天。男医生把刚才的一句话又重复了一遍，似乎是自言自语，又仿佛也说给我们听听："就是嘛，你倒是把你家儿子给解放了，可给别人打麻烦了。"他的话语节奏把握得很好，对被检查者发一句指令，而后简单说一下检查情况，再告知那位女医生该记录的数值，接着便说一通由老汉独自来检查而引发的感慨："不是你不管，而是你不敢管，也管不起呀。我有个朋友，好心给别人做证，公安、法院没完没了地找他，你说咱都是个上班的，哪有时间成天陪着他们说这个那个的。说对了对你也没好处，说错了就给你招来大麻烦，索性就不要说。你说内蒙古那个呼格吉勒图冤杀案，你倒是好心报案了，结果把你给枪毙了，冤死了。"

女医生也随声附和着开口了："唉，就是么，你举报了、做证了，他就把你怀疑上了，说别人怎么就没看见、没遇上，就让你给看见、遇上了？你说得清吗?! 碰巧真杀人犯浮出来了，要不还不知道冤到什么时候呢。可这概率几乎就等于零。"

检查完，我推着母亲走出来，心情特郁闷。最初在门边未进检查室时想着这医生怎么居然就能对一位孤独老人如此冷漠呢？如果这事发生在大街上倒也见怪不怪，连央视春晚小品不也演过这个内容吗？可问题是，这里是救死扶伤实行人道主义救助的医院啊。听了男女医生的那一番对话之后,我脑子在原地打转转了,因为他们提到了内蒙古那桩天大的冤案。一桩冤案所产生的社会影响当然无法用数字来估量,但也绝没有想到这个效应居然在医生身上呈现于我面前。这郁闷背后的联想是悲观,继而所蔓延而来的是恐惧。记得一位曾经在医学院做过管理的老兄告诉我,以前的医学院招收学生非常严格,除笔试外还面试,面试时故意设计一些小情节看学生表现,如会在学生经过的楼梯安排一些行动不便需要帮助的老人,若学生熟视无睹穿行而过,那要酌情扣分,甚至不予通过。

  中国"万婴之母"林巧稚当年在上海参加协和医学院考试时,因在考场紧急抢救另一位晕倒的考生而耽误了外语考试,但协和医学院了解此情后破格录取了她。可呈现浮躁的现在呢,该如何测试报考医科大学的学生呢?!

  接下来,我又推着母亲去戴24小时动态心脏监测仪。一位50多岁的女医生接待了我们,她体型胖胖的,面带微笑,说话温和。做这项监测,需要在胸前及腹部等处粘贴好多电极片,并要随身挂一个连接电极片的记录盒。我惊讶地注意到,这位女医生用不大灵活的姿势扶着母亲从轮椅上下来,让她坐在床上,而后又用一只手臂托着母亲慢慢地躺在床上。她一个一个地贴好了电极片,细心地告诉我注意容易触碰弯折电极片的几个部位。待粘贴完毕,我将母亲扶坐在轮椅上后,女医生居然弯下了肥胖的腰身,用手将两个立起来的脚镫子放平展了,将

第五辑　都市的脸

母亲的脚平放在脚镫子上面。我就在母亲身边，这些事情完全应该由我来做，但女医生做了，甚至比我做得还要好。我在平时如果没有戴手套时，是用脚尖将轮椅上的脚镫子推平的。她也完全可以用脚尖小心将两个脚镫子轻轻推下来，但她是用手放的，我知道她是避免用脚时触碰到母亲的裤腿。我一再地对她表示感谢，并像对一位熟悉的老朋友那样与她微笑道别。

　　推着母亲走在医院的楼道里，我感觉轻松了许多，之前的郁闷心情飘散而去。在楼道的拐弯处，我看到一方柱子上挂着一条幅，上面是用毛笔书写的晋代名医杨泉的一句名言："夫医者，非仁爱之士不可托也；非聪明理达不可任也；非廉洁淳良不可信也。"

为我们未来的"乔布斯"换土

一天,我在一所大学校园里散步时,一位朋友指着报刊栏内的《中国教育报》说,看那篇文章:《为我们未来的"乔布斯"施肥培土》。另一位朋友则接了话茬脱口而出:"不是施肥培土,应该是换土才对。"

说换土的这位朋友,毕业于北京大学,后到美国留学,获心理学博士后学位。他看到那篇文章题目下意识地就想到了"换土"这个词语,并不是心血来潮、不着边际的调侃,而是他长期研究、思考教育现状的一个思想表露——至少就我对他的了解,促使我这么想。

史蒂夫·乔布斯——这个改变世界的天才,吸引了全世界的眼球。有人想到应该为培养中国未来的"乔布斯"施肥培土,自然可以理解。可乔布斯的人生对我们到底有哪些启示呢?

乔布斯的生父是叙利亚至美国的移民,生母是美国人。这个被遗弃的混血儿由养父母带大,他们倾其所有,供他读书。

由此可以想到乔布斯所处的环境对他来讲是幸运的，至少歧视与不平等待遇与他无缘。

一个被收养的混血儿，如果换在别样的教育环境里能不受歧视吗？况且他还是一个在大学只读了六个月就退学而没有毕业的大学生，若在我们这块土地上创业、研发，能被只认文凭的眼睛平等地对待吗？

就讲一讲我周围发生的故事吧。我家亲戚的一个小姑娘曾在省会太原一所初中读书，那是全太原第一家设心理咨询室的中学。她的一位同班女同学，聪明好学，口齿伶俐，但自从遇到班主任的几番歧视待遇之后，好像立马变了个人。一次是她眼看着班主任在教室内，将迟到的一位学生的眼镜摘下来，而后竟然当着全班学生的面，抽了这位学生一记耳刮子后，将其拖离教室。

班主任将自己班级的荣誉看得非常重要，因为在应试教育的残酷压力下，班级的荣誉几乎就是班主任自己的荣誉。

一次，这位口齿伶俐的小姑娘在班内被叫起来，或许是高度紧张，或许是真的没有背会，反正那天她没有背出班主任布置的英文课文，于是被叫出教室后，班主任先是在她后背搗了两拳，而后在她前胸搗了两拳，之后又在她小腹上踢了一脚。再往后，她若是在课堂上背不出英文课文，班主任会耐心地说，没关系，我在这等你，全班的同学也都陪着等你。

坏了，这位可怜的小姑娘突然间有一天开始结巴了。她若是正在教室外与同学交谈的时候，只要是看见班主任过来了，就结巴起来，嘴巴里发着"就——就——就"的声音。这个发音不是"就"的本意，就是结巴时嘴巴紧张卡壳而发出的一个类似于"就"的声音。而且，她与同学聊天时还时不时地回头看看。在课堂上就更严重了，反正被班主任点名站起来后，就"就——就——就"了，但离开了校园环境，她又能正常地说话了。同学们看着着急起来，说你本来不结巴，这样下去还真结巴了，时间长了心理还有了障碍问题了。一天，她被两位要好的同学——其中一位就是我家亲戚的孩子——拉着走进了学校心理咨询室。

　　心理咨询室的咨询师是学校年级党支部书记。当小姑娘刚刚简单地讲了自己的经历，还没有提出咨询时，这位心理咨询师是那样自然地拿起了桌上的电话，几位小姑娘还以为她有什么急事。没想到她对着电话筒说，哎，李老师你下来一下吧，你班的一位同学找到我这里来了，你怎么那么让学生怕你呢。来吧，下来吧，我们一块与她谈谈。

　　几位小姑娘傻眼了，走也走不得，僵在那里。结巴的小姑娘脸色惨白，小手发抖。班主任立刻就到了，寒暄了几句后，一边领走结巴的小姑娘，一边说，走吧！我与你单独聊聊。两位陪她的同学看到她的脸颊上已经流下了一串泪水……

　　这尽管是好多年前的事了，但应该是应试教育的一个典型案例。学生与老师都有巨大的压力。

第五辑　都市的脸

再说一件眼前的事。最近，我在一所大学里听了一位全国"211工程"重点大学博士、教授的报告，讲的是国际问题，而我却记住了他讲的活生生的例子。他说，他现在是手机上的什么上网功能全关闭了，不愿意交那个钱，但同学们都是3G、4G手机了，他在布置随堂作业时，就看到学生们大都低着头用手机上网查答案，答案惊人地趋于一致。他甚至笑着说，外教们布置作业时叫写一篇自己母亲的文章，结果作业内的母亲形象又是惊人的一致，什么微笑的眼睛了，勤劳善良了。外教说，你们的家庭好大啊，妈妈有这么多的孩子。

他的例子也没有什么新鲜的，但是他举这个例子时的口吻是让我惊讶的，因为他谈笑风生的口吻里没有什么反思或气愤的味道，而只是在传递一种让大家一笑的信息。

就在今年夏天，我在南方一所全国重点大学校园内的许多公示栏中，看到就在盖有校方公章的校务事宜通知单的边上，密密麻麻地贴满了替学生写毕业论文、发表文章的海报，当然是要收费的，而且私下里有市场行情。这样的东西我早年在大学里听到看到的多了，而如今替大学生写收费的毕业论文这一行已经成为社会上一个相当规模的产业了。

这样看来，不是我们的社会存在什么假牛奶、假服装、假政绩的问题，或者说我们应该如何采取有力的措施去解决这些问题，而是我们在成批成批地制造问题、制造虚假。

一个社会如果成批地培养、制造虚假，那还会有希望吗？！

还会有"乔布斯"冒出来吗?!

　　但是,与外教打过交道的大学生都知道,你别指望通过请人家吃饭、送人家礼物、与人家套近乎,而想在考场上作弊时让人家通融过去,他们在教育问题上是"六亲不认"。你就是他的朋友、儿子,判卷子时该不及格还是不及格。而且,他们最痛恨或者说最瞧不起的就是考试、写论文作弊的学生。这是人家的文化传统与教育理念。

　　为了中国未来的"乔布斯",你同意将"施肥培土"变成"换土"吗?

我找到了你的孩子

"我的孩子们在哪里？我有 100 个孩子！"她的这句话一出口，就仿佛插翅而飞，飞遍了欧美，乃至世界上许许多多的地方。

1938 年，侵华日军的炮火轰炸到了山西偏远的晋东南小县——阳城。不久，日军的铁蹄就侵占到了那里。1936年，身居阳城的英国女子艾伟德才刚刚申请加入中国国籍。战火无情，她与中国同胞共赴国难。1940 年初，艾伟德迫于战事紧急，率领阳城约百名孤儿逃难转移，其中最小的孩子才四岁。他们翻山越岭，渡过黄河，辗转千里，历时一个多月，安全抵达西安。看到孩子们一个也没有少，艾伟德一路绷紧的神经松弛了下来，饥饿、营养不良、伤寒、过度疲劳、肺炎再加上肩膀上的枪伤，她昏倒了。也不知昏迷了多久，但当她在西安浸会医院的病床上清醒过来时，第一句微弱的话居然是："我的孩子们在哪里？我有 100 个孩子！"而医生以为这是她又一次的呓语。

70多年之后的今天，有些中国人开始询问："艾伟德的100个孤儿在哪里？"

2004年秋天，我第一次去山西阳城，那是在看了电影《六福客栈》之后，应美国一些教师之邀去寻找艾伟德故地的。作为生长于山西的我来说，当时的心情颇为激动，因为一个感动世界的英国女子拯救中国孤儿的故事，就发生在我们山西阳城。

那时，阳城县城一些地方的历史风貌犹存，河石铺就的小路弯弯曲曲地衔接着狭窄的百年街巷，越过小小的石桥，弥散成一片彼此相连的小院迷宫。随意走进一座四合小院，那些黑褐色的门框、幽暗的门洞、踏上去吱呀作响的木楼梯，让你似乎隐隐地嗅到了岁月滑过的气息。

然而，那次阳城之行，让我深感诸多遗憾。六福客栈的遗址尚在，但在残垣断壁、茅草丛生、轱辘井凝滞的空荡荡的院落外，实难感触艾伟德曾经于此遗留的爱的温度。那时，当地人几乎对艾伟德一无所知，在艾伟德故居——旧耶稣堂院，行后巷6号，几户居民对这里曾经的主人，脑袋里一片空白，没有一丝一缕的传说或记忆。当地的一位官员说，我们第一次听说这个故事和电影。不仅如此，那时，整个中国对艾伟德其人旧事的记忆都宛如这沉默闲散的偏僻小城。当年孤儿今何在？与我同行的美国友人对此异常关注，他们竭力询问，当地教会的一位知情者终于找来了当年两位孤儿的后代，一位叫成百锁，另一位叫高安虎，但面对外国友人的询问，他们对父亲跟随艾伟德逃难的那段历史也知之甚少。成白锁说，只知道父亲八九岁时离家出走，当兵多年后于五几年回家种地。随行的山东大学教授查尔斯博士，在中国抗日战争期间曾以美国飞行员的身份参战，他说："电影《六福客栈》影响了我们几代人，至今还影响着美国的现代人。……世界上有好多国家的人知道中国的阳城。遗憾的是，你们很多人不知道这里。"

该记忆的却没有记忆，我们的记忆链条是否出了问题。滴水之恩当涌泉相报在中国深入人心，中国人不应该留下记忆与感恩的缺憾。

可喜的是，在一些人的呼吁下，关注艾伟德的人日渐多了起来。前几年，博联社曾经发起了寻找艾伟德救助过的百名孤儿的活动。后来，阳城的文友告诉我，寻找到了一位艾伟德当年救助过的孤儿，而且进行了采访，还拍了照片，但还没等我去阳城，就得知这位难觅的孤儿去世了。

如果能够得到那百名孤儿中幸存者的信息，去一一寻觅采访，该是何等有意义的一件事情，对于"中国孤儿的母亲"艾伟德又该是多么美好的一个纪念，然而无论从网络还是从朋友那里，都没有什么消息。这成了我多次阳城之行的一大遗憾。

2012年5月的一天，阳城县城关镇东关村热心并负责六福客栈博物馆筹建工作的王宝律先生告诉我，太原有一位当年的"孤儿"，并告诉了我地址与电话。老人的地址居然离我的办公地点近在咫尺。这不是巧合，而是天缘。人间真爱不会被岁月遗弃。

她叫秦秋荣,1927年生人,已是85岁的老人。她离开晋东南时才12岁,但乡音未改,仍然是一口阳城话。她祖籍河南新乡区旗县,两岁时就没了母亲,哥哥被卖,姐姐当了童养媳。1932年,老家遭了水灾,生活不下去了,不到5岁的她坐在父亲的挑筐里,一路要饭到了山西晋东南,投奔在泽州教会做事的伯父。她到10岁时还没有头发,当地人对靠烧灌木杂草做饭的河南人歧视,叫他们"草灰鬼"。教会收留了他们父女俩,伯父为她起了名字,父亲做了教会雇工,而她就在难童学校读书。她在学校打地铺睡,白天学习数学与语文。那时她伯父的姑娘秦春荣在阳城言礼乡北仁村有房有地,北仁村距阳城县城15里地,秦秋荣在学校放假时就回阳城。父亲不相信耶稣,在秦秋荣读完三年级后便不让她再上学了。她住到了阳城北仁村,有了三年小学基础的她对读书入了迷,常悄悄地蹲在教室窗户外边听课,默默地与教室里的学生一起背课文。往往是教室里的老师对学生打板子时,她却在教室外面背课文。老师发现了她,就想让她继续上学,可村长不同意,因为村里出不起学费。

1940年3月初的一天,村里的马纯会、李士光两位村民,在艾伟德的组织下,回村里召集了6个孩子,名义上是去西安上学,实际上是逃避日军残暴的虎口。秦秋荣喜欢上学,就与村里的几个孩子相跟上,加入了艾伟德率领的阳城孤儿大逃离。

进入山区之后,艾伟德将孩子们约30个人分为一组。这支孤儿队伍有的高有的低，有男有女，行走缓慢，首尾拉得很长，身材矮小的艾伟德一会儿前一会儿后地指挥着大家前进。如今，秦秋荣对 70 年多年前的那位高鼻子蓝眼睛的总指挥艾伟德的形象已经记忆模糊，她只是记得有一位黄头发的洋人在他们的队伍里面。她对我说："记得那时刚过春节不久，大部分孩子没有棉衣，也没有被子，有的带了被子，到了晚上大家合着睡。哪里有庙我们就住到哪，走到哪就吃到哪，吃得就是老玉米、窝窝头，我十几岁了都没有吃过糖。有时候实在走不动了，每个人拄着小棍。我们走了一个多月吧，在黄河边，我们坐的是没有船帮子的大船，骡马人一起在船上，泥泥水水地过了黄河。"

到达西安后，他们又去了扶风县，在一座四合院里安居下来。经过测试，文化基础好的孩子就上学读书，基础差的就做饭、种地、做木工。有些细节她仍记忆犹新："我上了学，读了一年，因生病死了三个孩子，孩子们哭着闹着要回老家阳城。"

她回到阳城时已近 14 岁了，参加了儿童团，在太岳区抗日根据地唱抗日歌曲。1945 年，她参加了当地的抗日妇救会，做地下宣传工作。日本人投降之后，她又在阳城的一所中学读了一年多书。1946 年加入了共产党。1949 年之前，她在当地女干部队伍里已属有文化的稀有人才。1951 年，她当上了阳城县妇联主任，当她上台讲话时，台下面有人就说："老草灰鬼的姑娘小草灰鬼上台讲了。"1955年，她就是长治专区妇联部部长，日后在山西监察机关、中央华北局、山西国防工办任职。

从小逃荒要饭的秦秋荣，因为随了艾伟德逃离阳城而躲过了日寇血洗一劫，顽强地活了下来；因为有了文化，而成长为一名国家干部，有了做人的尊严，但她被人曾经歧视的刺激在内心深处留下了永难磨灭的痕迹。坐在她家的沙发上，她直率地对我说："我工作了一辈子，就是不能受歧视！"

当我刚进她家门介绍了拜访的缘由后，她似乎有些意外，那段跟随艾伟德艰难跋涉的日子毕竟在她整个的人生旅程中只有短短的一个多月，况且那时的她还只是个12岁的孩子。

我概括地向她介绍了艾伟德在世界上的影响。她静静地听着，几乎没有回应，实际上她从陕西扶风返回阳城之后，就再也没有了艾伟德的消息，也没有从新闻媒体上听到或看到过六福客栈的往事。她当然不会知道自己12岁那年参加的阳城大逃离，后来成为一个震撼世界的奇迹。

她颤巍巍地拿出了笔和纸，让我尽可能详尽地地将艾伟德与六福客栈的事情写个大概。她要去了解，要去给自己的老同事、老朋友及阳城家乡的人们说这件事。如果再有人向她问起艾伟德，她不愿意一无所知。

迄今为止，秦秋荣是我所能找到的艾伟德当年救助过的约百名孤儿中唯一的一位，或许也是我能够遇到的他们中的最后一位。我内心深处的遗憾之冰，因此而有些许融化。

第五辑　都市的脸

我在秦秋荣老人的眼神里看到了艾伟德模糊的影子……
艾伟德，我找到了你的孩子。

迟到的后记

当我将诗集《黄河哟》中最后一首诗《黄土地》贴上博客后，就想着一定要说点什么。

促使我将该诗集一首首贴上博客的原因，该追溯到五年前的夏天。经一位文友介绍，太原的几位好写作且出版了几本书的人，认识了北京来的一家以出版电子图书为主业的公司业务员。她年轻漂亮，说话彬彬有礼，向我们详尽地说明她所在的公司是中国最大的电子图书出版公司，如果愿意合作，将书稿交由他们变成电子书，按年度读者的点击量给我们结算版税。如今是互联网时代么，凡事不与网络结合一定是落后的。这一点，作家们还是晓得的。于是，我当时就与该公司签了合同，将已经出版的五本书交给该公司。有人为你录入后，刊发在全世界都能通过网络查阅到的网站上，何乐而不为呢？

大约也就是一年以后，我在该公司的网站上确实查阅到了我的书，其中包括这本正式出版的诗集《黄河哟》。然而，让我怒发冲冠的是，其中不仅错别字多，还有排错行的，诗歌题目的字体大小与诗句一样，也没有颜色与字体的区别。诗歌是最精炼的艺术，古人讲"两句三年得，一吟双泪流"，可错了字与行还能读下去吗?！想必该公司老板一定不懂管理，员工录入这般漏洞百出的图书也无人过问。

  书被贴上网站的当年底，收到该公司的一封信，让告知我的银行卡号，说要打版税，但卡号打过去后就渺无音讯了。有一年，在中国作家杂志社主办的一个笔会上，同饭桌上的山西作家与中国作家杂志社主编、副主编不约而同地谈起了该公司的事，没想到有些人与我的遭遇一样，签合同好几年了，从未收到过该公司一分钱的版税。艾克拜尔主编气愤地说，这个事情，作家们要找个时间好好议议，一定要讨个说法。可事情过去又好多年了，也没有个说法，作家们哪有时间去讨这个不好讨的说法呢。我今年倒是接到了该公司的两封信，信封里还装了个带邮票的信封，说是为了给我结算版税，请将我的银行卡号及身份证扫描件寄给他们，但两封信前后不过间隔三个月，联系人却不一样了。这年头骗子太多，况且我已经被骗多年，哪还敢将银行卡号与身份证扫描件交与他们。

  我开博后，觉得这种无门槛发表作品的形式真是当代科技赐予人类的机遇，千年一遇啊。最让我高兴与感到新奇的是，博友们随时可以在博客上交流，这种效果是纸质图书无法达到的。我以往出版的书，多的也有印个五六千册的，但出版后除了偶尔看到些正式发表的评论文章外,其他读者究竟是何反应,你不知道。时间久了,那些已出版的书就如同死掉一般,或者说是速朽了吧。

后来我就想,与其让这本诗集面目全非地贴在图书公司的网页上,还不如贴在我自己的博客上,于是便一首首地贴起来。刚开始,还是有些忐忑不安的,这些个写于20多年前,甚至于是30年前的作品,晒在今天的网络上,会有人看吗?如果写法或表现的思想或感情不合时宜,岂不被文友们笑话。但转念一想,书已经出版就已经不完全属于我了,它是那个时代的产物,自然有其道理,晒在博客上若没人欣赏,就权当一个存在网络世界的纪念吧,谁没有年轻过呢。

然而,让我没想到的是从晒第一首诗开始,就及时地收到了文友们的关注,他们将自己的留言贴在我诗歌下面评论栏内,有时候还被一些网站或博客圈加精推荐。熟悉的朋友自不必说,让我感动与惊喜的是,有好多热心阅读并留下欣赏留言的博友竟是我从没见过面的。博友们非常友好,也很坦率,其中评论栏内的客气话与由衷喜欢意思的表达是看得出的。那些由衷喜欢的评论着实让我感到开心,当我看到博友婉润华汀在诗集第一首诗《生命的航船》下的评论栏内复制了诗中一个段落,并在下面贴了个头戴钢盔不停顶的动漫图像时,我在回复中说:"您选择了其中一段,说明这首写于27年前的诗歌还没有完全朽死。"

老友田毅兄也在第一首诗后评论:"看此诗作,很温馨地勾起我的回忆,前几年从办公室往家搬东西,翻出当年的《工人文艺》丛书,其中就包括这诗集中的作品。一晃 20 多年过去了,不禁感慨良多!"这留言就包含了我们之间深厚友谊的味道了,让我回味无穷。

博友艳燕砚看到第一首诗落款处写有"1983 年作"后,留言道:"那时候我才上一年级哦,哎,谭老师写诗的历史比我的年龄都长,我明白什么叫坚持、什么叫追求了。"

美国博友方回回方有时候会将一段诗或整首诗复制在后,并在换行的长长破折号后写道:"多棒!喜欢啊!来看您,我怎么能有一本呢!"我知道,这样的反馈对于一个作者来讲,是多么重要!

有一位远在广东的诗友,叫无以复简,从诗集中的第一首诗开始,几乎在每一首之后都以诗句的形式给予呼应式的评论,有些评论的诗句拓展了我原有诗句的意境,是我所没有想到的。在一首诗评的回复中,我写道:"诗友的留言居然都是一首好诗。如果此诗集有再版的机会,定将您留言的诗句镶嵌其中。"

在《落叶啊,你为什么歌唱》这首诗后,诗友山翠的评论写道:"再读,欣赏。大哥 80 年代就写过这么抒情的诗,现在读来,还是那么清新。"她还将《都市写意》这首诗的最后一段复制在评论栏内:"咖啡咖啡咖啡, 杯底沉淀着多少苦涩的思维。酒杯酒杯酒杯，相碰时是自己又不是自己。"而后写道："现在品也是这个滋味。"

老诗友雪野兄在我 1983 年写的《古庙与黑鸟》这首诗后写道："诗风变了，好！"他一定是忽略了诗歌后面的写作日期，也许他误认为这首诗是写于现在的，这又使我感到欣慰，因为旧作的写作方法并没有被诗友认为陈旧。

文友千年睡狐有一次见到我后说："你以前写的诗真好！"她这里说的就是在我博客上看到的《黄河哟》，其言外之意就是我现在写的诗不如过去写得好。这话让我高兴的同时，也让我有了忧虑与反思，为什么会给文友留下这样的印象呢？琢磨之后，还是想到点线索。过去在报刊发表作品比较难，总是在构思及写作上比较注意创新与精雕细刻。后来发表的作品多了起来，也有报刊不时地来约稿了，于是写作就有些随意了，还越写越长，好像长了更能体现诗人的才华似的。千年睡狐的一席话就是敲响了一记警钟啊。

有的博友还及时地提出我录入时出现的错别字，使我能够及时地予以修正。

需要说明的是，我在选择诗歌时舍去了第三章《幽兰幽兰的企盼》，为什么呢？因为这一章是爱情诗，我觉得自己早已过了谈情说爱的年龄，贴出多愁善感的爱情诗篇，或许会让读者找不到感觉。另外，也删掉了一些自认为创作手法比较陈旧的诗篇，在总计 61 首诗歌中选出了 42 首。

总之，在将这本诗集晒出来的过程中，我与博友们产生了互动，互动的结果是再一次地给了我自信。记得诗人公刘曾经说过，一个作者作品的质量与他发表作品的数量及社会的反馈程度成正比。是啊，如果一个作者写出来的作品总是不能发表，或者即使是发表后也听不到应有的回应，他还有信心或自信写下去吗？

还有很多文友在博客上给予诗集《黄河哟》热心的关注，恕难一一在此文中列出，还望文友们海涵了。

为了《黄河哟》诗集在博客上的复活，为了广大博友的厚爱，在该诗集出版近20年后的今天，我补上这篇迟到的后记。

深深地感谢我的博友们，也感谢互联网给予我们交流的机遇！让我们继续在这信息的海洋里自由地冲浪吧！

第六辑　孤旅幽思

溱洧河边的情人节

中国最早的诗歌总集《诗经》中,表现青年男女爱情生活的占有不少篇幅,而至今流传最为广泛的也一定是那些脍炙人口的爱情诗篇。像《关雎》中的:"关关雎鸠,在河之洲。窈窕淑女,君子好逑。"这首采集于2500多年前的诗歌,至今时髦在不管是80后或者90后中间,张嘴就来。

近几年,我常浪迹于河南新郑,住在古溱洧河边。忽有一日,闻得这郑韩古都城墙之东不起眼的一条黄水河竟与《诗经》里的好多浪漫情歌有密切关联,于是在心里暗暗责备自己:你这家伙居然有眼不识浪漫名河。

春秋时期,《诗经·国风》160篇中就收集有《郑风》21首,这些极具特色的诗篇中绝大部分又是描写男女大胆、率真、热烈、相悦之情的。当我慢慢品读这些作品的时候,果然陶醉其中,令人神往。

如《溱洧》这一首:

> 溱与洧,方涣涣兮。士与女,方秉蕳兮。女曰:"观乎?"士曰:"既且。""且往观乎,洧之外,洵订且乐。"维士与女,伊其相谑,赠之以芍药。
>
> 溱与洧,浏其清矣。士与女,殷其盈矣。女曰:"观乎?"士曰:"既且。""且往观乎,洧之外,洵订且乐。"维士与女,伊其将谑,赠之以芍药。

我去过云南,那里少数民族的青年男女,在每年春秋一些固定的日子里,仍保留有在集市或打谷场上彼此寻找中意相好的古习俗。当时还暗暗好生羡慕人家,少男少女可以在集市上自己寻觅中意的异性,并且用含蓄的对歌或约定俗成的动作和表情来表示自己的感觉与意向。比如,那在集市上卖鸡的姑娘,本意不是卖鸡,而是在暗中挑选如意郎君。如果来问价的她看不上,出多少钱也不卖。再比如,那在月光下打谷场上手摇纺车的姑娘,若是看上了来求爱的小伙子,就会从裙子下面拿出个小凳子来让他坐在旁边说话。那时还想,偌大的汉族,在爱情交流上就不如少数民族来得浪漫和开放。

然而,这首《溱洧》却忽然撞了一下我的腰。没想到黄河流域的先人们在情爱的表达和习俗方面,于2500多年前就如此浪漫、热烈、开放。这简直就是一幅细腻逼真的中国古代最早的游春风俗画。这也是古代少男少女在冰雪消融之后,将内心萌发的对爱情生活的渴望在春游中与大自然美妙的融合。溱河与洧河是古郑国境内的两大河流。汉代以前，每年农历三月上旬的巳日为上巳节。在这一天，人们都要到河边去沐浴。当时人们期望由此除去整个冬天所积存的污垢和病害，在新的一年里清洁免疫，吉祥如意。魏晋以后，人们感到三月上旬巳日的日期每年都会不同，就固定为三月三日。它和五月五日、七月七日、九月九日，都是古代民间的重要节日，也有说，上巳节的产生最初与人们祭祀神灵、祈求生育子嗣有关，因而这一天也是青年男女相互交往、谈情说爱及游乐的日子。

自古以来，对《溱洧》的评价不一，译文版本高雅的有，低俗的也有。《诗经》流传了2500多年，无论是官方采集，还是后世评说，其背景、缘由较为复杂。一首诗歌有多元的解读实属正常。2500多年的历史尘埃岂能过于清澈透明。我们暂且不去直白地译它，就细细地在原生态的诗行里品味其神奇的魅力吧。

这位表现当时浪漫风情的无名诗人，真是一位高手哎。诗内既有对春天溱洧河边人流如云的宏观俯视，又将镜头一拉，给我们一个个逼真的细节画面，且有美妙的男女对话和动作来让你欣赏。

2008年9月，来自全国各地的专家学者在新郑举行的"郑韩古城与溱洧水"研讨会上，认为溱洧二河是我国的历史名河，溱洧流域是中华文明的一个重要发源地，是催生和发展中国古代文明的重要载体。郑韩故城就在黄帝故里新郑，历史上的溱洧河汇流于郑韩故城东南,郑韩故城东侧之黄水为古溱河,南侧双泊河为古洧河。

天气还有点阴,之前刚连下了几天雨,农田的低洼处还有些泥泞。溱河在古城墙东侧由西北向东南逶迤而来。有几条土路是顺着河流的走向往附近的村庄去的,但距河边还远。我在靠近河边的一条土路上左右观察,没有发现明显的路,哪怕是很小的人行道。我知道溱河就在西边,于是就从田间路埂走过去。不久,就是农田与灌木、树林混杂的地带了。我推测溱河边就在近处了。由于河流水位随着季节和年代的变化而变化,所以河边的农田大都是不规则的,农人们不会太精心地去修整它。穿过了一小片丛林,而后又在一道土崖下拐了个弯之后,泛着青白色光泽的溱河就出现在我的视野里了。远远地望去,河边仍然是一片被人利用的农田,不过是田里淹着水,像是稻田那样,就是没有田的轮廓。有几个农民样子的人在那河流与水田的衔接处弯腰劳作着。

我慢慢地走近它,拨开河岸的芦苇和水草,一直走到了能够弯腰用手触及它清凉一吻的地方。河边的水面上漂浮着杂乱无序的水草与荷叶,有小小的野鸭游动着,不时地发出咕咕的叫声。有蛙鸣不知在附近的什么方位传出。河对岸芦苇丛中的群鸟欢快地"合唱"着,飞翔的大鸟也不时地加入一两声孤独的"高音"。快走近河岸时,还看到几只大鸟在空中飞舞着,其中一只笔直地俯冲而下,待接近水面时向上一滑,便叼了一猎物飞去。鸟是很灵敏的，见我站在河岸，眨眼间便都飞到了远远的地方，不再回来。太阳已离头顶不远了，可宽阔的河面寂静得只有鸟的鸣唱，清晰可闻。水谈不上清澈，但也不浑浊，比下游靠近城市的地方好了许多。河对岸及我这边向北的远处，一片绿色的树冠笼罩在淡淡的雾气之中，很是写意。河流在上游画了一个好看的圆弧，消失在绿树丛后，仿佛要诱你去涉足一般。河的两岸自然弯曲，几乎没有什么人为的现代建筑，连农庄也看不到。想来，那古溱河面一定是很宽阔的，以至于人们都远远地离了它居住。

当我猫着腰，在一片灌木丛中原路返回时，心想这河岸虽然仍有些原始，但天然的味道不足。人们将农田的印迹一步步不礼貌地触伸至溱河身边，又懒得去精心装扮，于是你就看不到它原本的魅力了。2500多年前那些活泼可爱的女子在歌声里唱的宽敞又快活的地方在哪里呢？一定是让散乱的水田给淹没了吧，或许就是我正穿行的这片荒凉杂乱又干枯的灌木丛之所在呢。

古溱河边的情人节是什么时候夭折的，不得而知，但可以肯定的是，在日盛一日的礼教网络疏而不漏的挥洒下，这天然淳朴、率真的情人节断然是不会漏网的。

从史料上得知，到了近代，汉族地区上巳节的活动渐渐消失，倒是西南的少数民族，如苗族、壮族以及海南的黎族等仍十分重视这个节日。难怪唐代大诗人白居易在《经溱洧》这首诗中感叹道:"落日驻行骑,沉吟怀古情。郑风变已尽,溱洧至今清。不见士与女,亦无芍药名。"

那古溱洧河边的情人节是多么的罗曼蒂克呀!姑娘与小伙子们彼此善意地开着玩笑,或打情骂俏,或互表情愫,或若有什么心底的话不好开口,就什么也别说,只是互赠手中的芍药就一切尽在不言中了。

穿过了一片灌木之后,我迷路了,只是看到脚下一个大洼地有一条人走过的淡淡痕迹。于是沿着走了,且顺着对面黄土陡坎上一个个脚踩的土窝爬了上去。上到土崖顶部,一大片耀眼的鲜花展现在眼前。不远处的花圃里蹲着十几位年轻的姑娘,笑声是从她们那里传来的。我走上前去,向她们问好,也蹲下来看花。那些花朵在雨过之后,其饱含水分的叶片鲜嫩得叫人联想到少女的肌肤和脸庞,有橙色、黄色的万寿菊,有紫色、白色、粉红色的牵牛花,有大红的串串红。

与遍地的鲜花相比,眼前的姑娘们肤色黝黑,身着花衣的颜色都褪得看不出本色了。

"你们养这么多花干什么呢?是自己村里用吗?"我问道。

"不是!是卖给周边学校与单位用的。"

"哦!你们为什么要把这花朵都掐掉呢?"我看到有的姑娘将白色的牵牛花一朵朵地掐掉丢在地边,就不解地问道。

"它们已经不好看了,快要开败了!"

"我们给它们打扮打扮,让它们更好看呗!"一个年纪略大的姑娘插嘴说。

听着这些回答,我跑神了。她们仍然一如我们的祖先,爱美,喜欢自然,但迫于眼下的生计,蹲在溱河河畔忙碌着,只是为了装扮别人的美丽。

广州一瞥

秋雨下得不大也不小,天色暗淡。太原机场大道的宽度少说也在百米以上,新刷的白色行车线非常醒目,中间的隔离带异常的宽。大道两边只有稀稀拉拉的一些低矮的旧建筑物,在这笔直又宽阔的大道边上显出似乎既自惭形秽又来不及逃遁的样子。车辆平稳快速地飞驰,但稀少的车辆又使这大道显得过分奢侈。

恰好是20年前的秋天,我第一次从太原飞广州,航程3小时左右,但从机场乘车到繁华市区竟用了2个多小时。今天的白云国际机场已今非昔比,似乎辽阔无边,候机大厅高大而透亮,直至走得你如热身微微出汗才出来透气。漂亮大巴一辆辆地喘息着排队等在出口处,一张16元的车票,载我从机场逶迤而出直奔市区。20年过去了,看车窗外的广州容貌,竟然没有陌生到难以辨认。大片大片的住宅区域仍然是旧式建筑,一排排的窗户并不是新潮塑钢质地,也没有白色窗帘,旧式铁窗颜色暗淡，楼房外表斑驳陈旧。尤其是当大巴近距离与它们擦肩而过时，那些居民区阳台看得非常真切，狭小而杂乱，尽管有些花草摆在其间，但仍掩饰不住其被岁月剥蚀的粗糙痕迹……

从白云机场直达深圳的大巴路线还没有开通，我得去30公里之外的市区转乘。下了车，按大巴小姐的指引，汽车客运站就在几百米之外，倏忽间，我就置身于闻名全国的广州人流之中，仿佛一滴水珠滴进了涌动的河流。中国东部沿海人口密集的地理概念瞬间呈现眼前。斜对面而来的面孔一个紧挨一个晃动着，前面同样晃动着一个挨一个的后脑壳，这些流动者有多少是本地人，又有多少是外地人？"摩肩接踵"这个成语从我的大脑里漂浮而出。那担着忽悠忽悠的扁担且手里还牵着娃儿的，是从四川来的吗？那穿着笨厚服装还来不及更换的人是从黄河边上来的吧。生存的导引之臂无形却力量如神……

省客运站是立体的三层站台，每一层都有二十余个出口，等待着吞转去往各地的乘客。这里的售票窗口并不是北京或北方其他地方那种售票员靠一个麦克风来与乘客对话，而是悬一个大约一尺见方的电子牌，售票员将你要去的地点、交的钱数、找你的钱数、发车的时间、验票出发的楼层和出闸口的号码都显示出来，她无暇与你说一句话，但一切都明明白白。广州人的精明可见一斑。京广线的重要枢纽地郑州——一个唯一不单独卖站台票的车站——就没有这种售票的快捷方式，那售票员通过麦克风与买票乘客要对几个来回的话才能说得明白，而售票员的每一句话,整个大厅都听得见。一天下来,售票员想必是瘫软在床了。

所谓的省客运站并没有宽阔场地,大巴在狭窄通道中转着弯往外移动,抬头望去,居民装着防护网堆满杂物的旧阳台就悬浮在你的头顶。开往深圳的大巴约半小时一趟,车内装饰高档豪华,但却空闲着三分之二的座位。大巴缓缓驶出市区,一片片陈旧的居民建筑仍然如同从机场出来时沿途看到的一样,在车道线两侧继续缓缓而过。一座座立交桥、高架桥裸露着水泥抹过的粗糙表面,既没有细致的处理,也没有装饰性涂色,就仿佛是没有完工就投入使用似的。还有那些快速路边的隔离围栏,既低矮又无色泽的覆盖。那车轮下面飞速闪后的,大都不是沥青石子被压道机碾压过的平坦路面,而是水泥块的对接,对接处的缝隙有黑色沥青修补过的痕迹。汽车在高速行驶中明显可以感觉到那些道路缝隙作用的颠簸。一开始以为也许不过是短暂的一段路,但是一路走下去都是如此。广东经济全国领先,但这公路却简朴,没有豪华奢侈的外在装饰,颇有美国西部风格。

然而使我眼睛为之一亮的是:凡装载货物的车辆,除铁壳集装箱运输车外,其余车辆全都用帆布或闪光的遮阳布覆盖,并用绳索以渔网般的形状密集而又紧紧地捆牢,无一例外。沿途凡居民楼密集的地方,均在路边设置了绿色——已经褪色,说明安装时日已久——隔音墙,尽管低矮简易,却顺着路边蜿蜒下去一直护卫到了居民区围墙边缘才休止。一道无言的墙，却唤醒了我的记忆，使我想起有些城市特意为官员居住区设置的高高的隔音墙来。

　　从广州到深圳 120 余公里的道路，就这样简单，简单得都让你怀疑它是否没有完工就投入了使用，简单得与它两边的大片居民区融为一体，协调而又自然。10 年前我去福建石狮市考察时，市政府和人大都将自己办公的好地段卖给了开发商，为的是换取城市道路开拓的资金。然而，也有不少城市的政府办公楼够奢华的了，可还是不停地翻新，耸立出让发达国家城市政府办公楼也逊色惭愧的威严来。

　　大巴进入深圳区域后，路况有了变化，草坪多了、树木多了，立体的草坡上是被修剪而凸起的绿草英文句子："热烈欢迎到深圳来。"立交桥、高架桥体上爬满的攀缘植物，乍一看，好像一件件绿色外套。

　　当晚，我在报摊上买了一张当日的《深圳特区报》，一则新闻跳入眼帘："即将开通从广州白云机场到深圳的大巴线路……"

深圳深圳

一

　　早晨,太阳金盆粲然四溢。我在 32 层楼顶部俯眺深圳,淡淡的白雾之中,满视野水泥钢筋的感觉并没有美学效果。车流发动机的"合唱"伴着偶尔阵阵"高音"的鸣叫,从高楼谷底缓缓攀升上来,让你的耳朵无处可遁……

　　我还要从它的腹部穿行而过,从它立足的地面逶迤蛇行,来环视它的细部。这座都市对我来讲,颇有些陌生。从西面的南山区登上大巴,到东部的罗湖区去,我选择了靠窗的一个座位。就在同一城市,不过是穿过福田区去罗湖区,一张票 6 元,而在北京,这样的车程也许只要 5 角钱即可。没见有人用卡,似乎也没有刷卡的电子设备,大家都是掏现金买票。

　　与中国绝大多数棋盘格局的都市不同,深圳沿蜿蜒曲折的海湾而建,弧线形的道路更像一座迷宫,令你在行驶中有些迷眩,这种地理位置滋生出的都市更加贴近自然本色,天生具有时尚个性。它"高挑身材","曲线优美"。大巴沿滨海大道穿行而过,闪着光泽的草坪从路边一直蔓延到远处的海边。树木枝叶真像是水洗过一般,油亮油亮,隔着车窗都仿佛能闻到它的芬芳。我临时改变了计划,下车到海边红树林的油棕树下,闭上了眼睛,小寐了片刻,让混合着绿色植物气息的海风,将我的肺部也清洗过滤了一番。

车道中间的隔离带大都不与车道在一个平面,而是舒缓起伏的小丘,于是乎那些阔叶的树木就需你在车窗中仰视了。就在仰视的时候,感觉变了,水泥钢筋大厦在树叶的缝隙间迷离闪烁,撩逗着你的视觉,甚至连那些几十层高的大厦,都在树冠掩映的背后优雅起来。大巴有时在窄窄的单线上行驶,周围的草坪和树木带比车道本身宽好多,宛如将车道淹没其中,大巴穿行期间,简直就是冲浪的感觉。巧夺天工的规划高手,出神入化地设计了这城市美丽的"草裙"。

空灵如鸟翼的市民中心大楼,远远望去,其巨大的双翅伸开来竟将足下及周围幻化为一个足够起飞的空旷之场。在深圳最高的地王大厦之下,需将头颅向后仰90度,才能望到其顶部伸向天空的两根信号线杆。回头,是万象城购物中心,无论从哪个方位看过去,均错落有致;走进购物城内,绝没有你早已熟悉的一览无余的空间,而是迷宫一样让你仿佛置身梦幻之中;商品的价格让你咂舌;世界名牌一块块、一格格地旋转过来,让你感到世界就在你身边。

我还特意去了老街——深圳开发最早的地方,有全国第一家麦当劳。这里是百姓的购物天堂,有两元钱的店。小铺子像鸽子窝,一格一格地排列着。拥挤得没有空隙的头颅,在喧嚣声中晃动着,又一次让你品味"人流"这个词语。游客们坐在路边简易的休息椅上,一排一排地次第张开嘴巴吃着风味快餐,任凭一个集团军来清理卫生也不可能及时地保持干净。遗憾的是即使有20余年发展历史的老街,也大都被新建筑所占领,那些古老的村庄式建筑物,只能以照片的形式留在老街中心书院博物馆的墙壁上了。

老街更像一个小小的洼地足印,周围是高耸入云的大厦……

地铁没有人售票,将钱币投在售票机里,就会滚出一个带磁性的圆片;进站处亦没有检票人员,你只需将圆片在机器上感应一下,铁杆就自动开启;三层的地铁,全部是电梯上下;站台与铁轨之间有一道玻璃墙隔离,即使自杀的人也没有了突然卧轨的机会。深圳地铁比北京有些地铁更人性更超现代。

在南山区湖南七大碗饭馆,人声鼎沸,带我不惜步行几公里到此的儿子告诉我,他第一次来的时候,辣得差一点爬着出去,但很快就上瘾了。临离开这家饭馆时,我问门口微笑的服务人员是哪个省来的,回答有湖南的、四川的。一周的时间里,我在陕西、潮州、东北饭馆等一路吃了下去,深圳自己的风味小吃、特产在味蕾上的记忆,全都淹没在其他各地菜馆的酸甜苦辣咸之中了。

　　当地晚报刊登了一幅吸引人眼球的照片：蔡屋围一"牛钉"户孤零零的小楼矗立在一片空地之上，99%的住户搬迁了，房主蔡珠祥孤岛般地坚持了下来。他按照法律程序对深圳政府有关部门的裁决提出了行政复议，无效后又进而起诉。经法院反复调解，从最初的500余万的补偿价格，随着深圳房价的一路飙升，最终达成协议，有关开发商补偿蔡珠祥近2000万元。这枚"牛钉"没有以无理取闹的形象出现在新闻媒体，而是以一位会用法律武器维护自己合法权益的人物被媒体公之于众。

　　这座城市没有位于棋盘核心位置的"皇宫"，没有各自"画地为牢"的高墙。摩天大楼地王大厦不代表深圳，那只是多棱面钻石的一个侧面；某一种方言的对话不代表深圳，深圳是以普通话为主流的各种方言的融合……

二

　　夜晚，霓虹灯、街灯及街边商铺的灯都非常有亮度，且没有灯红酒绿的俗气。站在天桥上观望，尽管10点已过，车辆的长龙仍是首尾相接。去的车辆尾灯密集排列，眯着疲倦的"红眼"，是赶着回家去休息吧；来的车辆光柱逼人眨眼，俨然是服了"兴奋剂"，是把霓虹灯的闪烁当作晨光的召唤？真是座不夜城，即使是深夜都毫无倦意。闪烁的霓虹灯就像是无数的珍宝流泻成了一条条瀑布。天空的群星,暗淡得似有似无了。

临近 10 月的深圳,白天仍然酷热,到了夜晚却比较凉爽。这个亚热带区域,背靠陆地,整个东西和南面为海湾环绕,海风吹来,使都市更加璀璨和透明了。夜深了,我躺在公寓第 20 层楼的床上,临街的窗口里还是涌进阵阵车流喧嚣的亢奋。

赶在太阳出来之前,乘电梯上了公寓的顶层,我想看看没有彩光装饰的深圳面孔。与夜晚珠光宝气的样子截然不同,它宛若卸了浓妆一般,懒散而又雍容。就像广州大街上摩肩接踵的人流,林立的建筑物似乎都没有空隙,一座紧挨着一座;高层的周围亦是高层,连小小的窗口都密集排列,如一排排开凿的方口洞眼;矮层的高低不一,似乎是焊接成了一个整体,没有街道缝隙的切割。我不禁惊诧这座新都市里怎么就会有如此汹涌的人流来居住。一座用海量水泥钢筋堆积起来的都市,比群山更为巍峨,且起伏无边,大都赤裸着水泥的"皮肤"本色,仿佛没有穿衣服一样。那些低层建筑物的顶部连"礼帽"也没有戴,灰黑色的"秃顶"上色泽不一,还堆积着杂物,就像生了疥疮。

我曾经攀上德国汉诺威市政厅的高顶鸟瞰,那城市的顶部依然如同在它的街巷里观赏时一样的魅力,是一幅色彩和形状的拼图。

20 世纪 80 年代,深圳有一幅摄影作品《升》,获得全国摄影大赛金奖。作品画面是一个戴安全帽的建筑工人站在建筑物的高处,他的双臂高高扬起,两边是高耸入云的高楼——建筑工人用手臂指挥着高楼在升起。今天,仿佛真应验了《升》的主题,高楼树林般地升起来了。

翻开一块钱一大厚沓的特区报,内容最多的是房地产广告,整版也好,小豆腐块也好,定位在一套房子的时候,价位高得超乎你的想象。看来随着高楼的升起,楼盘价格也在疯狂飙升。湖泊、绿地、海湾全都被密集排列的高楼淹没了。林地环绕、河流蜿蜒、湖泊镶嵌的都市风景仍然是一种想象中的梦幻。据说欧洲人管美国摩天大楼林立的都市叫野蛮。

20年前我到深圳时,街两边的树木还都是小树,而建筑物的高度已经是颇为壮观了;20年后的今天,许多街边仍然还栽着一排排的龙须小树,显然是栽植不久,树的两边约各半米处立着两根近两米高的水泥柱子,柱子之间用一个木板连接起来,而后又用坚韧的绳索将木板和树干固定在一起。20年前,我也见过这种栽树的方式,如今拔地而起的高楼以不可抗拒的气势,将那些高高的龙须树掩盖得似乎感觉不到它们的存在。

深圳深圳,希望有一天,当我乘坐飞机抵达你的上空时,看到满视野的树林将你柔和地环绕起来,就如同你偎依着的海湾长臂……

三

　　海上世界曾颇有名声，游客云集。所谓海上世界就是在海边的一浅水湾里，由一艘旧轮船改造成的游乐场所。20年前我于此地上过这艘船，记得那时船周围大都是低矮商铺，现在除了它背后的海湾之外，三面全都涌来了拔地而起的30层以上的高楼"巨人"，"虎视眈眈"地雄踞海湾。

　　我对巨轮里面的豪华消费毫无兴趣，于是就向船后面的海边走去。也就走了百余米，一尊高大白色雕塑跳入眼帘，乍一看，你会以为那是一条美人鱼，其实是女娲补天的造型。女娲双手举着五色石，下身拖曳着很长的蛇身。深圳人早年在这海边立一尊女娲雕塑，想必是豪气满满地想为中国经济来"补天"的。

　　绕过女娲雕塑，一排铁丝网横在眼前，旁边有警亭森严伫立，其顶部四角有类似警车顶上的红灯，交替着一闪一闪，向四个方位眨眼。铁丝网上挂一幅红底白字的条幅，上面用中英文写着："严厉打击偷渡走私的违法犯罪行为，警民共建和谐区域。"我走了过去，用双手抓住两米多高铁丝网的网眼，隔海湾的对面已经是属于香港地界。远处是黑黑的矮山，而铁丝网外边一条弧形的土路弯向黑暗之处，那路边的灯发出黄色的亮光。这里原来是一片海湾，现在被填成了石头和一片平地。许多游人与我一样，用手抓着铁丝网注视着黑暗的远方，不过是让海风吹来消闲。

香港，已经回归祖国，却似乎仍然遥不可及。这个曾经被港英当局统治如今已收回的地方，仍然带着长长的历史影子，让我感到些许的陌生。来深圳之前，我在户籍所在地向公安出入境管理处提交了赴香港通行证的申请，警官将一个微型的摄像头对着我拍录，并将我与户籍、身份证仔细核对。据有关资料介绍，全国已经有几座城市开放为个人赴香港办理通行证了，但我看到的办证须知上，还是只为符合旅游团队、商务考察、探亲三种条件的人办理。我参加的是旅行社团队，可正值长假前夕，被告知只能节后办理。

我飞越了2300多公里，到了这个与香港相隔半小时车程的地方，仍然不能去香港一看，不免遗憾万分。20年前在广州开会时，非常有幸赴香港沙头角。那天下着小雨，深圳灰蒙蒙的。通过沙头角狭窄的关卡后，我兴奋地走入同样狭窄的街道，街道两边全是小小的商店。时间只有一个多小时，那时深圳有些商品的价格与内地悬殊，而香港的许多商品又比深圳便宜好多，比如金首饰和衣物等。就在返回深圳的时候，发生了一件让我意想不到又十分难堪的事情。当我等候出关时，一个中年人提着一大包走到我跟前，说他带的东西太多了，让我帮忙提一下。我并没有携带什么包，空着手，于是帮他提着那个大包过关。没想到海关人员轻而易举地就看出我这个外地人提的不是我的东西。他们把我叫到办公室，登记了姓名，还没收了那个大包。大包当场被打开登记，无非是些衣服和衣料。好在也许每天都有许多像我这样的外地游客为当地人帮忙，被没收了物品也就罢了。当我出了关后，那个等在门口远处的人，也只是看着我笑笑，并没有丝毫责备我的意思，倒是我觉得真不好意思。

那时候到香港犹如是到别的敌对国家，偷偷摸摸，匆匆忙忙，还有些担惊受怕。

有一年，我凭借一张边境通行证，于珠海湾仔乘一艘渔船，在距澳门150米处绕海环行，澳门街道上的车辆行人清晰可辨，但你没有办法过去。之后，当澳门回归之日，我写下了《透明的纪念》这首诗歌：

> 那张薄薄的边境证
> 冰冷又森严
> 澳门在边界的对面
> 我只能在湾仔的这边
>
> 赌城
> 在灰色的云层下矗立着
> 当目光穿越黑色的桅杆之林
> 飞过去时
> 竟被锯齿的尖顶
> 划出了尘封的云烟

乘渔船向 150 米处靠近
澳门在马达声中颤抖起来
船头转弯的刹那
这颗 400 年未干的泪滴
溅——了——过——来
模糊了我的双眼

赌城的大门 24 小时敞开着
淌出的是历史伤口的鲜血

在世纪末的门口
祖国伸出颤抖的手臂
收回这笔遗产
硕大的泪滴
将变成琥珀般透明的纪念

  今天，一定有很多香港人在深圳这边做事，深圳这边也一定有很多人在香港那边奔忙。香港直通深圳的大桥已经开通，两边的距离也就几十分钟的车程了。香港人一定有亲戚在内地，内地人也一定有亲人在香港。血浓于水，我们都是中国人！在大街上有深圳人告诉我，要不了多久，深圳户籍的人到香港就可以自由往来了。

无须通行证也能到香港的日子一定会到来！到那时，我要像从广州到深圳一样地挎个小包，走遍香港的大街小巷。

四

在深圳，我住在南山区，要去海边游泳比较远。儿子告诉我，大多数小区就有游泳池。那天上午，我隔着附近小区游泳池铁栅栏看到泳池无一人，门上有把锁头把门。看了门口告示才知，来的时间不对，开放时间是每日下午4点到晚上9点。可那池内碧蓝的水实在诱人，于是就对着里面高声问道："有人吗？"一小伙子穿着游泳裤，张着困倦的双眼走了出来。我请他关照，他居然爽快地开了门。我交了十元钱，更了衣，就一个人尽享这碧蓝的世界了。

游了几个来回，便上来坐在白色的躺椅上晒太阳。环顾四周，全是高楼大厦，仿佛是围绕这泳池所建。我感到很惬意，因为这样的游泳，让我有一种独享泳池的自静，好像自家私有，无人打扰。深圳人口密度大，一个小区少说也有五六栋几十层高的公寓，他们在这个时间忙碌打拼去了，没有一个人来消闲享受这水池中放松的自由。坐在躺椅上，突然想到不久前在一所大学里与一美国小女孩的对话。女孩子在上小学，是被爸爸带到中国来过暑假的。她穿了一双一跑步就在鞋后跟处发出彩色闪光的旅游鞋，看着她在我旁边跑来跑去，我就随意地问她喜欢什么运动，她说喜欢玩捉迷藏。我问她还有什么，她说喜欢游泳，家里有个游泳池，很大很大。问她有多大，她眨着眼睛说不清楚。

从她自然随意的谈话中可以看出，她说自家有个很大的游泳池一点也不含有炫耀的意思。我也知道，在美国有游泳池的家庭很多，并不是什么稀奇事。我酷爱游泳，无论是海边还是游泳池，只要有机会就不放过。在北方的城市里去游泳是要走一段距离的，尽管我是住在北方一个省城的中心。现在北方城市的室外游泳池几乎都销声匿迹了，大都建成了室内的，说到底是利益驱动，室内的可以一年四季开放营业。可我总感觉在室内游泳不够爽快，有些憋气。

不知什么时候，那个管理游泳池的小伙子也跳到泳池里了，不过他不是游泳，而是拿着一个水底清洗器在清理污渍。远远地看去，只见他的头颅偶尔浮出水面呼吸片刻，就又钻入水底，水面上露着一截清洗器的把子。偌大个游泳池一条条地推过去，甚是辛苦。等他也上来休息时，我与他聊了起来。他是河南商丘人，在深圳学了游泳救护，领了游泳教练救护证，被聘来做救护及泳池管理。因为10月份游泳的人少了，老板让另外的两个救护休息，就留了他一个人。

"你是河南的，为什么跑这么远来打工？"我不解地问他，"在河南也可以当个游泳救护，不离家更近吗？"

"河南哪有那么多泳池啊，"他脱口就回答道，"我们家乡可能都没有泳池，郑州也没有几个。深圳现在光小区就有 500 多个泳池，好像是 556 个。"

他说在深圳一个月能拿个 2000 多元，而在河南根本不可能。河南是个有 1 亿多人口的大省，但城市的泳池数量肯定不敢高攀深圳的 556 高峰了。中国是体育大国，而非体育强国，全民体育人均投入世界排名靠后。

在深圳，游泳池已不再是什么奢侈品了，它宝石一般地镶嵌在居民小区中间，倘若你耐不住室内炎热，又抵挡不了楼下泳池碧蓝水波的诱惑，便可以趿拉着拖鞋、披件浴巾从自家的单元楼出来，只需走个几十米，便可坠入泳池的"柔情"了。

悬瓮山上的小柏树

太原市郊区悬瓮山下的晋祠博物馆,是 1949 年之后国务院公布的第一批全国重点文物保护单位。这大庙虽有 2000 余年的历史,并有宋代泥塑名扬天下,但平日里还是冷冷清清的。可到了假日就不一样了,大庙周围的空地全都停满了游人的车辆。我出生在太原,与自己家人或朋友,或陪同外地客人,晋祠也不知道游了多少次了,但晋祠大庙后面的悬瓮山却从未登过,尽管我已登过了全国不少的名山大川。为什么没有登呢,我也说不清楚。也许这座离家不远的山,在小时候觉得它太高,而等我有了游历全国诸多大山的经历后又觉得它太小了。

又是一个五一假日到了,恰好这个假日里我在悬瓮山下小住。出于活动筋骨的需要,兴许还有内心一点点了却多年好奇心的驱使,在一个阳光明媚的上午,我独自一人穿过了密集的停车场,绕到晋祠大庙的背后,选择了一条看似更像山上流水冲刷的石砾小径,向山上爬去。刚爬了一段,我就有些后悔,因为走的不是路。那些小柏树虽然不高，但非常密集，而且我只能在那些树干底部的空隙处猫着腰穿行。返回去吧，又唯恐要绕很远才能找到上山的正路。于是仗着我有野外爬山测量的工作经验，还是在那个更像是野猪才能穿行的小柏树林里蜿蜒着爬上山去。感觉还好，虽然树干间也有些带刺的灌木类，但并没有划伤皮肉的大碍。

  山腰上有座漂亮的寺院，我是在山下就看到的。我想着要在那里休息片刻，或许能遇着个高僧便聊聊佛道或禅宗什么的。大概也就是不到一个小时的时间，我气喘吁吁地拍响了"悬瓮寺"三个字下面的门环。没有任何回应，但门是从里面插上的，于是我便使劲地拍。终于有人应答了，我便靠在门边的石栏上静静地等。门开了，先是露一个头出来，是光头，还没有等我称呼师父，他已经开门走了出来。他穿一身迷彩服，手里拿着对讲机，右臂上还裹着个红袖章，袖章上有"晋祠护林队"字样。这样的一身装束告诉我他不是僧人，"师父"这两个字也就含在嘴里未叫出来。我改作迷路的样子与他攀谈起来。此人姓张，是悬瓮山下晋祠村一个普通的农民，1947年生人。我说，住在这里可是仙人一般的环境啊，既安静，空气又好，如果把家人也搬来岂不更好。他告诉我，他可住不起。经他介绍才知道，其实这座悬瓮寺可不是什么历史文物，而是近几年盖起来的新建筑，是专门为护林人员修建的，投资有数百万元。他是被山下的晋祠博物馆雇用住在山上护林的。

望着山底处的晋祠大庙，喧嚣的游人声隐隐传了上来。大庙往北有一大块园林，那些绿色中闪着光泽的一片片大块的屋顶是晋祠宾馆，其园林设计在全国恐怕也是一流的。就在晋祠宾馆与晋祠大庙之间，是晋祠村民的一大片一块块灰色屋顶组成的平淡无奇的图案，给人的感觉是零碎、密集且破旧。

在与老张的对话中，我大致了解了他的家庭和生存状况。他有三个孩子，原来有一亩多水地，但十几年前，家里的耕地被村里租出去了。村里将村庄周围的土地一年年地出租给了一些单位或私人开发者。他非常清楚地回答了我的问题，说村干部仅给了他家些面和油，就算是对他家出让土地的补偿。

"你家连土地也没有了，靠什么生存呢？"我非常不解地问，"孩子要上学，还要给儿子娶媳妇。"

"那有什么法呢，"他眼睛望着山下，木然地回答着，仿佛这个问题并没有勾起他对过去艰难岁月的回忆，"村里人都一样，自己想办法找出路吧。"

他说着，还用手指着晋祠大庙远处的停车场说："你看，村里人干什么的都有，有跑导游的，有跑出租车的，有做小买卖。我老婆就在那里做扫马路的清洁工。"

他有一个儿子两个姑娘。儿子连小学也没有念完，两个姑娘倒是读完了高中，但目前也是没有找到正经营生，在镇上做个小买卖。

"当时突然失去了土地，给儿子娶媳妇，从哪里来钱呢？"

我真是不解地又一次问道。

他用似乎还算是带着笑意的表情说："向亲戚借，向朋友借呗。"

他用房子做抵押，贷款为儿子买了卡车，让儿子跑运输。现在算是翻了身，一家人的日子马马虎虎过得去。晋祠博物馆雇用他做护林员，一个月工资仅400元。全家没有一人有医疗保险，当然更没有养老金、退休金了。生病了怎么办？生大病怎么办？他听着我的问题，并不看我，仍然是木然地望着山下说，自己花钱看呗。

望着漫山的小柏树，我想，这些个小柏树还需要专门雇人白天黑夜地看守吗？我问老张，这些小柏树是新栽的吗？他说这些小柏树已经有50年的历史了。我仔细看着寺院下面只有臂膀粗细的小柏树说，怎么可能呢？这么小的树怎么会有50年的历史呢。他说，山上的土质不好，净是些石头，所以树就长不大。我再次观望眼下漫山的小柏树，它们的枝干都差不多，细细的，有的还没有成人的胳膊粗，也很矮，也就三四米高的样子，但枝叶非常茂盛，绿油油、毛茸茸的针叶树冠在太阳下闪着绿色的光泽，一派生机盎然。

在准备下山时，我不由得仔细打量了一下憨厚的老张，他看上去竟然比实际年龄小好多的样子，光头上短短的发根竟然几乎全是黑色的。老张一家的困难，肯定比城里人要大得多得多，但他竟然坦然地走了过来。

难道在他的精神世界里,也长有一片悬瓮山上的小柏树林吗?

在悬瓮山上的悬瓮寺里,我没有遇到高僧,也没有机会谈谈禅宗,但我还是在悬瓮山上悟到了生命的禅理,"万法尽在自心"啊!

洛夫的缘和情

又是一个秋天,傍晚的天空飘着淅淅沥沥的雨。我们在太原机场等待一个践约。可飞机晚点了,等着接机的人大都在大厅里,而我们和几位记者则是在大厅外闲聊着诗歌等待洛夫。周围是来往穿梭的人流,有的刚下飞机,有的来接机,或微笑,或心事重重,唯有我们几位接洛夫的省城诗人悠闲地、毫无节奏感地聊着诗歌等待另一位诗人,这真是别有韵味的一道风景。

鹤发童颜的洛夫出现了,引起我注意的是手推车上那个特大号的旅行箱,看着都发愁。他怎么拖着那么大个的旅行箱到处漂游!就在当晚的餐桌上,洛夫先生将一摞花城出版社新出版的《雨想说的:洛夫自选集》,一一签名送给在座的各位。那个时刻,我内心似乎有个声音在说——"这是因为诗的缘故。"

2006年也是这个时候,秋天来临,洛夫先生和他的夫人陈琼芳女士像一对候鸟,从加拿大温哥华飞到了中国。自从定居加拿大后,他们很规律地每年秋天飞到内地一次,居住一个月,然后到台湾的儿子那里住一个月。那是应原河北作协主席铁凝的邀请,洛夫先生在河北省文学馆做了一个诗歌与书法双艺展览。山西的诗人们知道了这个消息,相约好一行十人从太原出发,赴石家庄去拜访洛夫。1993年,洛夫先生曾经在山西晋南一游,观光了壶口瀑布,那是他第一次看到黄河,激动不已的他蹲下来用黄河的水痛快地洗了脸。事后,他写了组诗《1993·过黄河》。到了石家庄已是晚上,吃过晚饭去宾馆看望洛夫。张不代先生特意带了十年陈酿的汾酒送洛夫品尝。洛夫忽然看到山西这么多诗人特意奔赴几百里来参加他的诗歌与书法展,非常高兴。等我们落座,顺着诗歌的话题,他侃侃而谈了近一个时辰。他还拿出了新出版的《上海诗人报》给我们看,恰好,头版上刊登有他的组诗《1993·过黄河》。次日上午我们陪同他去看赵州桥,游览了柏林禅寺。下午,在河北省文学馆参加了洛夫先生的新诗座谈会。谈起诗来他异常兴奋,从中国古典诗一直跳到当今处于边缘状态的新诗。洛夫特意为我们一行十人赠送了他的书法作品。香港诗人傅天虹先生说,这是因为诗的缘分。天虹兄说得好,完全是因为诗的缘故,没有任何别的色彩。我们与洛夫在石家庄风一般地相聚,又风一般地飘散,短暂且欢乐!

第二天一早,我陪同洛夫去太原市郊的中北大学做演讲。就在前一天晚上,学校组织安排此次演讲的宣传部部长、诗人雪鹿与我通了一个电话，我问会标是不是"著名诗人洛夫诗歌讲座"。他说大家都知道洛夫，加"著名"反而显得有宣传味道。我恍然大悟，说 OK，加"著名"实属多余。中北大学有 3 万多名学生，请名流讲座已是平常事情，但在这个周末的早晨，尽管阴雨绵绵，千人科艺苑会堂还是座无虚席，连走廊里也站满了听众。会前，雪鹿曾对我说，现在的学生对名人讲座很是挑剔，讲得不好或者是他们听不懂，就会中途稀稀拉拉地退席，有的学生还会在你讲座后与你辩论，但这天的会场气氛特别好。洛夫讲座的题目是《感受诗歌之美》，他原准备了自己的 11 首诗来讲，但到中午时只讲了 8 首。在开场白中，他说："诗人要做诗歌的奴隶，但要做驾驭语言的主人。"我理解的所谓"做诗歌的奴隶"，就是无论欣赏还是创作诗歌，都要有敬畏之心，要热爱到痴迷程度。他拿自己的《边界望乡》《金龙禅寺》《因为风的缘故》等闻名海峡两岸的诗歌，谈创作时代背景、灵感产生的缘由、诗中使用的技巧，娓娓道来，引导听众不知不觉地进入诗的意境。令我惊讶的是，曾经以超现实主义手法创作晦涩诗歌并以"诗魔"称号名扬天下的洛夫，每当他朗诵自己诗作的时候，往往会在美妙之处激起学生们热烈的掌声。

演讲完毕，不等洛夫走出会场，学校广播、报纸、电台及许多社团的学生记者就将他围了个水泄不通。问题千奇百怪，洛夫坐在沙发上一一回答，真仿佛是被这些学生们给"淹没"了。

学生问："洛夫先生，您已经是世界闻名的诗人，请问您是如何看待诗歌与名利这个问题的?"

洛夫说:"如果我想着名利而写诗,那就是本末倒置,那样也不会写出好诗。我首先是专注于自己喜欢热爱的诗歌,至于名利我也不反对,但那是自然而然地随后跟着来的。"

学生问:"您出版了 30 多部诗集,诗歌作为您的职业……"

"写诗是我的事业,不是我的职业。"洛夫先生迅捷地抢答了一句。

学生最后的一个问题是:"洛夫先生,您在今天上午的讲座中,最想传达给我们有关诗歌的什么东西呢?也就是说,最精髓的是什么呢?"

洛夫先生站起来,声色凝重地说:"我们已经久违了中国古典诗歌的美,我们已经离它很远很久了。我就是想让大家知道,中国古典诗人在诗歌中的大智慧、古典诗歌中那些意象的永恒之美。"

天啊,他讲的是自己的诗歌,尽管其中穿插地解释了有些精彩诗句是受到中国古典诗歌的启发,但落脚点却是为了传播中国古典诗歌意象的永恒之美。看来这位娴熟使用西方现代派手法的"诗魔",极其欣赏中国古典诗歌美学之魅力,而非仅仅是横的移植,而不要纵的继承。他的《烟之外》诗中有这样两句:"左边的脚印才下午,右边的脚印已黄昏了。"他说:"这里用了虚幻的、超现实的表现手法,其实李白的诗里早有这样的手法,如'君不见高堂明镜悲白发,朝如青丝暮成雪'。这样的诗句在中国古典诗句里很多,只不过当时他们没有叫什么超现实主义。"

在中北大学吃完午饭,从城北回到城南的酒店已是下午3点多了。洛夫早上8点出发,奔波、讲座,没有午休,哪怕是小寐片刻,但他仍然煞是精神。洛夫在中北大学演讲前,现场为该校题写了一幅书法:"天行健君子以自强不息。"雪鹿为了补上洛夫先生的印章,特意也随我们一起到了酒店。

洛夫一边盖章一边幽默地说:"你们是为人民服务,我是为诗服务!"

好一句"为诗服务",这对他讲的"诗人要做诗歌的奴隶",是一绝妙的注脚。噢,又是因为诗的缘故。

10月末那天的晚上,太原50余位诗人在唐都生态园为洛夫先生79岁祝寿。董耀章先生书写的大大的"寿"字悬挂正中,红底黑字,衬托出喜气的氛围。诗人李玉臻将一枚寿山石印章送给了洛夫,说这枚印章特别的高,祝洛夫先生高寿超过99。诗人郭新民送上了近2米长的自己的草书。诗人雪野将一个古蜡烛台送给洛夫时说,如果在加拿大停了电的时候,可以在这个烛台上点燃一根蜡烛。山西当代中国新诗研究所所长马作楫先生为洛夫颁发了华语诗根奖,颁奖词为:"您的诗是奇异的花。您回归传统拥抱现代的创作经验是新生的根,必将为华语诗歌之树输送新的茁壮与繁荣。"

晚会主持人、诗人李杜先生说:"洛夫先生的诗歌是中国的，也是世界的；是传统的，也是现代的，但归根结底是传统的。洛夫先生的诗歌已经成为中国传统诗歌的组成部分。"

洛夫先生破例喝了白酒，面色泛红。他不仅即兴朗诵了一首自己的早年之作，也做了即席发言。他说："非常高兴来到有着厚重历史文化底蕴的山西，我简直有点不能承受山西诗人如此浓厚的热情。2006年，我在石家庄搞诗书展览，山西的十位诗人赶去参加；现在来了山西，又受到大家一日紧排一日的热情招待。我一直在想，是什么原因使我们如此快乐地聚在一起呢，想来想去，是两个字：'缘'和'情'。因为诗歌的缘分，我们聚在了一起；因为浓浓的深情，我们聚在了一起。一句话，因为缘分，因为感情，因为诗的缘故！"

国宝公刘

我由杭州乘车至淳安县,而后乘船漂过千岛湖抵深渡,晚上下榻在黄山脚下的安徽省人大培训中心。接待我们的是安徽省人大的秘书小谭,之所以叫他小谭,是因为当时的他看上去也就20多岁。

因为我对公刘的诗非常欣赏,到安徽前,在长江上漂流时就想此行到合肥后,一定要拜访公刘。第二天吃过早饭闲聊时,我随意地问小谭是否知道公刘。自己酷爱诗,别人却未必,原本想要费一番功夫询问打听的,没想到小谭说,他知道公刘。从黄山下来,住在合肥后,我就委托小谭帮我打听公刘的居所并帮我约见。因为我是山西来的客人,小谭非常认真地答应下来。晚上散步时,在书店里看到了公刘、叶廷芳选编的《莱茵河的怀念》,就买了一本。这本是《中国作家看世界》丛书中的德国卷。夜里无事,就在宾馆里翻看起来。书中选入别的作家写的都是在德国的见闻随笔,而公刘的则是节选了他当年作为中国作家代表团团长访德期间在不同地方的即席演讲词。八篇精彩的演讲词被我一口气读完，这些即席演讲词从诗歌之外的另一个角度，向德国人展示了公刘的睿智、幽默和风趣，展示了他恰到好处的礼仪尺度，展示了他深厚文化底蕴的绅士风度，同时也展示了他"血不缺铁、骨不缺钙的泱泱大家风采"。

公刘率领的中国作家代表团第一天到达德国，在施塞尔纺织印染工艺博物馆与古老的不来梅州广播电台记者——一位美丽小姐——的问答是这样开始的：

"公刘先生，您的代表团来到联邦德国以后，印象最深刻的是什么？"

"我和我的同事们有一个共同的结论，就是，我们喜欢德国人脸上的微笑。无论我们走到哪里，都能看到这种微笑。我们懂得这一微笑的价值，因为，我们早就知道，德意志民族一向以表情严肃闻名于世。当然，我们同样也明白，这一微笑不仅仅是冲着我们几个人来的，它是德国人民对整个中国人民友好感情的自然流露。"

一个遥远的东方诗人居然对德国人的表情习惯非常了解，而且由衷地赞美他们为中国客人而改变传统习惯的特殊而友好的微笑。正像公刘许多绝妙的诗句一样，这些开场白也是自然而奇特的，有直抵对方友好核心的效果，一下就拉近了主客之间，也就是东西方两个民族之间感情的距离。接下来在整个德国的访问交流，其和谐融洽的程度可以想象了。公刘在德国的演讲词，篇篇都是妙语连珠，有出神入化的境界，像美酒令人回味，似好歌余音绕梁。在素有欧洲霸主之称的德国，公刘的演讲是我们中国人的骄傲。我在德国进修生活过一段时间，对西方人的礼仪有所了解。东方人比较讲究含蓄，一般不愿意在公开场合恭维别人，而我认为恭维与由衷的赞美是两回事。在西方，如果你对对方的热情友好表示真诚的回应，说明你很有兴趣并给予认可，这一点对他们非常重要，但是你如果对对方的友好回应简单或没有准确的回应，那就会令对方尴尬，他们或许会想，是不是自己有什么地方做得不妥。

小谭告诉了我公刘的情况，他住在省第三医院，已经住院很久了。我当即决定到医院去看望公刘。在去医院的路上，我特意多转了几家商店，为公刘挑选礼物。最终，我挑选了为纪念梅兰芳大师而发行的一套纪念邮票。大约10点钟，我们到了公刘的病房，但他不在，狭小的单人间里，白色的病床上空着。问及护士，说是去做CT检查了。于是我们耐心地等。等久了，没有回来，我们又去电梯口等。大约半个小时后，电梯门开启，公刘的女儿刘粹推着轮椅上的公刘出现在我们面前。尽管十多年前我在太原见过公刘，但我还是迟疑片刻才认出了他。疾病已经将他变得消瘦且面部没有精神的光泽。小谭以当地省人大的身份向公刘及刘粹介绍了我。1957年，公刘被打成右派后，曾被发配到山西忻州劳动改造，所以当他听说我是从山西来的时，居然从眼神里闪出高兴来。由于他的病房非常狭窄，我们四个人根本无法在里面谈话，于是就在病房门口谈起来。他首先向我一一打听他熟悉的山西诗人、友人的情况，如张承信、张厚余、赵越等。我慢慢地一一向他介绍我知道的这些人的近况。我用双手恭敬地送上我为他准备的礼物，他居然天真好奇地、慢慢地打开它，并仔细看了一下，而后就很高兴地递给身边的女儿说，你看，多好！是纪念梅兰芳的。刘粹告诉我，前不久太原一家出版社来合肥，与公刘谈出版公刘诗歌全集的事情。她说，我与父亲都不同意。公刘插话说："我不同意出全集，我人还在嘛，为什么出全集。"接着又重复地说了这句话。说话时表情严肃，俨然收敛了刚才开心的微笑。我当然明白老人的内心想法，这样一位对祖国和人民怀有深厚感情的人，即使是到了天国，也不愿意放下手中的笔。笔与他，就像战士与武器。出全集不就意味着他停笔不写了吗？考虑到他的身体状况，我不敢逗留太久。其实我内心里有好多想与老诗人畅谈的诗歌话题呢。临告别时，我拿出一张报纸，其副刊上刊发有我的一首写黄河的长诗，希望他身体好时为我指正。同时，我将特意带来的那本昨晚刚读过的《莱茵河的怀念》一书递到他手上，请他题字留念。老人用颤抖的手写下了漂亮而潇洒的一句对我来说永久的纪念："曙方先生，合肥幸会，后缘待续。公刘， 病中草签于医院 。"

我对公刘诗歌的阅读是从 20 世纪 70 年代初就开始了，记得当时在极少的文学读物中还是幸运地读到了公刘的作品。室友李俊德是位性格豪放的军人,同时具有诗人气质,酷爱诗歌,他在室内抑扬顿挫地朗诵诗歌的时间,常常比与我聊天的时间还多。他高声地朗诵普希金、莱蒙托夫的诗歌,朗诵郭沫若《女神》中的《凤凰涅槃》和《天狗》,朗诵郭小川的《甘蔗林:青纱帐》和《祝酒歌》,朗诵公刘的《上海夜歌》《五月一日的夜晚》和《夜宿古香林》等。印象最深的是,有时候当他朗诵完《五月一日的夜晚》或《夜宿古香林》的最后一句时,就会高声地对我说:"你听听这诗句,'告诉你们,祖国,需要一张坚固的盾'。这最后一句与前面的诗句故意不押韵,戛然而止,就像一首乐曲定音鼓最后有力的一槌,真是破韵的高手啊!他这里的不押韵比押韵更有撼人心魄的效果。"现在想起来,一个诗人的诗句在一个热血青年的心灵里竟然具有如此的魔力,好生了得。美好的诗句对人内心世界的影响,进而对人行为的作用,究竟有多大,恐怕世界上还没有哪位心理学家和科学家能分析得清楚。

1985年秋天,公刘、从维熙、林斤澜、焦祖尧在太原南文化宫为文学作者做了一场报告,那年我正在大学读书,也有幸受邀去听了这次报告。公刘穿了一身咖啡色的西装,面色也不错,头上略显谢顶,相比于其他三位作家的长篇演讲,他的演讲非常简短,却诙谐幽默且直探诗歌本质。

记得他说道:"做人要诚实,不然没有人愿意与你交往,但作诗不能太老实,不能太实,不能说大白话,要像在巷子的深处放炮,否则写诗太老实的话,忻州老乡的话,粘球。"

他说"忻州老乡的话"时居然诙谐地模仿了忻州口音,听众都与他一起笑起来。报告完毕,作家们都被青年们包围了,我带着一本人民文学出版社 1980 年出版的公刘诗集《离离原上草》,也挤上前去请他签名。由于要求签名的人太多,诗人用钢笔只写了自己洒脱的名字,连日期也没有时间写。在那次报告会上诗人为什么讲了那么短的时间,后来才知道,1980 年他就中风病倒,几个月后以顽强的毅力重新锻炼说话写字,1984 年他又右眼失明。

公刘,原名刘仁勇,又名刘耿直,原中国作家协会理事。1927 年 3 月 7 日生于江西南昌。11 岁时在地方报纸上发表致日本小朋友的公开信,宣传抗日爱国思想。1939 年写了第一首诗。1946 年正式使用公刘的笔名,创作了大量的杂文、诗歌,同时半工半读于中正大学法学院。后赴香港加入地下全国学联宣传部,参与学联机关刊物《中国学生》的编辑工作,公开的社会职业是生活书店附设持恒函授学校社会科学组导师和《文汇报》副刊编辑。1948 年加入中华全国文艺界协会港九分会。1949 年 11 月志愿参军,先后任新华社第四兵团分社见习记者、云南军区《国防战士》报见习编辑、昆明军区文化部文艺助理员。1953 年加入中国作家协会, 1955 年调总政治部创作室任创作员。1957 年被迫中断文学生涯,直至"四人帮"被粉碎。1957 年以前,共出版《边地短歌》等作品八种,1979 年平反后又出版长诗《尹灵芝》等作品十六种。

公刘认为,创作的生命在于自主的选择,在他全部的创作中,始终追求三个目标:第一是有大脑,第二是有骨头,第三是有灵气。

公刘的笔名取自《诗经·大雅·公刘》。《史记·周本纪》载,公刘是夏后时代(约公元前21世纪)人,后稷的曾孙。诗中这样描述他:"笃公刘,逝彼百泉,瞻彼溥原……笃公刘,既溥既长。既景乃冈,相其阴阳,观其流泉。其军三单,度其隰原。彻田为粮,度其夕阳。幽居允荒。"因此,他一直受到历代周人的歌颂和赞扬。公刘是周先祖中功劳最大、影响最深远的一位领袖人物,他是整个豳地疆域的开拓者、农耕文化的奠基者。夏桀时,他率领北豳人从北豳南迁到公刘邑,大大开拓了豳地的疆域,在自然条件较好的董志原、早胜原和彬长地区发展了农业经济,并正式建立了豳国。

取公刘为笔名,诗人的寓意是非常明确的,那就是一生要忠实于人民,为人民做事,做一个像公刘那样的人。大文豪高尔基讲,将语言变为行动,比将行动变为语言要困难得多。公刘将自己的理想变为行动的方式就是诗歌。他在《离离原上草》的自序中写道:"诗必须对人民诚实,这也谈不上是哲学,谈不上是美学,而只不过是革命者起码的为人之道。……诗人可以不写诗,但不可以背叛诗:不可以背叛共产主义的理想(它才是真正的至高无上的革命现实主义与革命浪漫主义的结合),

不可以背叛胼手胝足、流血流汗的劳动者和战士。正是由于工人衣我衣，农民食我食，我的理智、感情和良心才不允许自己去参与制造精神鸦片。精神鸦片或能刺激于一时，归根到底却是麻木与沉沦。"

被打成右派和在"文化大革命"期间20多年的劫难，并没有磨去诗人的激情和锐气，却使他一改其以往年轻诗人的纯真和青春的浪漫气息，而更多地表现了自己内心深处对祖国和民族历史悲剧的忧患思考。

复出的公刘，先后出版长诗《尹灵芝》（1979），诗集《白花·红花》（1979）、《离离原上草》（1980）、《仙人掌》（1980）、《母亲：长江》（1983）以及诗论集《诗与诚实》（1983）、《诗路跋涉》（1983）等，其中《仙人掌》获中国作家协会第一届诗歌奖。2003年，远在南半球澳大利亚的何与怀闻知公刘于1月7日因病去世的消息后，在其《遥远的纪念》一文中写道："他的写作多取自现实生活提出的课题，以诚实的血泪、尖锐的针砭、希望的呼喊，凝聚着当代人民的爱憎，许多诗写得老辣、凌厉、深沉、冷峻，充满辩证观点与哲理意味，充满火山爆发式的激情。"《星》《哀诗魂》《为灵魂辩护》《沉思》《刑场》《哎，大森林》《从刑场归来》《读罗中立油画〈父亲〉》《乾陵秋风歌》《车过山海关》等，均是这一时期的代表作。批评家黄子平则将公刘的转变概括为从"带着旭日光彩的'云'"到"喷射着至爱大憎的炽烈感情的

'火'"。

他的这些作品真可谓杜鹃啼血。

正像他1978年在忻州为周恩来《最后的时刻》那幅著名的摄影作品写的诗句:"既然历史在这儿沉思,我怎能不沉思这段历史?玩火者!休得放肆!十年,百年,莫妄动一根手指!"

艾青有一次与作家从维熙谈话时说,中国什么行当里都有真假李逵,公刘是诗歌界的真李逵,是个真正的天才。新诗坛泰斗艾青极少对同时代诗人做这么高的评价。

就像我们的民族在复杂的矛盾中行走一样,公刘的内心世界也充满了矛盾,一方面由于爱,他将天安门比喻为祖国的心脏,以军人的阔步走过时,把脚步放得很轻很轻;一方面在《哎,大森林》里,他又对国人发出振聋发聩的警告,"海底有声音说:这儿明天肯定要化作尘埃,假如,啄木鸟今天拒绝飞来"。

就像我们的民族在发展中遇到了过多的苦难,但不失却自信和勇气一样,公刘的大脑和躯体里也同样留下了有历史标记的创伤,他的诗歌却一如既往地用青春的热血歌唱。

就像我们的版图既有蜿蜒的黄河和长江,又有伟岸骨骼的珠穆朗玛峰和太行山一样,公刘既谦卑又高傲和自信,他谦卑得可以为任何一个人,尤其是为底层的农民和工人长久地弯着腰题字,可以为一个路遇的普通人而流泪,但当他在地摊上看到自己无人问津的诗集《离离原上草》时,竟说:"我悲哀,但不是为我自己!"

公刘对自己诗歌影响力的怀疑有些过虑了,他为祖国、为人民歌唱,人民又怎么会忘记了他。记得当时从看望他的医院出来时,小谭说,公刘平反以后,好多省份都不敢接收他,也解决不了他与女儿刘粹的落户问题,连偌大的北京都无法安置他。当时在安徽当省委书记的万里,果断拍板,将公刘和他的女儿安置在了合肥。

最令我惊讶万分的是,这个并没有提过只言片语是否喜欢诗歌的年轻人,居然对我说:"公刘是国宝。这样的诗人全国能有几个?当官的好多是滥竽充数的,那样的官谁也能当。"当晚,我就把小谭的这句话记在日记里。这句话使我想起不知是哪家报纸登载过的一篇文章,大意是艾青在新疆劳动改造时,受到了当地百姓的同情关怀。后来记者采访这些人,问他们为什么要保护艾青,他们只说了一句简单而又深奥无比的话:"我们知道,一个国家不能没有国王和诗人。"

古人公刘墓,现位于陕西省彬县。墓丘长1500米,高约50米,略呈梯形,顶部平坦。墓丘因地形庞厚,势如蟠龙,故有"周墓蟠龙"之称。当地相传公刘死后,他的两个女儿,各用衣襟包土,携着酒壶,欲渡河封土祭奠,适逢泾河水涨,不能渡,只好将土就地倾倒,将酒洒在地上;第二天,就已长成土垄,形成了泉泓。

古人公刘的庙位于陕西西峰区温泉乡刘家店西庄庙嘴村,

地势平坦，三面临沟，原为明代修建。古时植被茂盛，树木参天，环境幽雅，气势雄伟。后历遭兵灾，庙宇几建几毁。原有的建筑群在"文化大革命"期间被全部拆除，但公刘的故事却深入人心，赢得了人们的崇敬和爱戴，被世代奉若神明。每年农历三月十八，公刘庙所在地举办盛大的庙会，殿内香火缭绕，逛庙会的人络绎不绝。

朴实善良的中国百姓对几千年前的公刘所建立的功业尚且不忘，更何况当代诗人公刘乎。国宝公刘，想必你在天国里，一定会听到华夏神州飘飞的你的诗句。

看世博后悔不后悔

6月底从上海世博会回来后,本想写篇东西的,但情绪不足,就迟迟未动笔。7月初,一南京旧友来并,我说你离上海近,去世博了吗?他说那不是世博,简直就是肉搏。饭桌上另一位太原友人说,凡是从世博回来的,没有不后悔的!你后悔吗?我摇摇头,又点点头,没有正面回答。

近几日看一位博友的博客,他在博文中戏称,观世博后有人问他看了几个馆,他说两个,一个是法国馆,一个是餐馆,而他的孩子则说,以后就是打死也不去了。

不久接到一手机短信,题目为《观世博感受》,原文如下:"一个字:'累',两个字:'受罪',三个字:'全排队',四个字:'不看后悔',五个字:'看了更后悔',六个字:'看不看都后悔',七个字:'排不上的馆最美',八个字:'沙特馆把时间耗费',九个字:'上海人逗你玩遛你腿',十个字:'你恨谁就请他看世博会'。"短信当然是不标明作者的,否则我当将这幽默诙谐并高度概括的短文作者特意说明。

看了这则手机短信,情绪来了,我也真想说说看世博后悔不后悔的问题。

第一天进世博园时,下起了小雨,我在 C 区德国馆门口站在长队尾端时,已是下午 4 点,路边的牌子上写着这样的提示:"您在此处排队,大约需要等 4 小时。"我探头看了看蛇形队伍,距馆的入口处不到 100 米。于是心中就想,哪能呢,也许是怕人们拥挤,故意写出的夸张提示吧。可在排了一个小时之后,我相信了那牌子的提示,因为蛇形队伍拐了一个大弯,又绕到了距馆门更远的街道上,而且还远远没有进入铁栅栏行列。我们的旅行团队约好晚上 7 点在黄浦江对岸的 D 区门口集合,预计在集合时间,我是无论如何也排不到馆门口,于是只好放弃,从队伍里退了出来。

第二天一早,旅馆 5 点半叫早,7 点半我们就等候在了 C 区 8 号入园口。此时距开园还有一个半小时呢。但是,游人们大概与我们想的一样,黑压压地一队一队早早地就排在入口处了。棚子下面的加上棚子外面的,人声鼎沸,大家耐心等待。据导游讲,早来两小时就可能领到中国馆的预约票,否则当天你就是排队也不可能进入热门的中国馆。我是不愿意早来两小时排队领中国馆预约票的,因为中国馆在世博会结束后也不拆除,要永久保留的,以后仍可以再来看,但无奈一个团队约定了如此,我只得随大流了。

9点开园后,过了安检关,人们潮水般地涌向入口处,还好,我领到了一张中国馆预约票,但就在我身后差几个人距离的同行者,就没有领到,到他那里预约票发完了。

入园后,我匆匆浏览了C区一些馆的外景后,就直奔德国馆。当我排在队伍之末时,恰好是上午10点整。早上从旅馆出发时,同屋的同事说,带上点干粮吧。我说,好不容易遇到个世博会,今天就找个异国餐馆品尝美味了。同事又说,那得带着那个发的小塑料板凳。我说,昨天带着它简直就是累赘。同事以他前一日的经验坚持要我带上,我犹豫一下,也就带上了。

顺着不锈钢铁栅栏内排队的人流看过去,德国馆不过百余米远,但殊不知那铁栅栏是折叠一般,从头到尾,又从尾到头,当你在其内走到一段的末端时,又往回返到你起始的端点,期间不过隔了个10厘米直径的铁栅栏。馆内一次性容纳观众的数量有限,每次放入一定人数后,即暂时封闭。人流每隔一段时间就慢慢蠕动一段,而后再停下来。开始几个来回还无所谓,但一个多小时下来,我就体会到小板凳的好处了。每次停顿大约10分或15分,好多人就顺势在人流缝隙中见缝插针地坐在自带的小板凳上休息会。两个多小时过去了,我饥饿起来,但周围根本没有卖食品处,铁栅栏末端处只有卖水的。看看周边的人,好像都是来过世博好多次的老手,他们手中拿着或面包或蛋糕或香蕉、苹果,一个个吃得很是爽快。我可惨了,没带干粮。想退出去,就绝不可能再让你原位返回,只能从队伍尾端再次排起。

　　1 点 30 分时，我已排了三个半小时队，馆的大门已不远了，但仍然是慢慢地走一段停一段。现在的我，有了内急马上就得找卫生间。可排在德国馆前的人流里时，那内急居然就给吓住了，好像是神经反射造成的，因为我知道在这四个多小时的排队期间根本就不容许你退出人流去方便，如果中途退出那就意味着从头再来，前功尽弃，也就是说，我的理智不断地警告了约束小便的神经系统："你别想！熬到馆内再说吧。"中途也看到有些人实在熬不下去了，就从人流中挤出去，或者从铁栅栏的端头跳出去。

　　排队的人流彼此间也就隔着很小的缝隙，若再近一分，就是拥挤。然而，人们还是保持着那一分的距离，缓缓地往前流动，几乎没有在人流的缝隙中往前挤着走的。可有一件事情让我非常震惊，当时我正坐在小塑料凳上，突然就听得前面排队的人流大声喧哗起来，还夹杂着一些人的高声呼喊，那声音就仿佛是发生了械斗一般。我站起来看，什么也看不到，不知道前边发生了什么。我想，也许是有人因拥挤发生冲突了吧。不一会儿，前面再次发出了与刚才的喧哗类似的呼声。我再次站起来看发生了什么，这次看清楚了，原来有两个人夹塞儿，从铁栅栏外跳了进来，此时在铁栅栏内排了几小时队的人们就一起大声呼喊起来。见那跳进来的两人没反应，人们的呼声变成了长节奏的嘘声，再加上拍手。两个跳进来的终于坚持不住，又翻身跳了出去。

也就是在那两人翻身跳出铁栅栏的一瞬间，我的心被这一幕所触动，突然疾速地跳了起来。我突然悟到了今天国民的可爱，这些普通的人，来自中国的西面八方，为了看一个馆而排队四五个小时。他们忍受着拥挤、天热、饥饿、干渴、内急等，等待观赏一个对他们来讲新奇的世界，他们当中的绝大多数人肯定很少有机会去看看国外的世界，否则不会有如此大的兴趣和动力来排漫长的蛇形队伍。他们用自己的忍耐维护着看似人海如潮，但却相安无事、协调运行的整体秩序。他们已经非常反感那些不顾公共场合文明秩序而企图投机取巧的人，他们或许认为那简直就是非常丢国人面子的事情，于是乎群起而嘘之，直至让那些极个别的另类含羞逃走。其实那极个别跳进铁栅栏的人，与整个排队的人流之比，简直就可以微小到忽略不计，千分之一或者万分之一都不到，但人们已经不能容忍这样的行为了。

两点多了，我已经排了四个多小时，但还没有到。迎面走过来的铁栅栏那边一个个陌生的面孔，在铁栅栏内每折叠一次的往返中，又迎面而来一次。三次，五次，十次，直至将好多陌生的面孔读成了熟悉的面孔，有些特征明显的，在循环中一次次地迎面相遇中就相互一笑，仿佛是老熟人似的。实在无聊了，就找周围的几个旅行者闲聊，有男的，也有女的。我问他们事先是否知道看德国馆要排四五个小时，他们说知道。我又问他们为什么要排如此长的时间看德国馆,大多数人的回答是,有人说德国馆不错。我顺嘴说,我这一生排这样长的队,这是第三次:第一次是"文化大革命"时期,在粮店门口随了老爸排长队买粮食,有时要排一夜的队;第二次是在北京的大医院为给老婆看病排队挂专家号,那也是要排一夜的队;第三次就是在此排队看世博了。

周围的人都笑了起来,而等他们笑完之后,我倒是从自己顺嘴说出的内容中想到了一点东西,那就是30多年来,我从一个排夜队买粮食的儿童,变成了一个排长队观世博的中年人。眼前人流之中与我年龄相仿的,想必也一定经历了这些从自身到社会所发生的变迁。同样是排长队,其目的与愿望早已大相径庭了。过去是为了吃饭,现在是为了看世界;一个是最基本的生存需要,一个是精神的渴求。

我身后有两个年轻人,听口音大约是广东沿海一带的,从言谈口吻分析应该是大学毕业后工作不久的80后。其中一个说,这世博园内的水陆交通很科学,但对参观人流的控制却太差了;另一个则说,如果对园内所有热门馆来一个电子门票控制就会好许多,比如每个人手上的入场券用电子卡,进门时就对热门馆的入场进行时间控制,将游客对热门馆参观的时间分散开,就不需要等这么长时间了。我听着,觉得他们说得非常有道理,中国馆不就是类似这么管理的吗?进门时发一张预约券,上面印有规定的参观时间。如此,当日拿到预约券的人就肯定能够看到中国馆，因为每日发放预约券的数量是根据中国馆日接待能力而算出的。

　　世博会肯定是高手云集，各个环节的设计也必定是反复斟酌过的，但对前来参观的人数还是估计不足，以至于到了每天接待游客50万人的境地，所以有人开玩笑说，来世博看了"两个馆"也就合乎情理了。年轻人敢于在世博面前评头论足，提出自己解决困境的思路，真是应了古人那句话，后生可畏啊！

　　进了德国馆时，已是下午两点半了。饥饿就不说了，我四处打听有没有卫生间，第一个工作人员告诉我没有，我不相信；又问第二个，仍然说没有。我绝望了，只好坚持住，既然排了四个多小时的队，那就得再坚持下去。我还是按照顺序看完了馆内所有。出了门，就直奔馆门口的德国餐馆，因为指南簿上显示那里有卫生间。出了卫生间，已经是下午3点多了。德国烤肠、优雅而不大拥挤的雅座、眼前晃来晃去的德国黑啤，让我从早上6点进食之后就再没有机会进食的肠胃鸣叫起来。我索性找个雅座坐下，面对微笑的德国小姐，点了份"乡野来风"外加一杯黑啤，总计198元。所谓的"乡野来风"，不外乎就是一个盘子内两根德国烤肠，外加土豆泥与洋葱丝。这还是价位较低的一种。但我顾不得那些了，我终于对我的胃口兑现了早晨的承诺。

　　出了餐馆，看着街道上摩肩接踵的人流，看着一个个卖冷饮摊位空荡荡的冰柜，我突然就想到了上海世博会的主题：城市让生活更美好!

　　人满为患,全球变暖,城市如何才能让生活更美好呢?世博会给我们画了一个巨大的问号!

万荣采风记

"中国万荣"——山西万荣人喜欢这么自豪地称呼自己。

万荣笑话被列入国家级非物质文化遗产。这个"中国笑话之乡"的人们,喜欢超常规思维,大夏天的,万荣县委、县政府邀请山西省散文学会、运城市文联共同举办了一次万荣采风活动。

7月19日,在进入伏天之际,山西20余位散文作家被万荣精神感染,采取了超常规行动,直奔山西炎热地带——万荣。

飞云楼、笑话博览园、文化体育中心、孤峰山、秋风楼、后土祠、李家大院,以及该县新农村建设成果,所到之处,均挂有红底金字的"热烈欢迎散文作家来我区观光采风"条幅。采风车队豪华气派,有电视、报刊记者跟随,有县委书记偕宣传部部长、县委政府办主任、团委书记陪同。有道是"自古文人骑瘦马",而这一回,作家们确实是过足了一把文人尊严的瘾!

县委书记对万荣笑话了如指掌,一路上净挑新旧精彩段子声情并茂地讲来，掀翻了作家们一贯斯文的做派。刚刚退休的王西兰、毕星星君，也情不自禁地为大家唱起了火辣辣的情歌和委婉的蒲剧片段。

紧密的安排、丰富的内容、不时穿插的万荣笑话，使大家似乎忘记了酷暑炎热。最终一站是万荣最西端位于汾河与黄河交汇处的西滩风景区。山西西边以黄河为界，浑黄的水流、植被稀少且裸露黄土的沟壑，想必早已使作家们产生了审美疲劳，但万荣人开发的黄河西滩，却硬是给了大家一个大大的惊喜。黄河水被引流渗透到滩上，又被密集的芦苇隔绝在内，形成了一个蓝天映照的碧水湖泊，真可谓"万顷湿地，千亩荷塘，百种珍禽，十里绿堤"。三亚、青岛、北戴河游人如织，那是因为人家靠了蔚蓝的大海，而山西人靠的是泥沙俱下的黄河。从北往南沿黄河而下，我看过山西不少的县，但能够纵身于黄河边清澈的湖泊内畅游一番，还是第一次，那感觉真仿佛是置身于白洋淀内一般。

没想到，县委书记的超常规思维里还是埋了一个伏笔，最终在黄河边上，在这个太阳灼人如火的地方，将作家们一股脑儿地诱惑进了凉爽的湖泊之内。

湖边是海边沙滩一般的硬土滩，一把把花色阳伞兀自立着，游泳区之外的深水区不时有木船、游艇划过，再远处是千古不变的河岸陡崖，但因了这绿色湖泊的映衬，倒徒增了原生态的一幅天然背景。最叫绝的是，当我乘着木船，在湖泊边上的芦苇丛内穿梭的时候,竟然完全看不出人工斧凿的痕迹,那简直就是浑然天成的一个原生态野生世界。

  西滩边上还有天然的温泉洗浴,与忻州奇村、顿村温泉区不一样的是,除了有室内浴池之外,还有室外浴池。当我洗浴完毕,坐在室外浴池边躺椅内,看着周遭用木廊连接的一个个浴池,看着浴区边歪歪斜斜的芦苇时,心里就想,这西滩的规划设计,万荣人是请了高手的。因为,你置身其间,就难以相信这是在黄河与汾河边上,它让你想到了某个梦中去过的地方。

  在晚间的座谈会上,杨新雨先生在答谢词中说:"万荣领导重视文化,说明具有人文情怀。"乔忠延先生则说:"万荣人独辟蹊径,走了一条文化创新之路。"而我说:"这个地方我还要来!"

摔碗酒里的魂魄

在石柱县城去万寿古寨的大巴车上，土家族谭妹子的啰儿调民歌让八方来客开心不已，尤其是《六口茶》的男女对歌，虽是谭妹子一人来唱，但在循环往复的节奏中，将青年男女交往中的大胆、幽默、智慧表达得惟妙惟肖。余音绕梁之际，你会不禁感慨，土家族人真是活得洒脱自在。谭妹子还特意讲了土家族摔碗酒的习俗，若喝酒摔碗时没有碎，那就得罚酒三碗。她唯恐我们有不胜酒力者，又好意告知摔碎酒碗的绝招，要领是将瓷碗斜着猛摔在地，而不要碗底朝下平着摔。仍然陶醉在啰儿调韵味中的我，并没有太在意谭妹子的这个提醒。

在古寨一大院子里摆满了粗笨的木质桌凳，周边一圈是木质阁楼。院子一头是表演戏台，中间偏后是高高立起的燃材，显然当晚还有一场热闹的篝火晚会。土家族一对年轻男女主持人在锣鼓音乐声中来了几句开场白："我们土家族，会走路的就会跳舞，会说话的就会唱歌，会喝水的就能喝酒。"舞台中央的鼓手居然是一名女子，她的长发随了鼓点飞舞，就像跳动的火焰一般，她肢体的动作、节奏、力度毫不逊色周围肌肉发达的小伙子。看着她，我想到了土家族人引以为傲的巾帼英雄秦良玉。鼓点声渐渐密集高亢，音乐也铿锵激荡，我仿佛能感觉到体内的血液随了那音乐鼓点也一点点地往上蹿升。摔碗酒晚宴就要在歌舞表演中开始了。数十桌的场面，也不知是谁，第一个在石板地面摔碎了黑褐色的酒碗，哐嚓一声，真是石破天惊，那碎裂声响居然在震荡音乐与嘈杂喧嚣中异常清晰可辨，我相信几乎所有在场的人都听到了这个信号。随之而来，人声高涨，就像是海水在涨潮，噼里啪啦的摔碗声连绵不绝。

　　传说摔碗酒习俗来源于土家族英雄先人。因国内有难，巴蔓子将军去楚国搬救兵，楚王条件是要三座城池。巴国脱险后，巴蔓子既不忍割让城池，又不能失信，便喝酒后摔碗碎地，拔剑自刎，以热血头颅向楚王谢罪。此罕见悲壮之举感动楚王，便不再追索。

　　巴将军的豪迈血气，如长江流水，源源不断地流淌在土家族后人的血脉里。正如以往的啰儿调里唱道："皇帝老儿管得宽，管得老子想发癫。"他们借喝酒摔碗来发泄心中被压抑的怒气。那仰脖子喝酒、挥臂摔碗的姿态里是对祖先一言九鼎、重千秋魂魄的满满崇敬。神话传说是社会的梦，是集体无意识的自由世界。回首数千年的中国历史，女娲补天、后羿射日、巨人刑天的影子从未消失。巴蔓子以头颅兑现承诺的故事被摔碗酒延续了下来。诗人白玛激动地说，应该设一个摔碗酒节。

同桌乔忠延兄平时不好酒，但当土家族姑娘双手举着酒碗在面前时，他也畅饮一碗，并痛快地将酒碗摔碎在地。如此场面气氛，还有什么好说的呢，我也将酒一饮而尽，可摔碗时竟然忘了谭妹子提醒的要领，碗底着地居然没有听到哐嚓的碎裂声。瞬间，周围熟悉的不熟悉的都围拢而来，高呼着罚我三碗。此时，那个习俗居然比酒驾受罚还要及时，我甘愿再饮三碗。诗人李钢兄与我碰碗喝酒后，其摔碗姿势倒是潇洒，但那酒碗不仅没碎，反而在地上滚动起来，他只好在一片高呼声中弯腰捡起酒碗再次猛力摔碎，而后再连饮三碗。酒酣之际，看那石板地面早已是碎片满地……

数百名身着土家族艳丽服装的姑娘大嫂，围着噼啪作响的篝火跳起了摆手舞，红脸的游客们也纷纷或被拉入或主动加入了这狂欢晚会。当然也有许多摄影爱好者早已站在了阁楼高处的看台上，摄取了当晚这令星空暗淡的火热场面。

有当代西方学者专门研究李白那些带着酒味的诗篇，他们认为李白诗篇中的那些豪放浪漫诗句对于改变中国人的个性具有重要意义。艺术的力量真是难以估量。接下来在石柱的数天里，也有酒喝，但作家诗人们再也没有在万寿古寨那晚的万丈豪情。

神山博格达

火车由甘肃进入新疆哈密地区时,太阳正悬在东方,车窗外苍茫的戈壁滩在阳光下泛着浅浅的褐红色光泽。戈壁滩一望无际,它既没有沙漠的细腻柔软与连绵起伏的弧线,也没有夏季黄土高原的绿色点缀,从近处看全都是那种细碎、粗糙的石砾。铁路沿线的封闭铁丝网也比东部多了一层,而且在上方还缠着一圈一圈带尖刺的铁丝,那是为了防备野生动物蹿跳到铁路线上来。在旋移而过的戈壁滩上几乎看不到村庄与城市,看不到绿草,看不到树木,也看不到牛羊。

在哈密市停靠时,我下车透气,没想到这东疆名城的车站却小得出奇,旅客稀少,除了用维吾尔语与汉语标注的站牌外,其外观形态与东部偏僻小站没有什么区别。接下来的吐鲁番市车站也是如此,它们彼此相像如兄弟。唯有那些时而呈现于视野,以树的姿态密集挺立于戈壁滩上的风力发电机,还有它们那缓缓转动的白翼,呈现出了一派生机,就仿佛是飞舞在这苍凉戈壁上的一群精灵。

似乎无休无止的单调风景，使我渐渐地收敛了飘浮在新疆民歌旋律里的想象。

在乌鲁木齐，我恰巧就住在一个叫博格达的宾馆。这三个字在嘴巴里发声的时候，感觉得把口腔鼓圆、撑大才行，这是否预示着它寓意的神奇不凡呢？果然如此，接下来的几天，我在乌鲁木齐周边的无论哪个方位都能够遥望到它——博格达雪峰。博格达山属天山东段，主峰海拔高达5445米，是天山东部最高峰，终年积雪，充满传说与神秘色彩。博格达与白云相随的皑皑峰顶会吸引你的目光，甚至使你下意识地停下脚步，倏忽之间感到自身的渺小，仿佛不是你在不同的方位观察欣赏它，而是无论你走到哪里都在那矗立云霄的博格达雪峰的视野之内。我已经不知不觉地被它的神秘所吸引。

我的心灵像是被博格达雪峰所召唤，"走近博格达"——这个声音几天来一直萦绕内心，我想去看一眼它神秘的面纱。在一个寂静的晨光之中，我乘车出发了。传说，当年成吉思汗的子孙们被博格达雪峰的壮观折服，于是起了这个念起来都需张大口的名字，其本意为神灵，也有叫神山或圣山的。圣洁的博格达雪峰，岁岁年年，年年岁岁，静静地立在云端，俯瞰大地苍生，仿佛天山地域的银色徽章，抑或说是图腾。此地游牧民族有崇拜博格达神山的悠久传统，传说骑者见之下马，行者见之叩首，就连官员路过也要停车下拜。

汽车沿着幽深的山谷缓缓向上爬行，我们去寻找天池。两边山坡上是浓密的云杉与绿得发亮的青草，左侧路下是一条溪谷，河水流淌而下，时而于陡峭处跳出千姿百态的雪色浪花。既然名曰天池，那一定是位于天山高处。空气透明得仿佛没有一丝风沙，这幽静的绿色山谷将外围的戈壁沙漠隔绝开来，给你一个错觉，车子似乎不是在中国最西部的山谷里攀升，而是正游弋在庐山抑或峨眉山的丛林之中。山路像水洗过一般洁净，平缓地带的溪流异常清澈，目光所及之处难觅哪怕是一片纸屑。我的耳边又响起了乌鲁木齐作家协会主席熊红久所说的一句话："你们那里的树木或许是上苍的恩赐，而我们这里的每一棵树都带着温度与情感。"

碧绿的天池被墨绿与翠绿相间的山坡环绕，湖面海拔1900多米。远处的博格达雪峰就仿佛是青山背后昂起的头颅，不，准确地说更像是熠熠生辉的白日，其圣洁的光泽是蓝天绿水青山之间一个炫目的焦点。一幅绝妙的四季山水立体画卷豁然呈现眼前，那天池水面的色彩在阳光下变幻莫测，你只需稍稍换一个角度就可观赏到不同的玄妙。而你若想在天池水面看到博格达雪峰的倒影，那就得耐心等待时机。我想，在这夏日清晨，即便是那些漫山奔波的画家与摄影家，也无法描绘或拍摄出天池妙不可言的神韵。正像《耶利亚女郎》歌中所唱："有人在传说她的眼睛，看了使你更年轻。"哦，天池就是博格达雪峰美丽的眼睛，只要你看到就永远不会忘记。生活在当今都市里的人们，视野里太奇缺那种空旷无边且透彻心扉的自然之绿，呼吸里、鼻腔内太匮乏那种清洗心肝肺的清凉空气，而博格达雪峰之下的天池，完全可以满足你视觉与嗅觉的这种饥渴。

我乘了黄色"女神"车，去山谷深处的空中索道站。深渊就在眼下，山道急转弯颇多，但"女神"跑得很快，以至于在转弯时你必须紧紧抓住车顶的扶手，否则身体就会不由自主地倾斜在别人身上。马牙山索道票价220元，应该有一段可观的爬升高度。索道小小的封闭车厢微微晃动着上升，右边远方的乌鲁木齐市渐渐地出现在视野之内，而左边的高山渐渐地被我所俯视，那山脉顶部的色泽居然层次分明，墨绿的树与翠绿的草浓淡相宜。而方才在天池边上看到的远方山上密密挤在一起的矮小云杉，此时其尖顶树冠在我的脚底向下滑去，往下细看，让我惊讶的是每一棵云杉都笔直耸立并有二三十米高。俯视绝对是一种新鲜刺激的视角。云杉简直就是一柄柄宝剑的形象，护卫着天池，也护卫着博格达神山。

索道终点的海拔已在3000米左右，再往上只能顺着陡峭的山路攀登了。我稍微停留片刻，与一位哈萨克族的小商贩攀谈起来："小伙子，你知道那博格达雪山的博格达是什么意思吗？"

"就是神灵的意思。"小伙子抬起头来很认真肯定地回答。

"这名字还有别的意思吗？"

"那我没法给你解释，博格达就是神山、圣山，它护佑着我们。"

我又向一个卖羊肉串的毡房走过去,一位体格魁梧的哈萨克族中年人正在吆喝:"羊肉串了,羊娃子羊肉串!"

"羊娃子羊肉串是什么意思?"我故意问道。

他径直走至我面前说:"就是小羊羔子的肉,嫩得很,很好吃!"

"你这戴的是什么东西?"我指着他食指上戴着的一个骨头状的装饰品说。

"这是狼石子,是狼腿关节上的骨头,戴着它辟邪的,能有好运气。"

"那你在这山上打过狼?"

"不不不,狼是保护动物,我是在死狼的身上搞来的。"

"你知道那博格达雪山的博格达是什么意思吗?"

他看着远方说起来:"博格达是英雄,流传说他特别厉害,打起仗来敌人无法伤害到他的身体,因为他穿的衣服特别神奇。可是博格达在雪山睡觉的时候,喉咙部位会有一个地方露出来,是红色的,那就是他致命的地方。有一次,他的敌人知道了这个秘密,在雪山上找到了睡觉的博格达,用长矛扎入了博格达那个红色部位。漫山的石头滚落下来,那些石头就是博格达石头,用这里的石头打敌人就会胜利。"

我知道,博格达神山还有许多种传说,但有一点可以肯定,博格达雪峰在新疆人心中的神圣地位是毋庸置疑的。从导游那里得知，我离博格达雪峰的直线距离还有八公里，若徒步还得走三天才能到雪上脚下。我背起行囊，沿着蜿蜒曲折的山路一步一步攀登上去。大约三小时之后，我站在了一个较为开阔的地方，博格达雪峰仿佛在相机镜头中被瞬间拉近，它雄伟高大，几乎充满了我的视野，还似乎有阵阵雪的气息在鼻尖环绕。雪峰之下是褐色的山脊，那里已经没有了云杉，甚至连青草也很稀少，只有千奇百怪的黑色巨石密布山野。

顺着博格达雪峰西北方向往下就是天池，只是此刻看上去它的形状变成了一个月牙形翡翠吊坠。

从天池再往山谷的出口俯视而去，是一望无际的古尔班通古特沙漠与准噶尔盆地。就像是大海那般浩瀚与空寂，就像是地平线一样的遥远，浅浅的褐红色就仿佛是云雾一般弥漫而来，在来时的火车上我看到过这种景观；尽管博格达雪峰南坡面对的遥远景象被群峰遮蔽，但我知道那里是达坂城谷地与吐鲁番盆地。这座博格达神山几乎被北、东、南三个方向的茫茫戈壁荒漠所环绕包围。在慢慢地品味想象这一俯瞰盛宴之时，一个发现闪电般地掠过我的脑海：顺着天池的出口，一条墨绿色的山谷蜿蜒曲折、异常醒目地穿出，又触伸向褐红色的遥远的荒漠。那墨绿色的山谷就是通往天池的进山之路，那里流淌而下的就是博格达雪峰冰雪融化而形成的湍急河流。此时，那条绿色的山谷已经被我想象为一条粗壮而有力的血管，它流向村庄、城市与草原。可以想到，博格达雪峰当然还有许多这样的"血管"顺着幽深的山谷伸向山外被荒漠所包围的世界,滋养着天山南北的生灵与数不清的物种。这或许就是我所俯瞰到的博格达雪峰神秘的面纱,也是神山的秘密所在。

山下生灵的历史是短暂的,而恐怖又粗粝的时间还不停地冲刷着他们的痕迹,可博格达雪峰已经屹立了百万年千万年,它是大自然真正的神灵。

西部游牧民族崇拜翱翔天空之雄鹰,见识过暴风雪,见识过四季风云变幻,经历过戈壁荒漠里难耐的饥渴与方向的迷失。今天,他们的后裔仍然像先祖一样地敬畏、崇拜博格达雪峰,故而仍然能一如既往地受到博格达神山的滋养护佑……

普林斯顿与爱因斯坦

下午从纽约出发，穿过费城时已经是万家灯火。汽车驶进新泽西州的普林斯顿市时，万籁俱寂，在车灯的指引下，我们的汽车宛若穿行在黑幽幽的森林之中。当晚，居住在一个被树林环绕的旅馆，走下车来，感觉空气都是湿漉漉的。

第二天一早，去参观位于镇上的普林斯顿大学。沿途一幢幢位于树林中的孤零零的别墅还在被淡淡的晨雾笼罩着，仿佛仍在睡梦中一般。

在中国的大学校园里，哈佛、耶鲁、麻省理工的名字要比普林斯顿的名字响亮得多，殊不知按《美国新闻与世界报道》周刊评选的 2005 年全美大学排行榜，哈佛大学和普林斯顿大学并列第一。普林斯顿大学曾经六年称冠美国。2008 年，普林斯顿大学在全美大学排名为综合第一。普林斯顿大学是美国最著名的八所常春藤盟校之一。

有一种说法，整个 20 世纪就是一个著名学者、研究员从世界各地流入普林斯顿的过程。且不必一一细数道出该校云集的名流与众多诺贝尔奖的获得者，说出爱因斯坦就是代表人物之一也就足够了。

在普林斯顿大学门口的街道上，行人稀少，偶尔有人擦肩而过，也大都是一副装束古典的学究绅士派头。他们穿着修长的大衣，戴着礼帽，皮鞋锃亮，略微低着头一边匆匆走着，一边似乎在思考着人类的什么重大问题。据说按人口及相应的地区计，普林斯顿镇在全美是平均受教育程度最高的地区。就在普林斯顿大学校门旁的一家小餐馆里，我吃早餐时就看到不少大学生一边吃饭，一边在餐桌上翻看着厚厚的书本。那种专心致志的样子，无形中传递出浓厚的文化气息。

为我们一行数人开车的，是中美合作郑州大学西亚斯国际学院的毕业生，他如今在纽约一家公司工作，短短几年下来基本站稳了脚跟。小伙子非常喜好国际关系专业，一路上将美国的政治体制、中东地区政治经济危机讲得头头是道。他说，内心一直有一个愿望就是到普林斯顿大学来学习深造自己喜欢的国际关系。2011年，他报名了，普林斯顿招生办详细地看了他的资料，并约他做了一次谈话，但结果令他万分遗憾，人家说学校这个专业每年仅招收20余名学生，但报考者是1270人，而且报考者当中有相当比例的人已经具有此方面的工作经历或其他相关背景。可贵的是小伙子不气馁，他仍然要等待并寻找机会。

到的早了点，位于普林斯顿大学门口街对面的一家小博物馆还没有开门——这里有关于爱因斯坦的展览。一座非常简单的欧式二层小楼，红色的砖墙上雪白的门窗在阳光下异常耀眼。我只好先去游览美丽幽静的普林斯顿大学校园。

阿尔伯特·爱因斯坦（1879—1955）这位天才的大科学家，儿时并不被老师与周围的人看好，但日后的他让全世界为之喝彩，甚至于在他去世后还有人解剖了他的大脑，试图分析出什么奥秘。在他五十岁生日的时候，德国政府为他在波茨坦修建了一尊半身铜像，并送给他一套房子和一艘游艇，以表达敬仰之情，但就在几年之后，他的财产又被纳粹政府全部没收了。1932年，他应美国普林斯顿高等研究院的邀请，前往该院担任数学教授，是该院第一批教授之一，而后普林斯顿成了他度过余生的幽静之地。

爱因斯坦是一个非常快乐的人，他曾经说过："我的幸福秘诀就是——从不指望从任何人身上得到什么好处！"爱因斯坦最珍爱的物品是小提琴与烟斗，他的小提琴拉得非常好，并从中享受到了无穷的快乐。他说自己常常在音乐中思考，也在音乐中做着白日梦。谁能说，他的相对论不是驾着音乐想象出来的呢，或者说他的灵感不是来自音乐的启示呢？从这一点上来说，爱因斯坦真是一位在科学与艺术两个轮子上飞驰的超人。科学与艺术是一枚硬币的两面，二者看似分离，而实质相通，并终归融合。

爱因斯坦曾经说过，世界上真正懂得相对论的人只有12个。时至今日，研究并试图解释相对论的书籍、论文多得不计其数，但人们多半是只记住了爱因斯坦自己对相对论形象、艺术的比喻："如果你和一个漂亮的女士一起坐上一个钟头，你会觉得才过了一分钟；但如果你在一个炽热的火炉边坐了一分钟，你会觉得有一小时那么长。"

武汉大学的一位教授曾经对我说："过去的教育讲德智体美，现在丢了其中的美。"

丢了美，对社会有什么后果呢？他说，长期以来，教育重视数理化，好像唯此才是科学，对艺术有所偏废。科学技术是高深的，艺术是浅显的，成了问题的来源。甚至有人认为，左半脑搞逻辑是高档次的，右半脑管形象思维是低档次的，所以有的学校就对学生说，你学习不好，就学艺术吧。

普林斯顿大学录取学生并不只看成绩，还要看学生的能力与潜能，各种学术与非学术的兴趣、理想与抱负等因素都会纳入其考察范围。普林斯顿大学设有美术博物馆，有藏品6万余件，从古代到现当代的艺术品都有收集，建馆的首要功能与目的之一居然是让学生近距离地、长期地对世界级美术作品接触和欣赏——这兴许就是普林斯顿大学为世界培养出众多精英的密钥呢。

爱因斯坦本人生前和蔼友善、谦虚独立，他临终时的遗嘱非常低调，却让整个世界永久回味："不要墓地，不要立碑，不要举行宗教仪式,也不要举行任何官方仪式。骨灰撒在空中,与人类和宇宙融为一体。切不可把我居住的梅塞街112号变成后人朝圣的纪念馆。我在高等研究院里的办公室,要让给别人用。除了我的科学理想和社会理想之外,我的一切,都将随我死去。"

有位中国的大学校长在游览了普林斯顿大学之后感慨地说,在这样的大学校园里怎么会培养不出大师级的人物呢!而我由此想到,爱因斯坦本人简直就是一本活生生的、最优秀的教科书。

重访德国

我再一次来到柏林。在机场,乘大巴前往市中心的DSE (德国国际发展基金会)。沿途的景观既熟悉又陌生。柏林有大都市的风貌,只是街道上行人较少。注视着车窗外向后飘移的风格各异的建筑物,我内心却希望看到一些过去曾经熟悉的地方。菩提树下大街、勃兰登堡城门、皇家猎苑森林、胜利女神之柱,当这些地方一一进入视野时,我的后背竟然离开了座椅的靠背,心跳也有些快了起来。人的心理真是奇妙,既喜欢追求新鲜和陌生的东西,又渴望回忆过去和故地重游,而唯独对当下生存现实感到麻木。其实,我们就是一只脚踩在历史的土坑之中,而另一只脚在地面的阳光下迈进,由此,两只脚在历史、未来之间交替踏行。今天的存在就是昨天历史的延续,否则我们就得不断地从零开始。人是不能忘记也不能摆脱过去的,眼前的柏林就是一例证——无数现代化的车辆穿梭在1791年建成的勃兰登堡城门之下。穿越勃兰登堡城门的大街是柏林最长最宽的

第六辑 孤旅幽思

大街，约有 20 公里，奇特的是这条大街自西向东分别由皇帝大街、俾斯麦大街、6 月 17 日大街和菩提树下大街衔接而成，这四个街名的背后是 17 世纪至 20 世纪著名的历史事件和人物；柏林现存九大宫殿中最大的夏洛腾堡皇宫，建于 17 世纪，现在是博物馆，里面陈列着今天的人们构思排列出的展览物；弗里德里希大帝二世的铜雕像高高地矗在柏林街头，他俯视着今天的人们，人们也注视着他；二战的许多遗迹在柏林被谨慎地保护着，包括苏联红军阵亡烈士纪念碑。这些古今、新旧混合的景观，在柏林太多了，不胜枚举。

  柏林市长爱伯哈特·迪普根说："几乎没有一个地方能像柏林那样，将近年来的历史事件清晰地反映在它的市容和日常生活之中。"德国人不忘却历史的理念，仅仅在城市的风貌中就凸现得异常清晰。这使我想到，我们的城市对历史的记忆在实物方面却显得过于粗疏。在许多城市，那些清一色的新建筑将历史的遗迹掩盖得干干净净。二战时期，大片中华国土陷入日寇野蛮的铁蹄之下，可现在的城市或乡村，又保留了多少我们受难的真实场景，供中国与世界记忆反思呢？我们有 3000 多万同胞在二战中丧生，这一页血淋淋的历史，仅仅靠文字与图片说得清楚吗？能植入人的内心深处吗？在这个世界上，有许多悲剧惊人般相似地重演着，而悲剧的主角就是人类自己。如果我们不能将人类自身丑陋的一面展现给更多的人，以示警诫，那谁又能防止悲剧的重演呢？

DSE 的工作人员按早已打印好的名单和房号顺序表，将房间的钥匙递给了我。当我打开房门，将皮箱放下，刚刚坐下来休息时，窗外的景致和室内物品的摆设方位使我立刻又站了起来，环视良久，似乎觉得我 4 年前就是住在这个房间里。疑惑之时，房门上亮晶晶的房号闪电一般照亮了已被 1000 多个日日夜夜掩盖得模糊的过去。精细的德国人特意把我安排在了 4 年前我曾住过的房间。这绝不是巧合。这座楼是辐射状的，哪个方向的均有。对客人如此细腻的关注，在我们来讲是不可思议的，甚至于被认为是没有必要，但从我自己的切身感受来说，那一刹那的感觉真是太美妙了。故地重游，故屋重住，难道不是一种绝妙的快感体验吗？

关于德国人对档案的精细保存这一点，在我日后的活动中又进一步地得到了证实。第二天，在 DSE 会议室开会的休息时刻，我随意地浏览着墙壁上镜框里的照片，使我惊奇的是，其中竟然有一些是我们四年前在 DSE 学习时的合影。DSE 每年接待的来自世界各地的朋友非常多，挂出我们的照片，绝非偶然，也不可能是将那些照片挂了四年，无疑是德国人特意为我们的到来而临时挂出的，意图当然是送我们一个惊喜和美的记忆。一个星期之后，我们开始参观，每到一个单位，会议室里必会有一本精美签名册让你签名。下萨克森州测量局是我曾实习过的地方，当我再一次来到这个单位时，厚厚的专用分类签名册又被送到了我的手上。签名之后，我随意地往前翻了翻，出于好奇，竟一直翻到了 1992 年有我签名的那一页，手指都似乎惊呆了。签名册除了引起我的一些零碎回忆外，还诱使我不得不对德意志民族进行了一番思索，以至于我几乎没有连贯地听主持人的演讲。一个民族的强盛，是多种力量形成合力的结果。二战之后，在一片废墟上，德国于竞争中艰难地崛起，经济总量占世界第三，在世界贸易中名列第二。与这显赫名次地位不相称的是，德国仅是一个 35.7 万平方公里、8000 多万人口的国家。细节是魔鬼，往往寓意着本质的东西。在国内，我参观考察过的单位多了去了，然而像德国人那样细致地保留你档案情况的，一次也没有遇到过。

柏林的帝国国会大厦，这个希特勒自杀之地，标志着二战结束的地方，其中一部分现在具有博物馆功能。在帝国国会大厦参观，吸引我停留时间最长和看得最仔细的，是二战期间德国人屠杀犹太人的图片和文字展览。图片内容真是异常丰富，有柏林 17 万犹太人被迫害和侮辱的场面；有法萨能大街上被国家社会党人于 1938 年 11 月 19 日夜里烧毁犹太教堂的全景和细部的巨幅照片，那夜幕之中的火焰和犹太教堂被烧毁后呈现的骷髅般的惨状，是人类那段野蛮史剧的序幕；有丧失理智的狂热冲锋队在勃兰登堡城门下的火炬游行；有佩戴黄色六角星标记的犹太人，像无自由的牲畜一般被押解着，正踏上去集中营的闷罐火车，或是成队列地正走进杀人的集中营；有纳粹党徒 1933 年在贝倍尔广场上焚书的野蛮表演；有空中俯视的空空荡荡的集中营图片。看着这些图片，我心惊肉跳。尽管只看了一遍，但一生不会忘记，就像有一颗钉子被敲进脑袋一样。二战期间，像屠杀牲畜一样地屠杀600余万犹太人的行径，是人类自己做出来的吗?! 是的，当然是。为什么? 这是整个人类都应该认真思索的问题。有人认为犹太人也应当对二战负有一定的责任。他们说，犹太人最初到德国时是穷人、是仆人，后来赚了德国人的钱，富起来，竟当了主人，还让德国人当仆人。这对德国人是一个极大的刺激。即便如此，犹太人就是"不值得生存的生命"吗？就该从地球上被屠杀干净吗？那些像机器一般冷酷无情的纳粹党徒们，当扣动扳机射杀犹太人的时候，当关上毒气室的铁门向全裸的犹太人施放毒气的时候，是怎么想的？是什么魔法附体，使得他们变成了我们至今不可思议的异类怪物。

  屠杀犹太人是德国的奇耻大辱，可他们为何要将自己反人类的罪行昭示天下呢？德国人保留和展览战争的遗迹，是为了避免人们忘记战争给世界乃至德国人民带来的灾难，是为了避免那个噩梦的重复。1945年5月8日是德国无条件投降的战败日，但联邦德国总统魏茨泽克在1985年5月8日将战败日定名为解放日。他说："今天我们大家应当说，5月8日是解放的日子，它把我们大家从国家法西斯主义的统治中解放了出来。"科尔总理则说："1945年5月8日是结束纳粹暴行的日子，也是从暴力中解放出来的日子。"两位先生的话，反映了大多数德国民众的心声。这真是一个绝妙的使人保持警惕、避免忘却、必须铭记的纪念日。1970 年 12 月 7 日，联邦德国总理维利·勃兰特在华沙访问时，为了德国，为了取得世界的谅解，本没有赎罪义务的他，真诚地双膝跪在了冰冷且湿漉漉的犹太人死难者纪念碑下，沉痛悼念，低声忏悔与祈祷。他的这一形象无翼而飞，栖息在全世界无数人的眼睛与心灵之中。在今天以色列大街上到处行使的公共汽车中，有许多是德国车，那是德国给予犹太人战争赔款的一部分。据 20 世纪 90 年代德国《世界日报》载，德国已赔偿了 560 亿美元给二战时期遭受德国法西斯迫害的受害者。1993 年 1 月 30 日，是希特勒上台——被帝国总统兴登堡任命为帝国总理——60 周年，这一天，德国人在数十座大城市举行了规模浩大的示威游行；这天夜晚，柏林 10 万名手持蜡烛的群众自发地组成了一条 10 公里长的光链；在希特勒当年上台、冲锋队举行火炬游行的勃兰登堡城门之下，人们用蜡烛的火光拼成了"决不许历史重演"的巨幅图案；柏林市中心的灯光和人们手中的烛光在 18 时整，熄灭了 5 分钟，以示对纳粹暴行的愤怒和对所有受害者的悼念。在罗斯托克、多特蒙德、科隆、波恩等地，人们以同样的方式洗刷德国近年来排外的耻辱。今天，德国仍然还有具有纳粹意识的人，他们崇拜希特勒，烧毁外国人的住宅，杀害外国人，法西斯的幽灵时隐时现。德国政府是如何反应的呢？他们对纳粹右翼分子决不姑息手软，有聚会纪念希特勒且闹事的，一律逮捕；有借着酒意在公众场合行纳粹礼的公务人员，一律开除公职。德国政府和人民警惕地注视着纳粹的死灰，不让它复燃。

与德国人相比，日本人对待自己国家在二战中所犯的非人所为的滔天罪行，简直是表演得丑陋无比，为世界所不齿。

记得有一年夏天，我在北京一家饭店与一位德国朋友喝酒时，因看到墙壁上的一幅字，我们谈起了中国的"文化大革命"。这位朋友借着酒意说："中国人太容易忘记，忘记得太快了。'文化大革命'才结束20年，但我们已经看不到那时的东西。我们德国人不这样，我们很小心、很谨慎，尤其是对二战中遗留下来的种族优越的东西、对大国沙文主义、对有纳粹意识的年轻人，很注意。"

1998年，我读了季羡林先生的《牛棚杂忆》一书。"我期待还能有问津者。"这是他以亲身经历描述十年浩劫后在书尾写的一个期望。他是希望十年浩劫的当事人有朝一日能像他一样动笔写出埋在心中的伤痕。他的忧虑和心底的余悸在自序中表述得非常清楚："我日日盼，月月盼，年年盼；然而到头来却是失望，没有人肯动笔写一写，或者口述让别人写。我心里十分不解，万分担忧。这场空前的灾难，若不留下点记述，则我们的子孙将不会从中吸取应有的教训，将来气候一旦适合，还会有人发疯，干出同样残暴的蠢事。这是多么可怕的事情啊！"著名诗人公刘在凭吊张志新殉难地后，对我们这个民族发出了带血的呐喊——

第六辑　孤旅幽思

哎，大森林！
——刻在烈士饮恨的洼地上

哎，大森林！我爱你！绿色的海！
为何你喧嚣的波浪总是将沉默的止水覆盖？
总是不停地不停地洗刷！
总是匆忙地匆忙地掩埋！
难道这就是海！这就是我之所爱？！
哺育希望的摇篮哟，封闭记忆的棺材！

分明是富有弹性的枝条呀，
分明是饱含养分的叶脉！
一旦竟也会竟也会枯朽？！
一旦竟也会竟也会腐败？！
我痛苦，因为我渴望了解；
我痛苦，因为我终于明白——

海底有声音说：这儿明天肯定要化作尘埃，
假如，啄木鸟今天拒绝飞来。

鬼城逸山

马尼拉清晨6点多的阳光就有灼人之感。匆忙用过早餐，我就乘车奔马尼拉市郊的华侨逸山。市区早已车如流水，各类车辆司机均穿短裤，遇有红灯停车时，脖子上挂着摆满各类香烟木盒子的小贩便穿梭至司机跟前，司机们就买一根烟，小贩还负责迅疾地用打火机给司机点烟。热带雨林气候，谁都不愿意多带一丁点东西。

出城一个多小时后，我们在一山间小镇停了下来，随了导游阿红沿着街道往里走，路边是一栋接一栋的漂亮别墅式小楼，每家院落里安静得没有人影。目光顺着山坡仰视而上，有尖顶的纪念碑耸立在建筑群内。我们是为闻名遐迩的华侨墓园而来。"华侨的墓地在哪里，还远吗？"我问带路的阿洪。

"你猜猜还有多远？这里就是华侨逸山了！"阿洪转过身来笑着回答。

我惊讶地驻足观看，并顿有所悟，眼前的鬼城与阿洪在车上对逸山的介绍霎时联电。逸山布满了华侨墓园，安眠着无数华人，故而当地人称此地为华侨逸山。柏油路街道非常整洁，有漂亮的雕花路灯，沿途有街名指示牌。两边的院落均标有门牌号码，建筑外观用大理石的居多。几乎是家家门窗紧闭，透过铁围栏，可以观赏他们的花园，房子正门抬头刻绘有"功德堂""边远佳城"等字样。寂静弥漫在这里，就如同早晨的阳光与微风，偶尔会有鸟的婉转细微的鸣叫触碰一下懒散的寂静。忽而隐隐觉得背后有唰唰唰的声音传来，回头一看，原来是街道远处出现了几位清扫大街的女子。

一座与山下城市布局无异的山间小城，令我惊叹不已。俯瞰山下，盘山公路两侧是大片凸出地面的水泥墓园，每座墓四周和上方还有一个铁栏杆棚架，大概是当初为了挂遮阳棚所用。一个个黑色的十字架仿佛伫立于每座墓地高处的黑鸟，阳光之下，墓园内唯一的生机就是几位打着遮阳伞缓缓移动在墓区小路上的访客了。

阿洪说，逸山墓地是马尼拉最大的华侨墓园，因墓园豪华，故名鬼城。有钱的就在城内盖二层的别墅式祠堂，钱少的就在鬼城边修坟头墓园立石碑。

据说华侨逸山最初是一位华侨巨商买了地皮，专门为建华侨墓地的。菲律宾华侨凭借勤奋、聪明与拼搏，富有的人越来越多，墓园也日益豪华起来，终成小城规模。逸山墓园是全菲律宾最高档次的墓地了。顺着主干道往城深处走，在一个十字路口往右一拐，一条望不到头的大街呈现眼前，此路名为崇福路，除了我们几位同行访客，整个大街空无一人。仔细看，大街两边建筑风格迥异，左边的一排二层祠堂仿佛是临街的商铺，而右边的一排祠堂被花饰铁围栏与栏内树木、花卉、草地围在其中。不过透过围栏看过去，院内所有紧闭的门窗上均有冰凉的铁栅栏。树的枝叶从一个个铁围栏内伸出来，色泽鲜亮，生机勃勃。大街小巷纵横交错，一切都那么井然有序，缺少的就是城市的喧闹。无论你走到哪里，追随你、萦绕在你耳边的永远是时有时无的鸟的鸣唱，只不过这鸣唱被你想象为一曲曲的哀歌。

　　偶然瞥见有一院落开着门窗，我便驻足仔细观看：客厅内一口上漆的棺材光泽刺眼，正面墙壁左侧是一男士死者真人般大小的照片，另一侧则空着。按常理推测，死者的夫人还在世，一旦离世便会有另一张照片补上墙壁右侧空缺，那时便是夫妻双双聚会鬼城冥屋了。房内灯均开着，餐桌、沙发、电视、电话等一应俱全，客厅两边还有耳房。在这个硕大的逸山城内，每一座冥屋所在的小院均被街道名称、门牌号码定位，想我华侨同胞漂泊海外拼搏创业有成，即便离世埋葬之地，仍然将其设计得如此壮观而灵异。

　　鬼城居住者的家人是如何来祭祀亲人的呢？阿洪对我娓娓道来：平时此地雇有老人或无家可归的人专门清扫街道、院落或祠堂，每逢节日，如清明节，死者的家人会乘车前来在祠堂内与仙逝的亲人做伴，他们吃饭、玩牌、烧纸钱，夜深了，屋里仍然灯火通明，他们还要陪伴死者过夜呢。华侨远离故土，虽说富有，但有节俭美名，绝不奢侈挥霍。他们死后回不了家乡，但希望日后家乡亲人朋友来菲律宾时能够看看他们的豪华宅邸，认可他们的能力与本事。

这些墓屋价格昂贵，一间 10 余平方米的要 5 万美金以上。有些华侨生前就交代儿女在逸山办妥后事。约 180 万的华侨——20 世纪 90 年代——却控制着全菲律宾 70% 左右的经济命脉。或许在有些人眼里，这些豪华宅邸是离世者向故土亲朋们的一种形象展示。而在离开逸山的路上，街道两边的一幢幢房屋与一座座院落倏忽间在我眼里幻化成了逝者同胞的一种心态画面，一种立体的语言，一首起伏流淌的英雄交响曲。身在异邦的他们，在自己的生命之幕落下之前，内心的波澜起伏该是多么的惊心动魄：流浪至此的先祖们埋在这里，自己也将埋在异邦，永远难归中国故土，尽管已经拼得万贯家财，但无尽的遗憾悲愁一定如黄河、长江东流之水。这座堪称天下奇观的逸山鬼城或许合唱般地表达了他们临终未了的夙愿。如果在进山之处挂一副对联，当写："生当作人杰，死亦为鬼雄。"

逸山的华侨同胞们可以安息了，有鬼城为证。

醉月与秧马

秋月当空,凉风习习,苏轼大醉,举杯倾吐浪漫豪情:"明月几时有,把酒问青天。……"他不仅自醉,而且要醉月,与望月与邀月不同,当真是与明月对话,欲用浓烈的酒意、诗情去醉那挂在天空的月亮,管你听懂听不懂,回答不回答。

秧马是中国古代的一种木质农具,与远在天上的明月,不,是醉月,何等的风马牛不相及,可这醉月与秧马却如同他的影子,在其诗文里忽隐忽现,陪伴他漂浮、奔波了一生……

到东坡故里——眉山那天已是傍晚,夜幕垂落之际,我去东坡湖漫步。走在浓密的树枝之下,远处的一座五孔桥在地灯的光晕里如梦如幻,淡黄色的灯光在桥孔里异常明亮,且映照在湖泊之上,形成一个个圆月般的形状。天空一轮明月晶莹剔透,熠熠生辉,似乎也在俯视着美丽的五孔桥。小小的桥很自信的样子,对头顶一轮辉映天下的皎洁之月,毫不自惭形秽。这幽静的夜景诱我走至桥头,又独自在桥面徘徊片刻。返回时,桥头拐角一块小小的桥名雕牌令我暗暗赞叹，这座桥叫醉月桥。眉山人在东坡湖上架一座醉月桥，可谓纪念文豪东坡的一首象征诗了。

东汉官员范滂高洁风骨，为官清廉，不畏权贵，为民请命。不幸被宦官诬陷结党，死于狱中。范滂被抓之后，与前来诀别的母亲有一段对话："滂白母曰：'仲博孝敬，足以供养，滂从龙舒君归黄泉，存亡各得其所。惟大人割不可忍之恩，勿增感戚。'母曰：'汝今得与李杜齐名，死亦何恨！既有令名，复求寿考，可兼得乎？'"

苏轼十来岁时，母亲给他读《后汉书·范滂传》，读到范滂母子诀别悲恸之时，母亲慨然太息。苏轼请曰："轼若为滂，母许之否乎？"苏轼问，如果我将来做范滂这样的人，母亲是否允许呢？

母亲的回答对少年苏轼来说至关重要，曰："汝能为滂，吾顾不能为滂母邪？"意思是说，你能做范滂那样的贤臣，我难道不能做范滂母亲那样的良母吗？母亲表达了她不仅不会不让儿子去做范滂那样的人，而且会为此而自豪。当年母亲若不是这样的回答，或许就不大可能有后来士大夫苏东坡悲天悯人的情怀了。这就是少年苏轼心中生根的醉月与秧马，小小年纪便志存高远，明晓泽被苍生需要付出的沉重代价。他飞越了芸芸众生望月、赏月的层次，而要勇敢地去探月、醉月，普度众生。有了如此生根的苗子，那他一生的轨迹也就命中注定了。少儿苏轼在母亲面前的话果然应验。

　　他首次出川赴京科考即一举成名。他的境界是明月，做了京官，定难随波逐流，上书议政，全不权衡利弊。从此宦海里跌宕起伏，去杭州、徐州、湖州，做地方官仍然要上书，却不经意间在那字里行间里四溢了狂放不羁的豪情。

　　此时，他内心深处的那棵"范滂"小苗，已经长成了一棵参天大树，树枝上悬挂的不是太平盛世的莺歌燕舞，而是无数苍生倒悬的身影。

　　乌台诗案，实则一桩文字狱。持不同政见，便招致灭顶之灾。你或许没有想到，一叶不系之舟竟成了身前身后无数士大夫的一个缩影。近千年之后，我在你眉山的宅院里，既欣赏着你豪情醉月的诗词，也悲凉地体味着你在御史台狱中的绝命诗。在被押解赴狱途中，苏轼曾叮嘱儿子，平日里送饭只送蔬菜与肉，若探到不好消息，便换作鱼。不想，一个多月后儿子去筹粮，在委托一亲友送饭时竟忘了交代这一父子约定，而亲友又恰巧送了鱼。真仿佛一个炸雷从铁窗滚进，惊你跌坐在地。死期将至，一头长发甩出万般伤悲，千言万语变作绝命诗《狱中寄子由二首》。或许正是你绝命诗表达出的对兄弟、妻儿的深深眷恋之情，使皇帝动了恻隐之心，免你一死。可诗中一句"梦绕云山心似鹿，魂飞汤火命如鸡"的形象比喻，是多么真切而无奈地象征着自己在屠刀下的惊骇与悲惨的命运。诗句虽惊天地、泣鬼神，却也似夕阳之下翻飞的乌鸦，在日后无数士大夫的内心里悲鸣不已。绝命诗救了你一命,却也如一支利箭,伤了北宋王朝的元气。寒蝉效应不翼而飞。当一代天朝的智者都不敢口吐真言,社会悲剧也就慢慢酿成。

"东坡处处筑苏堤",杭州、颍州、惠州的湖堤筑成之日,城镇彻夜无眠,喝干了储藏的老酒,醉翻了天空的明月。这是另一番醉月的景致,豪情虽不能挥洒天下,却也辉映了一片又一片湖泊,溅起了苍生久违的欢声笑语。你虽官场跌宕起伏,饱尝忧患,却更加接近了苍生,诗文荟萃,恰如那一轮皎洁明月饮了大地酒杯之酒,成了醉月,挣脱乌云之束缚,洒光泽、欢乐于人间。

只是一波宦海的巨浪,上下一翻,便抛你如一叶失控的扁舟。哪里是岸?恶浪一波接着一波翻卷而来,内心的苦水自己吐出:"问汝平生功业,黄州惠州儋州。"据说在北宋,放逐儋州是仅比满门抄斩罪轻一等的处罚。

你与月结缘,号称东坡居士,给天上的圆月、残月、冷月,写了无数的情书。情书仅仅是唱给月亮听的,却泄露人世,流传千古。屈原遭放逐而著《离骚》,你于谪居之地挥洒出了《前赤壁赋》《后赤壁赋》和《念奴娇·赤壁怀古》的千古绝唱,那时你心中的明月被乌云笼罩,内心之火亦如死灰,活着的是你的文和诗词。

那是在你被贬谪流放、南迁途中经过庐陵的事。你看到了水田里的秧马,那些匍匐在地的劳苦身姿,竟然唱出了歌。你的天真,你的豪放,你的悲悯,被一一激活,于是有了一首带着劳动号子温度的《秧马歌》。

《秧马歌》一唱就是千年,它从北宋的田野里飞来,栖息在当今眉山农业园区一块长长的木板上,给现代的农人看,给四面八方来此的游客听。我一溜儿地吟诵了下去,末了,竟撞到了你心中的醉月:"但愿人长久,千里共婵娟。"

后　记

　　《孤旅幽思》是我多年来所写散文随笔的一个选集，其中大部分作品在报刊上发表过。原本没有这个想法，将其选编完全是出于偶然。去年我在创作完诗集《神话的星空》之后，突然闲散了一段时间，于是想起这件不大费神的事——将以往作品大致归类、分辑并稍做润色。好在大都有电子版，整理权当休息。

　　值得庆幸的是，在选编这些旧作时，自我删掉的贴近假大空的赞歌并不多，否则这本集子就得流产了。在生活的行程中写作、发表作品与若干年后编选集子毕竟不是一回事，时间绝不仅仅是在流逝，它也在审视，而且还非常严苛地评价与筛选，它会让那些经不起时光之洪流冲刷的东西自惭形秽，会让你回头浏览自己的足迹时脸红心跳。

　　集子中的作品大都是自己的亲身经历，有感而发，考虑什么经典散文的套路少，也没有刻意地去注重什么新潮的写作技巧。那注重了些什么呢？细细梳理下来，倒也有些规律：

一是注重了写作对象本身所呈现给我的魅力，包括回忆，那是你在书本或以往的旅程中所没有见过或想到过的东西。那种东西或让你新奇，或让你挥之不去地去回味，或让你感动，或让你震撼，或让你一时看不清楚它的神秘面孔。

二是注重了亲身经历的在场或现场感，那种体验是来自所见、所闻、所思，于是文章本身会粘带着特定时间、地点及人文背景的气息，这种气息当然地混合了我特有的观察角度与思考元素，于是不大会与别人重复撞车，而这一点恰恰是创作的核心本意。

三是注重了心中有话要说便将其写出一吐为快，这个心中的话，是来自新鲜有趣见闻的诱发，内心有了审美愉悦；是喜怒哀乐需要倾吐以平衡我的意识与潜意识的矛盾，是附着在审视客体之身的一种多侧面的联想与思索。

我认为散文写作若是闭门造车，从资料到文献地掉书袋，总是缺失了灵动的活的元素。我喜欢田野调查、孤旅天涯，喜欢自然旅行与人生旅行，沿途的一切皆为风景。虽然当今的摄影与影视可以既宏观又微观地记录异彩纷呈的世界，某些方面甚至于远远超出或延伸了人们的视听效果，但我仍然偏爱与珍重我自己的旅途见闻，因为这里面有我特有的印迹。我不能辜负上苍所赋予我特有的感觉器官和心灵，它们既能叠印组合不同时代的东西，又能比较鉴别，甚至能够像某些具有特异功能的动物那样，面对现实的瞬息万变，适时地调整自己，忍痛抛弃久居大脑中的所谓珍贵，而重新开始新的旅程，做出适应性改变。

当我将这些不同时间段写就的涉及自然、人文、地理、民俗、历史与现实的文章汇聚在一起时，"孤旅幽思"这个它们共同的名字便如同幽灵一般浮现出来。

我个人既没有显赫的家族背景，也没有跌宕起伏、悲喜交集的经历，所写所思又大都与自己的经历有关，而非什么热门主题，这些文章能引起别人的兴趣吗？或者说能够引起别人的共鸣吗？这个真的无法预知，但我相信，自我真实的社会感触与记录应该比那些机械模式的创作更接地气。有时候你只是叙述了一件吸引你的事情，其中也蕴含着你自己的感情和沉思，但那从生活的河流里捧起的浪花在阳光下所折射出的粲然光泽，或许会远远超出你的想象。乔忠延先生在序言《散文的境界》里，写出的阅读本集子文章后的感悟与联想，令我惊讶。他经系统梳理而产生的感觉与归纳的特点，是我无论写作时或选编此书时都没有想到的另一个侧面。面对他的不吝溢美之评说，我真是有些惭愧。散文的境界——这是你终生追求都恐怕摸不着衣袖的蓝天白云。但从创作的角度来说，我又深知，乔忠延先生作为此书的第一位读者——一位以散文创作为主且著作等身、闻名全国的作家，他的读后感与评说，对我来讲非常重要与珍贵。《散文的境界》将会成为我日后散文创作所自我审视与搜寻的一座灯塔。

  对乔忠延先生拨冗为拙著作序添彩，我深表诚挚谢意！

  本书的问世，当然不仅仅是我个人劳动的成果，其中有众多编辑朋友的抬爱与鼎力相助，我必须在此郑重地列出他们的名字，以表示深深的感谢：马晋乾、李杜、红孩、杨新雨、徐大为、陈建祖、刘照华、卢有泉、杨进、陈兰芹、周信炎、明连生、殷敖佗、李秀琦、王征、熊红久、李坚毅、宋耀珍、徐建宏、王晋军、雨馨、但雪程、吴炯、关海山、戎建国、玄武、王春平、王海燕、宋园花、胡丽丽、赵少琳、马春静、刘纪昌、高建东、王德清、赵建雄、悦芳、郭萍萍等。

  同时，对为此书策划及编审付出创造性劳动的责任编辑吕绘元女士——她也是张石山先生与我合著的《六福客栈》一书的责任编辑，表示诚挚的敬意与深深的感谢！

2018 年 4 月 11 日于深圳